Canale mortale

Heidi Schumacher unterrichtete Film/Fernsehen an den Universitäten Siegen, Marburg, Erlangen und Bonn. Ihre Leidenschaft gilt dem Schreiben. Im Emons Verlag erschien ihr Kriminalroman »Opferstein«.

HEIDI SCHUMACHER

Canale mortale

KRIMINALROMAN

emons:

Bibliografische Information der Deutschen Nationalbibliothek
Die Deutsche Nationalbibliothek verzeichnet diese Publikation in der Deutschen Nationalbibliografie; detaillierte bibliografische Daten sind im Internet über http://dnb.d-nb.de abrufbar.

MIX
Papier aus verantwortungsvollen Quellen
FSC® C083411

Umschlagmotiv: photocase.de/Doreen Paltawitz
Umschlaggestaltung: Tobias Doetsch
Druck und Bindung: CPI – Clausen & Bosse, Leck
Printed in Germany 2012
ISBN 978-3-95451-038-2
Kriminalroman
Originalausgabe

Für Sabine, Dorle und die Jungs vom »Già Schiavi«

»Die Seele des Liebenden ist
das Gegenteil von der Seele des Sammlers.«
Tennessee Williams

È questo il fiore del partigiano,
o bella, ciao! Bella, ciao! Bella, ciao, ciao, ciao!
È questo il fiore del partigiano,
è morto per la libertà!

Diese Blume ist die Blume des Partisanen,
o bella, ciao! Bella, ciao! Bella, ciao, ciao, ciao!
Die Blume des Partisanen,
der für unsere Freiheit starb!
Lied der italienischen Partisanen

1

Jemand drückte sie immer wieder unter Wasser. Antonia wehrte sich verzweifelt, schlug um sich und krallte sich am Arm ihres Gegners fest. Nase, Ohren und Mund füllten sich mit Salzwasser. Ein scharfer Schmerz im Handgelenk, und sie musste den Arm loslassen. Eine graue Welle schlug über ihr zusammen. Sie schnappte nach Luft, tauchte wieder auf und wollte um Hilfe schreien. Aus ihrem Mund kam jedoch nur ein hilfloses Gurgeln. Der Kerl stieß sie jetzt so heftig hinunter, dass ihr Kopf gegen die Bordwand prallte. Dann ein dumpfer Stoß in den Rücken. Er versuchte offenbar, sie mit einem Ruder unter Wasser zu halten, indem er wütend auf sie eindrosch. Salz brannte in ihren Augen, ihrem Rachen und in der Nase, und sie spürte, wie ihr Bewusstsein schwand. Atmen war nicht mehr möglich. Sie stemmte ihre Beine gegen den Rumpf des Bootes und tauchte mit letzter Kraft nach unten, tauchte tiefer, während der Mann oben weiter mit dem Ruder nach ihr schlug.

Sie müsste nur ganz tief tauchen, bis auf den Grund der Lagune, dorthin würde er ihr nicht folgen können. Unten angekommen lag sie still auf dem Rücken, in einem wogenden Feld aus Algen und Seegras. Sie brauchte nicht mehr zu atmen. Über sich, an der Oberfläche, sah sie den dunklen Umriss des Bootes. Der Mann schien aufgegeben zu haben.

Das Brennen in den Augen und im Schlund hörte auf, der weiche Sand umfing sie, und sie spürte, wie die Wärme der Sonne durch das Wasser bis zu ihr herunterdrang. Eine Wolke aus winzigen Fischen zog über sie hinweg, die kleinen Leiber schimmerten silbern im Sonnenlicht. Zwei Seepferdchen tanzten in Spiralen über ihr nach oben, während eine Languste neugierig mit ihren Fühlern nach ihrer Hand tastete. Sie hätte ewig so liegen bleiben können. Aus dem Hintergrund tauchte jetzt ein riesiger Krake auf. Antonia drehte den Kopf in seine Richtung und sah, wie er langsam näher kam und größer wurde. Heftig stieß sie das Ungetüm zur Seite. Dabei schleuderte sie ihr Kopfkissen auf den Fußboden, und statt auf dem Meeresboden lag sie allein auf der rechten Seite ihres breiten Bettes. Florian hatte diesmal bei sich übernachtet.

Benommen setzte sie sich auf und sann ihrem Traum nach. Alles hatte so schön angefangen. Sie waren in Venedig und machten einen Ausflug mit dem Boot über die Lagune. Plötzlich war Florian verschwunden, und sie war allein an Deck. Sie wollte nach vorne gehen, um nachzuschauen, warum niemand am Steuerrad stand. Dann war dieser Mann ohne Gesicht aufgetaucht, hatte sich ihr in den Weg gestellt, sie in einer unverständlichen Sprache beschimpft und über Bord gestoßen. Seltsam. Dabei hatte sie sich so gefreut, als Florian ihr am Telefon von seiner Einladung nach Venedig erzählt hatte. Sie war fest entschlossen, ihn zu begleiten. Etwas später unter der Dusche hatte sie den Alptraum schon vergessen.

Florian kam abends vorbei und präsentierte ihr strahlend die Einladung. Antonia machte es sich auf ihrem Sofa bequem und las den Brief aus Italien, in dem es hieß, dass ihr Freund in Venedig vier Wochen an einer Meisterklasse für Orgel teilnehmen und am Ende des Kurses mit den anderen Stipendiaten ein Konzert geben solle. Sie las den Text zweimal, ließ das Schreiben sinken und lächelte beglückt.

»Hättest du gedacht, dass wir so schnell wieder nach Venedig kommen?«

Florian tat überrascht. »Kommst du denn mit?«

»Hey, werd bloß nicht frech! Wem hast du das denn zu verdanken? Natürlich komme ich mit. Ich wohne bei Jana, und du kannst sehen, wo du bleibst.«

Sie hatten erst vor einem halben Jahr einen gemeinsamen Urlaub in Venedig verbracht. Für Antonia war es der erste Besuch gewesen, und sie hatte sich – wie so viele vor ihr – heftig in die Stadt verliebt. Ihre Freundin Jana, die dort lebte, hatte sie beide in dieser einen Woche mit Leuten aus der Kunstszene zusammengebracht und für Florian den Kontakt zum Conservatorio Benedetto Marcello hergestellt.

Florian machte eine scheinheilige Miene. »Aber was willst du denn allein machen, so ohne mich, wenn ich den ganzen Tag Proben habe?«

»Was wohl? Jana wird mich durch sämtliche Kirchen und Museen der Stadt schleppen, und danach sitze ich am Campo San Stefano vor einem Prosecco und warte auf den Mann meines Lebens!«

Florian setzte sich neben sie und nahm sie in die Arme. »Den hast du doch schon gefunden. Du solltest dich dort vor allem von deiner Arbeit erholen.«

Antonia lehnte sich zurück und sah zum Fenster hinaus. Draußen fiel leichter Nieselregen, und der Himmel über Köln war grau.

»Ich bin mir nicht sicher, ob das mit der Erholung klappen wird. Ich habe Jana heute eine E-Mail geschickt, und sie hat geantwortet, dass ihre Familie in Schwierigkeiten steckt. Es geht wohl um Erpressung. Sie wollte unbedingt, dass ich so bald wie möglich wieder nach Venedig komme und sie besuche. Aber ich werde mich, so gut es geht, da raushalten. Schließlich hat man in dieser Stadt Besseres zu tun, als sich mit den Sorgen der Gastgeber zu beschäftigen.«

»Ich bin also nur Mittel zum Zweck?«, fragte Florian theatralisch. »Sie hat mir die Einladung nur besorgt, damit du mitkommst und für sie ermittelst?«

Antonia zuckte mit den Schultern. »Ich weiß es nicht. Wir können jedenfalls zusammen bei ihnen in der Gästewohnung unterm Dach wohnen.«

Florian verzog das Gesicht. »Oh nein, bitte nicht. Ein Hotel wäre mir lieber. In einer Familie steht man doch immer unter Beobachtung und ...«

Antonia unterbrach ihn ungeduldig: »Jetzt spiel nicht den Prinzen. In diesem Palazzo zu wohnen ist tausendmal besser als in einem Hotelzimmer. Erinnerst du dich noch an die grässliche Pension vom letzten Mal? Wir hatten uns geschworen, beim nächsten Mal ein hübsches Hotel zu nehmen. Aber ein Monat Hotel in Venedig ist nicht zu bezahlen!«

Dann sprang sie auf, zog Florian hoch und tanzte ausgelassen mit ihm durchs Zimmer. »Venedig! Wir kommen!«

2

Antonia hatte nach ihrem Studium der Kunstgeschichte und Psychologie ihren Abschluss mit »sehr gut« gemacht und dann zunächst als Kellnerin, Verkäuferin und Kindermädchen gejobbt, bis sie sich auf die Annonce einer Hamburger Detektei (»Mitarbeiterin für Observierungen aller Art gesucht. Flexible Arbeitszeiten!«) bewarb. Gleich im ersten Jahr als Privatdetektivin war es ihr gelungen, eine Mordserie auf Rügen aufzuklären. Dann war sie ihrem Freund Florian, der einen Lehrauftrag an der Musikhochschule erhielt, nach Köln gefolgt und dort bei der Detektei Schmitz & Welsch eingestiegen. Die Venedig-Reise war ihr erster längerer Urlaub seit anderthalb Jahren, und ihre neue Kollegin Rita Welsch, mit der sie sich von Anfang an gut verstanden hatte, wollte sie unbedingt zum Flughafen fahren. Unterwegs bedauerte Rita wortreich und laut, dass sie nicht selbst nach Venedig reisen konnte.

»Ich war schon eine ganze Zeit nicht mehr da. Das letzte Mal zum Karneval vor drei Jahren. Das Hotel war schrecklich. Direkt an der Rialto-Brücke und voll mit betrunkenen Schweden. Einer hat dann nachts neben meinem Zimmer einen Wandschrank geöffnet. Und was glaubt ihr, hat er da gemacht …?«

Antonia unterbrach sie: »Das wissen wir, Rita. Wir steigen übrigens nicht in einem Hotel ab, sondern in einer Wohnung.«

»Waaas?« Rita sah sie überrascht an. »Warum hast du das nicht gleich gesagt? Dann könnte ich euch doch am Wochenende besuchen kommen …«

Antonia sah aus dem Augenwinkel, wie Florian, der auf dem Rücksitz saß, eine Grimasse zog.

»Lass uns darüber noch mal telefonieren, Ritalein«, wich sie diplomatisch aus.

Obwohl beim Start in Köln starker Wind geherrscht hatte, verlief der Flug ruhig. Nach einigem Auf und Ab hatte die Maschine ihre Flughöhe erreicht. Antonia ließ sich entspannt in ihren Sitz zurücksinken. Florian und sie hatten Plätze nebeneinander, waren jedoch durch den Gang getrennt.

Schräg vor Antonia saß ein schwarz gekleideter Mann, ein Priester, wie sie erkennen konnte, als er sich nach vorne beugte, ein Bein in den Gang schob und seine Schnürsenkel löste. Er zog sich die Schuhe aus und lehnte sich mit einem Ausdruck des Behagens zurück. Doch schon nach ein paar Sekunden setzte er sich wieder gerade hin und griff in die Sitztasche vor sich. Umständlich studierte er die Plastikkarte mit den Verhaltensregeln im Notfall. Antonia sah, dass er sie auf dem Kopf hielt. Erst als er seine Brille, die er ins graue Haar geschoben hatte, auf die Nase rückte, drehte er die Tafel herum und betrachtete die Abbildungen aufs Neue. Dann verstaute er die Karte wieder und zog die Bordzeitung heraus. Antonia bemerkte amüsiert, wie er intensiv die Werbefotografien ansah. Besonders lange blieb sein Blick an der Abbildung eines hübschen jungen Mannes hängen, der mit nacktem Oberkörper für ein Deo warb. Als sich der Wagen mit den Erfrischungen näherte, steckte der Geistliche die Lektüre abrupt zurück und widmete sich dem Studium von Papieren, die er aus einer Aktentasche zog.

Zwei Stunden später verließen Antonia und Florian erwartungsfroh den Flughafen Marco Polo und gingen zur Bootsanlegestelle an der Lagune, wo Jana sie in Empfang nahm. Antonia hatte mit Jana Bayer zusammen in Hamburg studiert. Sie waren während dieser Zeit häufig gemeinsam zu Ausstellungen und Konzerten oder ins Kino gegangen. Ihr Verhältnis war in erster Linie von diesen gemeinsamen Interessen geprägt. Sie mochten sich, aber eine wirklich herzliche oder vertrauensvolle Freundschaft war nie zwischen ihnen entstanden. Jana hatte vor drei Jahren ihren deutschen Vater verloren und war dann mit ihrer italienischen Mutter und ihrem jüngeren Bruder Ugo nach Venedig in das Haus ihres Großvaters, Conte Falieri, gezogen. Jetzt arbeitete sie als Assistentin am Kunsthistorischen Institut der Universität Ca' Foscari und promovierte über Tizian. Jana war klein, dunkelhaarig und fast mädchenhaft zierlich, dabei jedoch sehr energisch. Sie war allein im Boot der Familie über die Lagune gekommen.

»Tagsüber ist das sehr schön. Im Dunkeln traue ich mich allerdings nicht, die Strecke zu fahren«, erklärte sie. Sie half Antonia und Florian, ihr Gepäck in der kleinen Kajüte zu verstauen, und bat sie, rechts und links vom Steuer Platz zu nehmen. Als sie gerade das Bootstau einholen wollte, zögerte sie, dann winkte sie jemandem zu.

»Don Orione! Hallo, Padre! Das Boot der Alilaguna ist gerade abgefahren. Wollen Sie mit uns kommen?«

Antonia drehte sich um und erkannte den Priester aus dem Flugzeug. Don Orione schien erleichtert, dass er keine lange Wartezeit auf sich nehmen musste. Ächzend stieg er ins Boot hinunter und setzte seinen Koffer ab.

»Dio mio. Die Sonne ist hier doch schon sehr stark. In Köln hatten wir ja fast noch Winter.«

Schweiß perlte auf seiner Stirn, und er quetschte sich seufzend zwischen Rettungsringe und Taue auf eine Seitenbank des Bootes. Jana stellte ihm ihre deutschen Freunde vor und schob seinen Koffer zu dem übrigen Gepäck in die Kajüte. Seine Aktentasche hielt der Geistliche mit beiden Händen vor sich auf dem Schoß, und Antonia sah, dass aus der vorderen Tasche die Bordzeitung hervorlugte.

Unterwegs erzählte Don Orione von der Konferenz, die er in Köln besucht hatte. »Soziale Projekte in der Gemeindearbeit« war das Thema gewesen, und Don Orione, nach dessen Namensvetter man in Venedig ein Kulturzentrum benannt hatte, weil er mittellose junge Männer ein Handwerk lernen ließ, war als Referent eingeladen worden.

»Wenn der Staat immer weniger für die Armen tut, ist die Kirche wieder stärker gefragt. Dabei wird meine Hauptaufgabe darin bestehen, Spenden aufzutreiben …«, führte er aus. Wieder wischte er sich mit einem altmodischen Taschentuch die Schweißtropfen von der Stirn.

Die Maisonne schien kräftig, und alle genossen den erfrischenden Wind, als das Boot die Fahrt über das flache Gewässer der Lagune aufnahm. Antonia setzte ihre Sonnenbrille auf, beugte sich tief über den Bootsrand und hielt spielerisch die Hand ins Wasser. Nach einer Weile tauchte Murano vor ihnen auf. Sie passierten den Kanal der Insel und sahen rechts die Kathedrale Santi Maria e Donato liegen. Antonia war hingerissen von dem sanften Ziegelrot, dem Weiß der Säulen und der zierlichen Galerie. Don Orione, den Antonias Begeisterung offenbar freute, erklärte ihr – begleitet von ausladender Gestik und in gutem Deutsch –, dass Teile der Basilika zu den ältesten Sakralbauten der Lagune gehörten. Sie müsse sich unbedingt das Fußbodenmosaik und die Darstellung Marias in der Apsis ansehen. Antonia hätte am liebsten sofort einen Zwischenstopp eingelegt, traute sich aber nicht, Jana zu fragen, die mit konzentrierter Miene das Boot durch den engen Kanal steuerte.

»Und dann müssen Sie natürlich auch nach Torcello«, fuhr Don Orione fort. »Das dürfen Sie nicht verpassen, Torcello ist die Wiege Venedigs, ein wunderbarer, ja ein magischer Ort …«

Antonia hatte viel über die Insel gelesen und beteuerte, dass sie ganz gewiss einen Ausflug dorthin machen werde.

»In der Kathedrale von Torcello lohnt es sich, das ›Jüngste Gericht‹ anzusehen. Die Künstler haben in ihrer Weitsicht viel Gewicht auf die Hölle gelegt, mehr jedenfalls als auf das Paradies. Und versäumen Sie nicht, auf den Turm der Kathedrale zu steigen. Sehen Sie ihn dort hinten am Horizont?«

Antonia blickte in die Richtung, in die der Priester wies. Im fernen Dunst erkannte sie tatsächlich die Umrisse eines Turms, der einsam und leicht schief in den Himmel über der Lagune ragte.

»Von dort oben haben Sie einen herrlichen Blick über die Sümpfe und Salzwiesen. Sie schillern in allen Farben. Und fahren Sie am besten früh, dann gehört Torcello Ihnen allein.«

Antonia hörte fasziniert zu, wie Don Orione von der Lagune schwärmte, und freute sich auf unbeschwerte Ausflugstage.

Nach einer weiteren Viertelstunde tauchte die Silhouette der Stadt auf, die Antonia so in ihren Bann zog. Jana steuerte das Boot in Richtung Lido.

»Ich fahre außen herum zu uns. Auf den Canal Grande traue ich mich jetzt nicht, da ist es mir nachmittags zu voll. Ich hatte schon einmal eine unangenehme Begegnung mit einem Gemüseboot und zwei Gondeln. Die Carabinieri haben geschimpft, konnten aber nichts machen, weil ich meinen Bootsführerschein dabeihatte …«

Auf der linken Seite sah man jetzt den Lido und rechts St. Elena, den äußersten östlichen Zipfel Venedigs. An den hohen Scheinwerfern erkannte man das Fußballstadion. Florian, der bisher geschwiegen hatte, erkundigte sich bei Jana, ob am Wochenende dort gespielt würde.

»Du hast Glück. Am Samstag spielen die Leoni, unsere Löwen, gegen Triest. Wir sind nur in der dritten Liga, haben aber Aufstiegschancen wie lange nicht mehr. Ugo, mein Bruder, ist fast jeden Samstag da, er ist verrückt nach Fußball. Er kann dich zum Spiel mitnehmen.«

»Den Aufstieg sehe ich noch nicht«, brummte Don Orione, »aber ich werde die Löwen in meine Gebete einschließen.«

»Sie interessieren sich für Fußball?« Florian sah den Priester überrascht an.

»Das muss ich wohl! Auf dem Campo vor meiner Kirche bolzen seit Generationen die Jungen unserer Gemeinde. Zwei davon sind jetzt erwachsen und spielen bei den Leoni. Unsere Parrocchia ist natürlich sehr stolz darauf …«

Er verstummte, denn Jana lenkte das Boot gerade in das Markusbecken. Durch den stärkeren Wellengang wurde der Bug zuerst hoch und im nächsten Augenblick wieder senkrecht nach unten gedrückt. Antonia schrie bei jedem Hüpfer, den das Boot machte, vergnügt auf und hielt ihr Gesicht in die Gischt, während Don Orione mit der Rechten seine Mappe umklammerte und sich mit der Linken krampfhaft an der Reling festhielt. In einem ruhigeren Moment wischte er sich wieder die Schweißperlen von der Stirn.

»Was ist mit Ihnen, Padre?«, rief Jana besorgt.

»Ich sage es nicht gern, aber ich kann nicht schwimmen.«

»Keine Sorge. Wir sind gleich da.«

Umsichtig lenkte sie das Boot zwischen kreuzenden Vaporetti und Frachtbooten in den Giudecca-Kanal, und das Auf und Ab wurde sanfter. An der Anlegestelle Zattere ließ Jana den Priester aussteigen. Florian half ihm aus dem Boot und reichte ihm sein Gepäck. Don Orione schien heilfroh, wieder festen Boden unter den Füßen zu haben. Er bedankte sich und versicherte, dass er auf jeden Fall zu Florians Konzert kommen werde; außerdem würde er ihnen jederzeit seine Kirche zeigen, wenn sie Lust dazu hätten. Sie sollten einfach vorbeikommen, am besten vormittags. Dabei reichte er Florian ein Kärtchen mit seiner Handynummer.

Jana wendete, fuhr ein Stück zurück und steuerte das Boot in einen Seitenkanal. Alle drei mussten sich ducken, als sie unter einer kleinen Brücke hindurchfuhren. Dann machte Jana an einer breiteren Stelle eine Drehung, bog nach links in einen noch engeren Kanal und schaltete den Motor ab. Nach wenigen Metern glitt das Boot an einen hölzernen Steg, der zum Wassertor eines Palazzos mit halb verfallener Fassade führte.

Jana warf ein Tau über den Anlegepfosten, dessen für Venedig so typischer blau-goldener Anstrich nur noch zu erahnen war, so verblasst war die Farbe. Antonia bemerkte, wie ihre Freundin dabei einen Augenblick lang innehielt und hochsah.

An der Ufermauer des Kanals lehnte ein Mann mittleren Alters in einem hellgrauen Sakko und zündete sich eine Zigarette an. Er wirkte elegant und winkte lässig zu Jana herüber. Jana grüßte hastig zurück und errötete. Der Mann schlenderte ohne Eile weiter, wobei sein Gang etwas leicht Abgehacktes hatte, so als ob er bei jedem Schritt zögerte, ob er ihn tun solle.

»Wer war denn das?«, fragte Antonia, erhielt aber keine Antwort.

»Wir sind da!«, rief Jana stattdessen mit etwas zu lauter Stimme und sprang auf den Bootssteg. »Mama wird schon mit dem Essen warten.«

Florian sah bedeutungsvoll zu Antonia hinüber. *Es geht schon los, habe ich es dir nicht gesagt? Kaum sind wir da, sitzen wir in der Besucherfalle,* schien seine Miene zu sagen. Antonia wusste, wie wichtig ihm seine Unabhängigkeit war, und beschwichtigte ihn.

»Essen müssen wir ja schließlich und Janas Mutter begrüßen auch. Dann haben wir es hinter uns«, flüsterte sie ihm zu, während Jana mit Mühe das Schloss des schmiedeeisernen Tores öffnete.

»Passt auf, dass ihr nicht stolpert. Hier ist alles marode. Mein Großvater lässt nichts in Ordnung bringen, den interessieren nur seine Bilder.«

Antonia sah an der Fassade des Palazzos hoch. Die Mauern waren tatsächlich von tiefen Rissen durchzogen. An manchen Stellen hatten sich Teile des Verputzes abgelöst und waren abgefallen. Darunter waren Ziegel zu sehen, die von der Feuchtigkeit einen weißen Ausschlag bekommen hatten. Die Teile des Putzes, die hängen geblieben waren, sahen aus wie übergroße Schorfstücke, die sich an den Wunden des Hauses gebildet hatten. Zeit und Witterung hatten der Fassade eine Struktur verliehen, die auf Zufall und nicht auf menschlicher Absicht beruhte, und die verblichenen Farben gaben dem Haus eine vornehm entrückte Aura.

Jana führte sie durch das rostige Gittertor in das Andron, die Eingangshalle auf Kanalebene. Kühle und Feuchtigkeit schlugen ihnen entgegen.

»Wow!« Antonia war hingerissen. Bei ihrem letzten Besuch hatte sie den Palast nur einmal durch den Haupteingang von der Gasse aus betreten. Dieser Bereich war ihr neu. Der Fußboden war mit großen gelblichen Marmorplatten gefliest, in deren Vertiefungen und Schrunden kleine Wasserpfützen standen. Jana hatte ihnen während der Fahrt erzählt, dass das Hochwasser seit Jahren stärker in die Halle dringe und es jedes Frühjahr länger brauche, bis der Boden wieder trocken sei. Ein intensiv modriger Geruch durchzog den Raum. In einer hinteren Ecke lag eine alte Gondel kieloben, und an den Wänden hingen metergroße rostige Halter, in denen abgebrannte Talgfackeln steckten. Spinnwebschleier schwebten wie Reste zarter Vorhänge zwischen den Eisen. Jana erklärte ihnen, dass hier ursprünglich Waren gelagert worden waren, man die Fackeln jedoch auch bei großen Festen zur Begrüßung der Gäste entzündet hatte. Jetzt, am späten Nachmittag, tanzten Lichtreflexe, die das Wasser des Kanals in die Halle spiegelte, über Wände und Decke.

»Wie romantisch!«, rief Antonia aus.

Jana schloss eine Gittertür zu einem Treppenaufgang auf und dämpfte ihre Begeisterung. »Wenn unsere vierbeinigen Kanalbewohner hier herumflitzen, ist es weniger romantisch.«

»Ratten?«, fragte Florian besorgt, aber Antonia ließ sich nicht beirren.

»Hier muss ich später unbedingt fotografieren.«

Eine marmorne Wendeltreppe führte über ein Zwischengeschoss in den ersten Stock des Hauses. Janas Mutter, Octavia Bayer, kam ihnen im Flur entgegen und begrüßte sie. Sie wirkte ernst, aber keinesfalls unsympathisch. Ihr blondes Haar, das an den Schläfen bereits ergraut war, hatte sie am Hinterkopf fest um einen Kamm eingeschlagen, was ihr etwas Strenges verlieh. Das dunkelgraue Kostüm und die hochgeschlossene weiße Bluse unterstrichen diesen Eindruck. Sie erinnerte Antonia, die Hitchcock verehrte, an eine ältere Ausgabe von Tippi Hedren in »Die Vögel«. Neben ihr stand Janas vierzehnjähriger Bruder Ugo, ein schlaksiger Junge mit Sommersprossen und kupferrotem Haar. Er streckte ihnen lässig die Hand entgegen und machte eine Verbeugung.

»Endlich kommt mal ein bisschen Leben in die Bude!«

Jana nickte. »Mein Brüderchen hat nur Frauen um sich herum. Er hat deshalb schon die ganze Zeit nach dir gefragt, Florian. Ja, Florian mag Fußball, Ugo, ich kann dich beruhigen!«

Ugo strahlte. »Sie müssen mir alles erzählen, was macht St. Pauli? Sind die jetzt –«

Seine Mutter unterbrach ihn: »Ugo, zeig den Gästen bitte die Wohnung. Ich schlage vor, Sie machen sich kurz frisch und kommen dann gleich zum Essen.«

Ugo nahm Antonias Koffer und stieg vor ihnen eine breite Treppe mit ausgetretenen Marmorstufen nach oben. Im nächsten Stockwerk hielt er vor einer Tür aus Mahagoniholz inne.

»Dahinter befindet sich Großpapas Heiligtum: der Saal mit seiner Sammlung. Kaum jemand darf ihn betreten. Nicht dass ich mich danach sehnen würde, aber für Sie sind seine Bilder vielleicht interessant.«

Antonia wollte ihn fragen, ob sie schon jetzt einen Blick in den Saal werfen dürfe, aber Ugo war schon weiter nach oben gestiegen.

»Sie wohnen noch ein Stockwerk höher. Mein Großvater hat einen Teil des Dachbodens ausbauen lassen. Zuerst wollte er dort weitere Bilder lagern, aber dann hat meine Mutter ihn überzeugen können, dass wir eine Gästewohnung brauchen.«

Von oben fiel helles Licht durch ein breites Atelierfenster auf den Treppenabsatz. Ugo ging auf eine Tür zu und schloss auf. Mit der freien Hand wies er auf eine zweite Tür am Ende des langen Flurs, wo das helle Licht des Fensters nicht mehr hinreichte.

»Dort hinten geht es zum Boden. Er ist riesig und zieht sich von hier ab über den ganzen Palast. Als ich kleiner war, habe ich dort in den Ferien gern gespielt. Er wird heute kaum noch benutzt.«

Er schloss die Tür zur Gästewohnung auf. Das Apartment machte einen einladenden Eindruck. Jemand hatte ihnen zur Begrüßung eine Schale mit Obst und Blumen auf den Küchentisch gestellt, und es gab einen gemütlichen Wohnraum mit einem hellen Sofa. Aus dem Fenster konnte man das Eingangsportal von

Don Oriones Kirche sehen. Antonia warf einen Blick in das Schlafzimmer, in dem die Fensterläden noch geschlossen waren. Ugo ließ ihnen jedoch keine Zeit, sich länger umzusehen. Er stellte Antonias Koffer ab und drängte sie, wieder mit ihm nach unten zu kommen.

»Mama mag es nicht, wenn man nicht rechtzeitig zum Essen erscheint.«

Als sie das Speisezimmer betraten, stellte Octavia sie einer älteren Frau vor, die gerade eine Schüssel mit dampfender Polenta in der Mitte des Tischs absetzte.

»Giovanna, das sind unsere Freunde aus Deutschland, Antonia und Florian. Giovanna ist unsere Köchin, sie hat eine Zeit lang mit uns in Hamburg gelebt und versteht etwas Deutsch.«

Giovanna drehte sich um und wünschte freundlich Guten Abend. Sie musste Mitte sechzig sein, hatte ein rundliches, gutmütiges Gesicht und kurz geschnittenes graues Haar.

»Giovanna ist die Seele des Hauses, ohne sie wären wir verloren.« Jana legte der Köchin einen Arm um die Schulter, aber die Frau in der weißen Schürze winkte bescheiden ab.

»Ich habe Ihnen etwas Venezianisches gekocht, ich hoffe, Sie sind keine Vegetarier. Bei jungen Leuten weiß man ja nie.«

Es gab geschmorte Leber mit Zwiebeln und Polenta, zum Dessert einen Limoncello und etwas Gebäck. Das Tischgespräch war lebhaft und drehte sich in erster Linie um Hamburg, das Octavia mit ihrer Familie nach dem Tod ihres Mannes verlassen hatte. Bevor sie die Tafel aufhob, brachte sie die Sprache auf ihren Vater.

»Mein Vater ist momentan bei seiner Schwester in Lugano und wird erst Ende der Woche zurück nach Venedig kommen. Es geht ihm gesundheitlich nicht gut, deshalb ist er die meiste Zeit in der Schweiz.«

Giovanna räumte gerade die Dessertteller ab und ergriff das Wort: »Ich glaube, der Conte wird uns alle überleben. Er hat immer noch einen sehr kräftigen Appetit. Neulich musste ich ihm eine große Portion Bigoli kochen, und danach hat er tatsächlich die restliche Polenta vom Vorabend verlangt und nach einer doppelten Portion Himbeereis aus der Gelateria geschickt …«

Octavia beeilte sich, Giovannas Redefluss zu stoppen, indem sie ihre Serviette zusammenfaltete und sich erhob. »Den Kaffee trinken wir nebenan, Giovanna.«

Die Köchin machte ein verdrossenes Gesicht. Offenbar war der Appetit ihres Dienstherrn ein Thema, das sie gerne ausführlicher behandelt hätte. Laut klappernd stellte sie die Dessertteller zusammen und verließ wortlos das Speisezimmer.

Alle folgten Octavia in den Salon, dessen Fenster auf einen verwunschenen Garten gingen. Eine Reihe von Sesseln, bezogen mit verschossenem violetten Samt, gruppierte sich um einen Kamin aus hellgrauem Marmor. Am mittleren der drei Fenster stand ein Flügel. Florian bat Octavia um Erlaubnis und blätterte interessiert in den Noten. Giovanna brachte eine Kanne mit frisch gebrühtem Espresso, den sie – noch dampfend – in die Tassen goss.

Antonia ließ sich in ihren Sessel sinken und stieß einen leisen Seufzer des Wohlbehagens aus. Auch Florian hatte sich während des Essens entspannt. Octavia erkundigte sich bei ihm nach aktuellen deutschen Theateraufführungen und Kinofilmen, die sie hier zu vermissen schien, und Florian wurde zu Antonias Erstaunen immer gesprächiger.

Es stellte sich heraus, dass Octavia sich gut in der Orgelliteratur auskannte und Bach liebte. Florian unterhielt sich immer intensiver mit ihr; Antonia nutzte die Gelegenheit und fragte die Geschwister nach Tipps für Spaziergänge und Ausflüge. Während Jana und Ugo lebhaft mit ihr plauderten, konnte Antonia sehen, dass ihre Gastgeberin angespannt auf der vorderen Kante ihres Sessels saß. Sie machte Konversation, schien aber innerlich abwesend zu sein.

Mitten in Florians Erläuterungen über die »Kunst der Fuge« stellte sie plötzlich ihre Tasse ab und unterbrach ihn.

»Sie müssen beide müde sein und möchten sich jetzt vielleicht zurückziehen?«

Antonia und Florian bedankten sich für die Einladung und wollten nach oben gehen, als Octavia aufstand und sie nach draußen begleitete. Sie wirkte nervös, und die Falten, die sich von der Nase bis zu ihren Mundwinkeln eingegraben hatten, traten im bleichen Licht des marmornen Treppenhauses stärker hervor. Ihre

Augen nahmen einen flehenden Ausdruck an, und sie sprach leise, damit man sie im Speisezimmer nicht verstehen konnte.

»Antonia, könnte ich Sie morgen unter vier Augen sprechen? Es ist wichtig.«

»Aber natürlich, Frau Bayer, sehr gerne.«

Aus der Wohnung hörte man die Stimmen von Jana und Ugo näher kommen. Octavia dämpfte ihre Stimme noch weiter.

»Ich bin unendlich froh, dass Sie da sind. Ich habe ein Problem, kann aber mit niemandem hier darüber sprechen. Ich kann mich doch auf Ihre Diskretion verlassen?«

Antonia versicherte Janas Mutter, dass sie sich ihr anvertrauen könne. Dann folgte sie Florian bedrückt ins Dachgeschoss. Sie ahnte, dass in diesem Haus Aufgaben auf sie warteten.

In der Gästewohnung ließ sich Florian seufzend auf das breite Bett fallen. »Uff! Überstanden!«

Antonia schüttelte den Kopf. »Ich muss mich doch sehr wundern. Du hast dich doch glänzend mit Octavia unterhalten, so eine Tortur kann es nicht gewesen sein.«

»Ja, sie versteht wirklich etwas von Musik. Sie spielt Klavier und will zu meinem Konzert kommen. Und hast du den Bechstein im Salon gesehen? Er wurde gerade überholt. Sie hat mich gebeten, demnächst darauf für sie zu spielen.«

»Wie schrecklich, in so einer Familie steht man doch immer unter Beobachtung! Waren das nicht deine Worte?«

Antonia hatte die Fensterläden der drei kleinen Schlafzimmerfenster geöffnet und hielt überrascht inne. Unter ihnen breitete sich der Giudecca-Kanal aus, auf dem auch am Abend noch ein lebhaftes Treiben von Vaporetti, Frachtschiffen und Fährbooten herrschte.

Die Fenster der Räume, die sie bisher kennengelernt hatte, gingen entweder nach hinten auf den Garten oder nach vorne auf den Kirchplatz von San Trovaso und die danebenliegende alte Gondelwerkstatt heraus. Die Schlafzimmerfenster der Gästewohnung befanden sich jedoch auf der anderen Seite des Palazzos, und die Wohnung lag so hoch, dass man hier über die nächste Häuserzeile hinweg auf den breiten Giudecca-Kanal sehen konnte. Florian lehnte sich neben sie, und sie blinzelten eine Weile in die untergehende Sonne.

»Wer wohl der Mann war, den Jana gegrüßt hat?«, fragte Antonia nachdenklich. »Auf meine Frage hat sie mir keine Antwort gegeben.«

»Das ist mir auch aufgefallen. Wahrscheinlich ein Verehrer. Sie ist rot geworden.«

3

Florian machte sich am nächsten Tag schon vor neun auf den Weg zu seiner Probe am Konservatorium. Antonia begleitete ihn bis zur Accademia-Brücke, weil sie die Morgenstunden in Venedig besonders liebte. Auf dem Canal Grande funkelten Hunderte von Sonnenprismen, zwischen denen Boote aller Art ihre weißen Schaumspuren zogen. Die halb verrosteten Linienboote pflügten sich mit Mühe durch das Wasser, während die kleineren Schnellboote über den Wellen zu schweben schienen. Die Paläste links und rechts des großen Kanals lagen noch in einem zarten Dunst, der ihre Konturen weicher machte.

Antonia und Florian blieben in der Mitte der Accademia-Brücke, ihrem höchsten Punkt, stehen, lehnten sich an das Geländer und genossen den Anblick, bevor sie sich voneinander verabschiedeten. Florian ging zu seiner Orgelklasse, und Antonia lief zurück zur Vaporetto-Station. Hier im Wartehäuschen mit Büroangestellten und Hausfrauen auf die Linie 1 wartend, fühlte sie sich plötzlich so glücklich wie lange nicht mehr. Das kleine Haus schwankte sanft hin und her, und Antonia erinnerte sich daran, dass sie bei ihrem ersten Besuch das Auf und Ab der schwimmenden Wartehäuser und der Boote noch abends im Bett gespürt hatte und diese Bewegung über ihre Rückkehr hinaus sogar noch zu Hause nachwirkte.

Sie stieg an einer der nächsten Stationen aus und spazierte durch enge Gassen und über kleine Plätze zum Zattere-Ufer zurück. Von dort wanderte sie bis zur östlichen Spitze, der Punta della Dogana. Unterwegs entdeckte sie an einer Gartenmauer eine Gedächtnistafel für den russischen Autor Joseph Brodsky, dessen Venedigroman sie bewunderte. Anscheinend hatte er in diesem Haus gelebt, wenn er aus den USA zu Besuch in der Stadt gewesen war. Nach zwei Stunden kehrte sie müde und glücklich in den Palazzo zurück. Giovanna öffnete ihr die Wohnungstür.

»Die Signora erwartet Sie schon im Salon. Ich bringe Ihnen gleich eine Tasse Kaffee.«

Octavia, ebenso zierlich wie ihre Tochter, verschwand fast in ihrem riesigen violetten Samtfauteuil neben dem Kamin. Matt wies sie Antonia einen Platz auf dem Sofa zu.

»Ich möchte Sie um Ihre Hilfe bitten, Antonia. Jana hat mir erzählt, dass Sie als Privatermittlerin arbeiten, und ich dachte, bevor ich die Polizei verständige, wäre es sinnvoll, erst einmal diskret Erkundigungen einzuziehen. Ich muss an meine Familie denken. Die Stadt ist klein, und wenn die Polizei Ermittlungen aufnimmt, dann weiß es hier bald unser ganzes Viertel.«

Antonia nickte verständnisvoll.

»Giovanna, unsere Köchin, ist unbezahlbar, aber nicht besonders verschwiegen«, fuhr Octavia fort. »Sie meint es nicht böse, aber Sie kann ihre Zunge einfach nicht im Zaum halten. Sie kennt hier die ganze Nachbarschaft, und alle wissen alles voneinander. Ich glaube, Ihnen kann ich vertrauen. Jana hat mir viel von Ihnen erzählt.«

Antonia fühlte sich geschmeichelt. »Jana hat mir geschrieben, dass Sie seit einiger Zeit erpresst werden?«

Octavia schien in ihrem Sessel zu schrumpfen. Antonia bemerkte, wie ihre Hand zitterte, als sie die Kaffeetasse absetzte.

»Von Erpressung kann man eigentlich nicht sprechen. Wir erhalten seit einiger Zeit seltsame Briefe, die alle gleich unterschrieben sind, aber ohne irgendeine konkrete Botschaft. Sie enthalten Anschuldigungen und Drohungen, aber es ist nicht klar, was sie bezwecken sollen.«

Antonia griff automatisch in ihre Jackentasche und zog einen Stift und einen Block hervor. »Wann haben Sie den ersten dieser Briefe erhalten, wie viele sind es inzwischen, und um was für eine Art Unterschrift handelt es sich?«

Octavia steckte eine Zigarette in eine silberne Spitze, zündete sie an und nahm einen tiefen Zug, bevor sie antwortete.

»Selbstverständlich werde ich Ihnen die Briefe zeigen. Ihrer Frage entnehme ich, dass Sie uns helfen wollen?«

»Aber ja, schon wegen Jana werde ich mich der Sache annehmen. Es ist nur die Frage, ob ich es auch kann. Ich spreche nur leidlich Italienisch, und es ist durchaus möglich, dass ich Ihnen überhaupt nicht von Nutzen sein kann, weil ich die Menschen hier nicht verstehe. Und das nicht nur sprachlich.«

Trotz ihrer Skepsis schien Antonias Antwort Octavia zu erleichtern. Ihre Stimme hatte wieder ihren üblichen damenhaften Ton angenommen.

»Wie gesagt, mir ist es wichtig, dass jemand Recherchen anstellt, der nicht aus Venedig stammt.« Sie stand auf und ging in ein Nebenzimmer. »Kommen Sie, ich möchte Ihnen die Briefe zeigen.«

Antonia folgte ihr in einen Raum, dessen Wände von hohen Bücherschränken aus hellem, glänzendem Holz bedeckt waren. An der Längsseite war ein hoher Sekretär in die Bücherwand eingelassen. Octavia zog einen Schlüssel aus der Jackentasche, öffnete eine mit Intarsien verzierte Klappe und griff in das dahinterliegende Fach. Sie zog eine flache Schachtel heraus, die sie vorsichtig und mit spitzen Fingern öffnete, als könne Böses aus ihr entweichen. Dann griff sie nach einem Bündel mit Briefen und breitete sie auf der Schreibfläche des Sekretärs aus.

»Ich habe sie alle nummeriert, es sind jetzt neun. Der erste erreichte uns kurz vor Weihnachten. Mein Vater hatte sich fast das ganze letzte Jahr in Lugano bei seiner Schwester Alba aufgehalten. Das Klima dort bekommt ihm besser. Aber eine Woche vor Weihnachten kam er zurück, und kurz nach seiner Rückkehr traf der erste Brief ein.«

»Darf ich fragen, wer diese Briefe in der Hand gehabt hat?« Antonia war ebenfalls zum Sekretär gekommen.

»Entweder Giovanna, unsere Köchin, oder Flavia, die Haushaltshilfe. Sie holen morgens die Post aus dem Briefkasten und legen sie mir auf den Schreibtisch. Ungeöffnet natürlich.«

»Alle Briefe sind per Post gekommen?«

»Sieben sind mit der Post gekommen, zwei sind durch Boten abgegeben worden und waren unfrankiert.«

»Wer hat diese beiden entgegengenommen?«

»Das war Flavia. Sie hat sie angenommen und mir dann auf den Schreibtisch gelegt.«

Die Handschrift der Briefe variierte ein wenig, und der Inhalt bestand nur aus wenigen Worten. In einem Brief stand bloß das Wort »Rache«, in einem anderen »Verräter«. In einem dritten Brief stand »Wir haben nichts vergessen!«, in einem anderen »Wir holen uns, was uns zusteht!«, darunter »Dieb« oder »Faschist«. Und alle waren unterzeichnet mit der Zahl 7 und einem großen M.

»Wissen Sie, was das heißen soll? 7 und M?«

Octavia schüttelte den Kopf. »Das ist es ja! Man gibt uns ein Rätsel auf. Das macht die Sache für mich noch beunruhigender.«

»Und Ihr Vater?«

»Ich habe nicht gewagt, ihm die Briefe zu zeigen. Er hat ein Herzleiden, und ich wollte ihn nicht aufregen. Wir müssen unbedingt ohne ihn herausfinden, was dahintersteckt.«

Antonia war skeptisch. »Wenn er der Adressat ist, kommen wir ohne ihn nicht weiter. Nur er wird uns sagen können, was diese Anwürfe zu bedeuten haben.«

Octavia steckte die Briefe in ihre Umschläge und legte sie wieder in die Schachtel zurück. Dann sah sie Antonia an und sagte in fast herrischem Ton: »Ich möchte Sie noch einmal um Diskretion bitten. Versuchen Sie zunächst, auf eigene Faust herauszubekommen, was die Briefe zu bedeuten haben. Dann sehen wir weiter. Ich muss meinen Vater unbedingt schonen. Ich werde Ihre Arbeit selbstverständlich zu den üblichen Konditionen bezahlen.« Damit schob sie die Schachtel in das Fach mit den Intarsien zurück, verschloss sorgfältig die Klappe und ließ den Schlüssel in ihre Jackentasche gleiten.

Antonia folgte ihr in den Salon, setzte sich aber nicht, sondern ging zum Fenster und sah hinunter in den Garten. Üppige Glyzinien- und Jasminzweige hingen über den hohen Mauern. In einer Ecke standen steinerne Nymphen und Satyrn, deren moosgrüne Oberfläche mit den Glyzinien vollkommen harmonierte. Die Szene schien so still, dass Antonia den Eindruck hatte, als betrachte sie eine Fotografie. Nachdenklich drehte sie sich zu Octavia um.

»Ich hätte da noch eine Frage. Könnten die Briefe auch an Sie gerichtet sein?«

Octavia hatte wieder in ihrem violetten Ohrensessel Platz genommen, der sie wie eine Art Schutzschild umgab. Sie wirkte jetzt, da sie Antonia eingeweiht hatte, viel ruhiger.

»Ich habe fünfundzwanzig Jahre mit meinem Mann in Hamburg gelebt, und wir waren immer nur für kurze Zeit zu Besuch in Venedig, an Weihnachten oder Ostern. Ich bin jetzt zwar seit drei Jahren wieder hier, pflege aber in der Stadt fast keine gesellschaftlichen Kontakte. Außer Don Orione, den Priester, und unsere Hausärztin kenne ich kaum jemanden. Die beiden kommen manchmal zum Abendessen. Meine anderen Bekannten gehören der deutschen Gemeinde von Venedig an. Man kennt sich und trifft sich ein paarmal im Jahr bei kulturellen Veranstaltungen, pflegt jedoch privat keinen Umgang. Wenn ich nicht häufig Besuch aus Deutschland bekäme, würde ich hier total vereinsamen.«

Octavia nahm eine Zigarette aus einem Etui und steckte sie, wie schon vorher, in die silberne Zigarettenspitze, legte sie dann jedoch in den Aschenbecher, ohne sie anzuzünden. Zwischen den makellos gezupften Augenbrauen entstand eine Falte, als sie die Stirn runzelte.

»Ich habe auch niemandem Anlass gegeben, mich in dieser Form zu beschimpfen. Nein, ich denke, es hat etwas mit meinem Vater zu tun, denn die Briefe sind an eine männliche Person gerichtet. Da steht ›Faschist‹ oder ›Verräter‹, die männliche Form Singular. Der Absender benutzt nicht den Plural. Ich denke, sie sind an meinen Vater gerichtet. Man will ihn terrorisieren.«

Antonia machte sich Notizen. Dann sah sie auf.

»An wen waren denn die Briefe adressiert, die mit der Post gekommen sind?«

»Auf den Umschlägen stand nur die Adresse. Palazzo Falieri. Das ist hier nicht ungewöhnlich, wenn nur eine Familie das Haus bewohnt.«

Antonia notierte sich Octavias Angabe und klappte ihren Block zu.

»Ich werde mein Bestes tun, Frau Bayer, aber ich glaube nicht, dass ich ohne die Mithilfe Ihres Vaters weit komme.«

Als sie schon in der Tür war, fiel ihr noch eine Frage ein. »Hat sich Ihr Vater in irgendeiner Form politisch engagiert? Gehört er politisch gesehen zur Rechten?«

Octavia sog heftig die Luft ein. »Wo denken Sie hin? Er hat keinerlei politische Interessen. Er hat manchmal auf Berlusconi geschimpft, wie die meisten hier. Selbst die, die ihn dann gewählt haben. Aber ansonsten interessiert ihn nur seine Sammlung. Seine Bilder sind sein Leben.«

Antonia nickte. »Tut mir leid, aber ich muss diese Dinge wissen.«

Der breite Flur der Wohnung lag im Halbdunkel. Nur zwei Tischlampen auf einer antiken Kommode spendeten Licht. An den Wänden hingen etliche alte Bilder aus der Sammlung des Conte. Der Flur wirkte durch die vielen Gemälde, die in drei Reihen übereinanderhingen, wie eine Art Kabinett. Antonia konnte die Sujets wegen der gedämpften Beleuchtung kaum erkennen und trat an einige der Bilder näher heran.

Es handelte sich überwiegend um Genremalerei aus dem 18. Jahrhundert. Schäferszenen aus dem Veneto und Stadtszenen aus Venedig, auch einige Porträts darunter. Die Sammlung wirkte kostbar. Jana hatte ihr schon bei ihrem letzten Venedigaufenthalt, bei dem sie auch einmal den Palazzo besucht hatte, ein paar der Bilder gezeigt und erzählt, dass es sich nur um einen kleinen Teil dessen handelte, was ihr Großvater in den letzten Jahrzehnten zusammengetragen hatte. Im zweiten Stock des Palastes gebe es noch einen Saal, und etliches aus seinem Privatbesitz habe der Conte, Mauro di Falieri, bereits dem Accademia-Museum überlassen.

Im Gästeapartment zog sich Antonia bequeme Laufschuhe an und machte sich auf einen Streifzug durch die Stadt. Sie überquerte zahllose kleine Brücken mit weiß getünchten Geländern, ging durch enge Gassen, schaute in Kirchen, verweilte auf Plätzen und trank im Stehen einen Espresso in einer Bar. Florian hatte das beim letzten Besuch »sich absichtsvoll verlieren« genannt und einen Philosophen zitiert. Wie auch immer. Vielleicht war dieser erste Tag der einzige, an dem sie sich treiben lassen konnte. Sie hatte jetzt einen Auftrag und damit einen Job zu erledigen.

Zwischendurch aß sie irgendwo ein Stück Pizza aus der Hand. Florian hatte sie angerufen, um ihr zu sagen, dass er mit den italienischen Kollegen zum Essen gehen und erst am Abend zurückkommen wollte.

Am frühen Abend betrat sie den Billa-Supermarkt an der Zattere-Promenade, um ein paar Basics für die winzige Küche der Gästewohnung einzukaufen: Kaffee, Olivenöl, Brot, Pasta und Gemüse.

Als sie den Laden verließ, wusste sie, was sie an der Stadt so liebte: Ob es eine Kirche war, der Bahnhof oder der Supermarkt, wenn man vor die Tür trat, sah man auf Wasser. Während sie in

Hamburg oder Köln das Einkaufen in ihrem Viertel verabscheute, geriet es hier zu einem vergnüglichen Spaziergang. Sie fühlte sich schon ganz venezianisch und den übrigen Touristen an den Zattere überlegen, als sie mit den beiden vollen Plastiktüten in die Gasse zum Palazzo einbog.

Auf dem Campo vor der Kirche kam ihr mit flatternder Soutane Don Orione entgegen. Er erkannte sie, blieb stehen und hob seine Hände beschwörend zum Himmel.

»Buona sera, Antonia. Ich komme gerade von der Abendmesse. Es war kaum jemand da. Sehr deprimierend. Nur die ganz Alten hören mir noch zu. Die allgemeine Gottlosigkeit, das verblödende Fernsehen, das manche in diesem Land genutzt haben, um ihre Macht zu erhalten …«

Don Orione musste niesen. Antonia suchte nach einem Papiertaschentuch und reichte es ihm. Als er sich schnäuzte, klang es, als ob eine Dampflok Luft ablasse.

»Grüßen Sie Jana und Octavia. Und richten Sie Giovanna von mir aus, dass man mit der Zunge flinker arbeitet als mit den Händen. Sie wird es verstehen. Heute Morgen hat sie eine geschlagene halbe Stunde auf dem Campo gestanden und mit zwei Nachbarinnen getratscht.«

Antonia musste lachen und nutzte die Gelegenheit, etwas über die Falieris in Erfahrung zu bringen. »Octavia erzählte mir, dass Sie ein Freund der Familie sind?«

»Ja, Signora Bayer, also Octavia, und auch Cecilia, ihre Schwester, haben von mir die erste Kommunion empfangen, daher nenne ich sie beim Vornamen.«

»Dann kennen Sie sicherlich auch den Conte?«

Don Orione winkte einem Arbeiter zu, der sich im Eingang der Gondelwerkstatt zeigte, dann blickte er wieder Antonia an. »Natürlich, den Conte kenne ich auch, aber nicht so gut wie seine Töchter. Ihm liegt nicht viel an der Kirche, wissen Sie, ich weiß noch nicht einmal, ob er überhaupt gläubig ist. Ciao, Antonia, bis demnächst, kommen Sie mich mit Florian bald besuchen!«

Damit betrat er die Werkstatt und war binnen Sekunden in ein lebhaftes Gespräch mit dem Gondelbauer vertieft. Antonia sah ihm amüsiert nach. Sie war froh, dass der kontaktfreudige Mann so gut Deutsch sprach. Auf der Bootsfahrt über die Lagune hatte er ihr erzählt, dass er als junger Mann eine Zeit lang an einem Priesterseminar in München gewesen war und jetzt hin und wieder kirchliche Organisationen in Köln besuchte. Die europäische Zusammenarbeit bei der Armutsbekämpfung lag ihm am Herzen.

Antonias Italienisch war begrenzt, und den venezianischen Dialekt, den viele hier sprachen, verstand sie schon gar nicht. Don Orione hatte sich auch ihren Namen gemerkt. Erstaunlich. Sie musste sich demnächst unbedingt ausführlicher mit ihm unterhalten. Er war bestimmt eine sehr ergiebige Informationsquelle, was den Palazzo und die Falieris anging.

In der kleinen Küche des Apartments verstaute sie die Lebensmittel im Kühlschrank. Vom vielen Gehen müde, wollte sie sich ausruhen und noch etwas die Abendsonne genießen. Jana hatte ihr gesagt, dass sie die Altana, die Dachterrasse, nutzen könne. Dort stünde die Sonne den ganzen Tag. Über eine steile Holztreppe, die vom Flur vor dem Gästetrakt nach oben führte, gelangte sie zum Ausgang. Der Schlüssel steckte innen im Türschloss.

Sie öffnete die Tür und betrat die hölzerne Dachterrasse, auf der in zwei Reihen die Wäsche des Hauses zum Trocknen hing. Die Aussicht von hier oben war atemberaubend: Links und rechts breitete sich der Giudecca-Kanal unter ihr aus, gegenüber lag die Häuserreihe der Giudecca-Insel, und in die andere Richtung hatte man einen wunderbaren Blick über die roten Ziegeldächer der Paläste und Häuser des Stadtteils Dorsoduro.

Antonia bahnte sich einen Weg durch Bettlaken und Handtücher und breitete an einer freien Stelle ihre Isomatte am Boden aus. In der einen Hand einen Apfel, in der anderen ein Buch, legte sie sich genüsslich in die Sonne. Schon nach wenigen Minuten ließ sie den Roman allerdings sinken, schloss die Augen und schlief ein. Sie erwachte erst wieder, als jemand die Altana betrat. Antonia fröstelte. Die Sonne war, während sie geschlafen hatte, untergegangen, und die Dachterrasse lag jetzt im Schatten. Eine hagere, groß gewachsene Frau stand neben ihr und sah unfreundlich auf sie herab. Antonia sprang auf. Die Frau war etwa Mitte vierzig, hatte ein herbes Gesicht mit einer großen Nase und sah aus, als hätte sie bislang nicht viel Glück im Leben gehabt.

»Buona sera, mi chiamo Flavia.«

Ihrer Stimme mangelte es an Wärme. Antonia mochte die

dunklere Tonlage der italienischen Frauen, diese Stimme jedoch hatte einen schneidenden Klang. Sie erinnerte sich, dass Octavia beim Essen erzählt hatte, dass Giovanna, die Köchin, im Haushalt Unterstützung von Flavia hatte, einer Frau, die jeden Tag von der Giudecca zum Putzen und Waschen in den Palazzo kam. Antonia stellte sich ebenfalls vor und wollte der Fremden nach deutscher Gewohnheit die Hand schütteln. Flavia wandte sich jedoch ab, stieß ein heiseres »Piacere« aus und machte sich daran, die Wäsche abzuhängen. Als Antonia ihr anbot, dabei zu helfen, sah sie erstaunt auf.

»Nein danke, Signora, ich werde für diese Arbeit bezahlt und mache sie lieber alleine.«

Antonia murmelte verunsichert ein »Buona sera« und stieg die Treppe hinunter.

Im Gästeapartment wäre sie fast über Florians Schuhe gestolpert. Florian hatte die Angewohnheit, seine Sachen, wo er ging oder stand, einfach fallen zu lassen, wenn er nach Hause kam. Er lag auf dem Bett und schien erschöpft zu sein.

»Wie war dein Tag?«, fragte er mit schläfriger Stimme.

Antonia überlegte kurz, ob die von Octavia eingeforderte Diskretion auch Florian einschloss, entschied sich dagegen und erzählte aufgeregt von dem, was sie von Octavia erfahren hatte. Unruhig ging sie hin und her und schilderte, was in den Briefen stand.

»Was könnte das wohl bedeuten? Die ›7 M‹?«, schloss sie fragend.

Florian antwortete nicht. Als sie zu ihm hinübersah, war sein Kopf auf die Brust gesunken. Er war eingeschlafen. Unsanft weckte sie ihn. »Hey, ich erzähle hier ganze Romane, und du schläfst ein!«

»Oh, entschuldige!« Florian rieb sich die Augen. »Ich habe heute wie besessen geübt und bin furchtbar müde. Ich habe nicht das Gefühl, dass ich weitergekommen bin. Ich habe dieses Stück schon hundertmal geprobt, aber heute klappte es überhaupt nicht.«

»Vielleicht musst du dich erst an das Instrument gewöhnen«, sagte Antonia tröstend. »Du sagst doch selbst immer, dass jede Orgel ihre Eigenart hat. Sei nicht zu streng mit dir.«

Dann erzählte sie ihm ein zweites Mal von den Briefen, die Octavia Bayer ihr gezeigt hatte.

»Ich muss unbedingt herausbekommen, was es mit den ›7 M‹ auf sich hat.«

»Neiiiiin!« Florian warf sich auf den Bauch und vergrub den Kopf im Kissen. Dann hörte Antonia ihn grummeln: »Hab ich es nicht gesagt? In einem Hotel wäre das nicht passiert. Das würde zwar von der Mafia besucht, aber die lassen wenigstens die Gäste in Ruhe Urlaub machen …«

Gegen acht Uhr rief Jana an, um die beiden zu einer Ombra, dem abendlichen Glas Weißwein, in der Bar gegenüber einzuladen.

»Ein schöner Brauch.« Florians Stimmung hellte sich schlagartig auf. Bei ihrem letzten Venedig-Besuch waren sie auch immer auf ein kleines Glas Wein gegangen, bevor sie in einer Trattoria zu Abend gegessen hatten.

Die Weinbar »Cantinone Già Schiavi« lag in unmittelbarer Nähe des Palazzos. In dem engen Schankraum herrschte dichtes Gedränge. Am frühen Abend war es hier immer besonders voll. Mit einem Glas Wein in der Hand plauderten die Gäste lebhaft und laut durcheinander oder ließen sich von der Padrona mit Cicchetti, den venezianischen Häppchen, versorgen. Das »Già Schiavi« war, wie Jana erläuterte, ein Familienbetrieb. Die Eltern und drei Söhne bedienten im Akkord die Leute aus der Nachbarschaft sowie etliche Touristen, denen die Bar von unzähligen Venedig-Führern als »Geheimtipp« angepriesen wurde.

Die niedrige Balkendecke und die vielen dunkel gebeizten Regale mit Weinflaschen aus ganz Italien machten den Ort zu einem anziehenden Treffpunkt. Bei wärmeren Temperaturen, wie an diesem Abend, zog es viele Besucher nach draußen, wo man Gläser und Plastikteller auf die breite Kanalmauer stellte oder sich auf der Treppe der Brücke niederließ, die neben dem Eingang der Bar den Rio di San Trova überspannte. Antonia konnte sich angesichts der Leckereien in der Vitrine kaum entscheiden, wurde jedoch von einem der jüngeren Wirte in schiefem Englisch unsanft zur Bestellung gedrängt: »Next, next, please!«

Rasch deutete sie mit dem Zeigefinger auf drei Häppchen: eins mit Stockfischpüree, eins mit Mortadella und eingelegten Zwiebeln und ein drittes mit Gorgonzolacreme und hauchdünn geschnittenem Lauch.

Jana wartete in der Nähe der Theke auf sie, in der Hand ein Glas Spritz, das orangefarben leuchtete. Antonia lächelte einem anderen der Söhne, einem jungen Mann mit schwarzem Zopf, freundlich zu, als sie ihr Glas mit Aperol in Empfang nahm. Er erwiderte ihr Lächeln jedoch nicht, sondern nickte nur ernst in ihre Richtung.

»Komische Leute, die Venezianer«, sagte Antonia, die Italiener meist als überschwänglich und zugewandt erlebte. »So gar nicht italienisch.«

»Die Venezianer sind tatsächlich etwas melancholischer als die Leute vom Festland«, lächelte Jana. »Vielleicht weil ihre Stadt von so vielen Fremden heimgesucht wird, dass sie davon stoisch geworden sind. Oder ungeduldig. Übrigens verhalten sie sich auch italienischen Touristen oder Einheimischen gegenüber so, wenn sie sich nicht schnell genug entscheiden, was sie essen oder trinken wollen. Nimm es also nicht persönlich.«

»Wie dem auch sei: Die Häppchen sind phantastisch«, seufzte Antonia. »Ich freue mich schon jetzt auf die von morgen!«

Die drei leerten rasch ihre Gläser und zogen weiter ins Uni-Viertel zum Campo Santa Margherita. Auch hier standen viele Gäste in großen Trauben draußen vor den Bars, tranken, redeten und lachten. Der Platz war der Treffpunkt der Studenten, und er vibrierte von Leben. Einige der jungen Leute trugen große Lorbeerkränze auf dem Kopf oder um den Hals, und Jana erklärte Antonia und Florian, dass sie ihr Examen feierten.

An der Auslage einer Gelateria bestaunte Antonia die farbenfrohen Gebirge aus Schoko-, Pistazien- und Frutti-di-Bosco-Eis. Als Florian an die Vitrine trat, um für alle Eis zu bestellen, nutzte Antonia die Gelegenheit und fragte die Freundin nach dem Fremden, der sie am Vortag gegrüßt hatte. Jana schaute verlegen weg. Dann sagte sie mit plötzlicher Schroffheit: »Das war Onkel Guido.«

Antonia war überrascht. »Und was ist daran schlimm, deinen Onkel zu grüßen? Warum konntest du darüber nicht sprechen?«

Jana blickte verlegen auf die Spitzen ihrer teuren Designersandalen. »Es ist mir peinlich. Guido ist bei uns zu Hause Persona non grata. Großvater und er hatten vor Jahren einen furchtbaren Krach, und seitdem darf er das Haus nicht mehr betreten.«

Nach einer kleinen Pause warf sie fast trotzig den Kopf in Richtung Abendhimmel. »Guido ist aber total nett, und ich bin die Einzige aus der Familie, die ihn noch manchmal trifft. Ich fühle mich natürlich nicht gut dabei, weil ich meinen Großvater hintergehe.«

»Weiß deine Mutter davon, dass du ihn triffst?«

»Nein. Mama ist ihrem Vater gegenüber absolut loyal. Sie würde das nie erlauben.«

»Eccola, signorine!« Florian trug drei Becher mit Fruchteis in den Händen. Unter einem Baum der Piazza wurde gerade eine der rot gestrichenen Bänke frei, und die drei ließen sich darauf nieder.

»Was macht eigentlich deine Tante Cecilia, lebt sie auch in Venedig? Don Orione, den ich heute traf, hat mir erzählt, dass deine Mutter und deine Tante bei ihm zur Kommunion gegangen sind.«

Jana war bei der Frage ein wenig zusammengezuckt, fing sich jedoch rasch wieder. Gemächlich löffelte sie das Eis und lobte Florian für seine Wahl. Dann antwortete sie mit gleichmütiger Stimme: »Tante Cecilia ist vor einigen Jahren gestorben. Sie war Guidos Frau. Seit ihrem Tod hasst Großvater Guido. Er gibt ihm die Schuld an Cecilias Tod. Sie war depressiv und hat zuletzt sehr viel getrunken.«

»Dann waren die beiden wohl nicht sehr glücklich miteinander?«, fragte Antonia.

Jana nickte schwach. »Von Anfang an nicht. Aber ich habe jetzt keine Lust, darüber zu sprechen.«

Antonia schwieg. Sie hatte es geahnt. Hinter der vornehmen Fassade gab es weniger vornehme Konflikte, und ihr professioneller Instinkt sagte ihr, dass dies sehr wahrscheinlich noch nicht alles war.

4

Für ihre Recherchen hatte sie sich notiert, als Erstes mit Flavia zu sprechen. Sie war diejenige gewesen, die zwei der Drohbriefe in Empfang genommen hatte. Aber Flavia hatte am nächsten Vormittag frei. Octavia und Jana waren nicht zu Hause, sodass sie Giovanna nach Flavias Adresse fragte.

Die Köchin sah sie erstaunt an. Sie hätte sicher zu gerne gewusst, was Antonia von Flavia wollte. Es war ihr anzumerken, dass sie innerlich mit sich rang und ihre Neugierde kaum im Zaum halten konnte. Antonia schwieg sich jedoch über den Grund ihres Besuches aus. Giovanna schrieb ihr schließlich den Namen einer Gasse und eine Nummer auf die Rückseite eines Einkaufszettels und erläuterte ihr, meist auf Italienisch, mit wortreichen Ausführungen, denen Antonia nicht immer folgen konnte, dass es »molto difficile«, sehr schwierig sei, Flavias Haus in dem Gewirr der Gassen drüben auf der Giudecca zu finden. Die Hausnummern seien für Fremde verwirrend, denn in Venedig seien die Häuser nicht wie in Germania nacheinander nummeriert.

Antonia nahm das nächste Linienboot, fuhr zur Anlegestelle Palanca hinüber und machte zunächst einen Erkundungsgang über die kleine Insel. Hier hatten früher überwiegend Fischer, später dann Handwerker und Arbeiter gelebt. Die Häuser in der Mitte der Insel waren niedriger als in der Altstadt, und es gab kaum Paläste. Mitten auf der Insel befanden sich eine ehemalige Junghans-Fabrik und die frühere Mehlfabrik Molino Stucky, die man inzwischen aufwendig renoviert und in ein Hilton-Hotel verwandelt hatte. Hier war auch einmal das Gefängnis der Stadt gewesen, das jetzt nur noch das Frauengefängnis beherbergte. Antonia machte ein paar Fotos und dachte, dass es sicher schlechtere Plätze auf der Welt gab, in denen man seine Strafe absitzen musste. Dann schlenderte sie über das weitläufige Gelände der Bootswerft und des Jachthafens und kehrte nach einer Weile zu der Seite der Insel zurück, die der Stadt zugewandt war.

Am Ende der breiten Promenade bog sie nach rechts in eine schmale Gasse und suchte die Hausnummer, die Giovanna für sie notiert hatte. Die Köchin hatte recht. Die Hausnummern wechselten verwirrend oft, und sie konnte in der Nummerierung keinen Sinn erkennen. Von der Gasse, deren Name Giovanna auf das Blatt gekritzelt hatte, bog nach rechts eine noch schmalere ab. Die Häuser waren hier drei Stockwerke hoch und standen sich so dicht gegenüber, dass kaum Sonnenlicht bis nach unten drang. Es roch nach Katzenurin und Abwässern.

Über einem Eingang mit vielen Klingelknöpfen fand Antonia endlich die Nummer, die sie gesucht hatte, und entdeckte auch Flavias Namen. Sie schien ganz oben im Haus zu wohnen. Als Antonia die Fassade hinaufblickte, sah sie in ein Gewirr von Wäscheleinen voller Handtücher, Jeans und Unterwäsche. Auf den Fensterbänken standen ein paar Töpfe mit Geranien und Petersilie. Die Fenster des obersten Stocks waren geschlossen. Sie zögerte und entschloss sich plötzlich, doch nicht zu klingeln. Es wäre vielleicht unklug, Flavia eigens hier aufzusuchen und nach den Briefen zu fragen. Sie sollte ja diskret vorgehen. Flavia würde am Nachmittag wieder im Palazzo arbeiten, dann würde sich bestimmt eine Gelegenheit ergeben, sie zu fragen.

Als sie die dunkle Gasse verließ, hörte sie, wie hinter ihr eine Tür zugeschlagen wurde. Zwei Männer hatten gerade Flavias Haus verlassen. Der Ältere war klein und gedrungen und trug den linken Arm in einer Schlinge. Der andere konnte höchstens Mitte zwanzig sein. Der Ältere redete mit autoritärer Stimme auf ihn ein. Antonia konnte nicht verstehen, was er sagte, wahrscheinlich sprach er in venezianischem Dialekt. Ungeduldig drängte er sich an Antonia vorbei. Der Jüngere trug eine dünne blaue Windjacke mit hochgeschlagenem Kragen und eine Sonnenbrille. Die beiden Männer erreichten jetzt die Promenade. Als sie dort ankam, sah Antonia, wie sie in einer Bar verschwanden.

Sie ließ sich neben zeichnenden Kunststudenten auf den Stufen vor der Redentore-Kirche nieder und genoss den Anblick der Silhouette von den Zattere bis zur rosa- und cremefarbenen Fassade des Dogenpalastes. Dann bekam sie plötzlich Lust, ein Bild zu sehen, über das sie als Psychologiestudentin in einem Seminar über »Traum und Träume« ein Referat gehalten hatte. Sie nahm das nächste Boot zurück und lief zur Accademia-Galerie.

Im Museum bewegte sie sich zielstrebig an den vielen anderen

Exponaten vorbei direkt in den Saal mit Vittore Carpaccios Zyklus vom »Leben der heiligen Ursula«. Die Geschichte der Ursula, die der Legende nach mit elftausend Jungfrauen nach Köln fuhr und dort den Märtyrertod fand, weil sie sich weigerte, ihrem Glauben abzuschwören und einen heidnischen Fürsten zum Mann zu nehmen, füllte den gesamten Raum aus. Am Ende der rechten Seite hing Antonias Lieblingsbild: »Der Traum der heiligen Ursula«.

Sie setzte sich auf eine der gepolsterten Museumsbänke und versank in Carpaccios wundersamem Gemälde. In Bildern war immer eine Geschichte versteckt, die nicht im Katalog oder in den wissenschaftlichen Abhandlungen beschrieben stand. Mit dem ihr eigenen Spürsinn entdeckte Antonia in den Darstellungen oft neue Zusammenhänge. In ihrer Hausarbeit hatte sie versucht, Ursulas Traum als eine Wunscherfüllung zu deuten. Die träumende Ursula wünsche sich den schönen Engel, der ihrem Bett gegenüber in der offenen Tür stehe, hatte sie im Seminar vorgetragen. Die junge Frau auf dem Bild lag auf der linken Seite des breiten Himmelbettes, das rechts Platz für einen anderen Schläfer ließ. Türen und Fenster des Schlafgemachs waren weit geöffnet, und der Schatten des jungen Mannes zielte auf das jungfräuliche Lager. Er trug einen Palmzweig in der Hand.

In Hamburg war Jana mit ihr ins Kunsthistorische Institut gegangen und hatte ihr erklärt, dass Märtyrer in der Malerei dieser Epoche durch die Märtyrerpalme gekennzeichnet wurden. Der Palmzweig in der Hand des Engels bedeute den Sieg über das Irdische durch das Martyrium, bei jungfräulichen Märtyrerinnen zudem den Sieg über »das Fleisch«.

»Heute würden wir es ›Begehren‹ nennen«, hatte Jana lachend gesagt.

Auf dem Schreibpult der Prinzessin stand ein Topf mit einer kleinen Feder. Antonia hatte den Palmzweig des Engels als große Feder gesehen und die Idee gehabt, dass die beiden einen Vertrag unterzeichnen wollten, der auf beiderseitigem Einverständnis beruhte. Als Jana ihr den Palmzweig als Zeichen des Martyriums deutete, war diese Annahme hinfällig geworden. Antonia fühlte sich trotzdem bestätigt. Hatte die Prinzessin nicht ihre Krone, das Zeichen ihres gesellschaftlichen Standes, abgelegt? Und Jana hatte ihr erklärt, dass das Hündchen am Fußende des Bettes in der

Malerei der Renaissance für Sexualität stehe. Wenn der Engel Ursula nicht, wie bei Maria, die Botschaft einer zukünftigen Empfängnis, sondern der schlafenden Prinzessin Martyrium und Tod verkündete, dann, so hatte Antonia im Seminar argumentiert, musste man den Traum als *doppelten* Wunsch deuten, dem Wunsch nach Sexualität und dem gleichzeitigen Wunsch nach Bestrafung für die verpönte Sehnsucht.

Im Seminar hatte sie mit ihren Thesen für Unruhe gesorgt und eine Diskussion über die frühchristlichen Märtyrer entfacht. Schließlich, so meinten einige, hätten diese sich ja wohl kaum den Tod *gewünscht*. Aber Antonia blieb bei ihrer These, der Maler habe hier den Wunsch der Ursula zum Ausdruck gebracht. Der Engel sei sozusagen ihr »Traummann«, sie sterbe jedoch als Jungfrau, die Stelle neben ihr müsse leer bleiben. Einer Ehe habe sie sich widersetzt und den Tod einem Leben »in Sünde« vorgezogen.

Antonia betrachtete lange das bleiche Gesicht der Schlafenden, das tatsächlich an das Gesicht einer Toten erinnerte. Ihr Kopf ruhte in ihrer rechten Hand, und unter ihrem Ellbogen befand sich am Ende ihres Kissens ein Zierknopf, auf dem das Wort »In – fan – tia« stand und auf die Kindlichkeit der Schlafenden verwies. Was hatte das zu bedeuten? Wie alle großen Kunstwerke gab auch dieses Bild ständig neue Rätsel auf.

Als sie einen Blick auf ihre Uhr warf, sprang sie erschrocken auf. Sie war mit Florian im »All'Angolo« am Campo San Stefano verabredet und hatte die Zeit vergessen. Im Sturmschritt verließ sie das Museum, lief über die Accademia-Brücke und über den Campo. Sie sah Florian schon von Weitem an einem der kleinen Tische vor dem Café sitzen. Als sie dort ankam, steckte er sich gerade den letzten Rest eines Sandwichs in den Mund und tippte auf seine Armbanduhr.

»Du bist spät dran. Ich muss weg. Die Proben fangen gleich wieder an. Wo warst du denn so lange?«

»Ich hatte ein Date mit dem Maler Carpaccio. Entschuldige, Florian, ich hab dabei ganz die Zeit vergessen …«

Florian wischte sich den Mund mit der weißen Papierserviette ab und gab ihr einen flüchtigen Kuss. »Ich muss los. Heute kommt der Gastprofessor aus Amsterdam. Er kann nur zwei Tage bleiben, daher ist jede Minute mit ihm kostbar.«

Antonia sah ihm nach, bis er hinter dem Denkmal des Dichters Tommaseo verschwunden war, den die Venezianer »Bücherscheißer« nannten, weil er an einem Stapel Bücher lehnte, der halb unter seinem Mantel verborgen war.

Sie bestellte sich zwei Tramezzini mit Thunfisch und Ei und setzte sich an Florians Tisch. Carpaccios Bild vom Traum der heiligen Ursula drängte sich vor ihr inneres Auge. Träume waren seltsam. Hatte sie nicht diesen merkwürdigen Alptraum gehabt, bevor sie nach Venedig gereist waren? Er war ihr wieder eingefallen, als die beiden Männer in der engen Gasse auf der Giudecca sie überholten. Ihr Herz klopfte augenblicklich schneller, als sie sich daran erinnerte, wie sie in den grauen Wassermassen versunken war.

Sie verdrängte das Bild und überlegte stattdessen, wie sie Flavia am besten nach den Briefen fragen konnte, ohne allzu viel Aufsehen zu erregen. Jana würde dolmetschen müssen. Aber das würde ihr Gespräch immer wieder unterbrechen, und Antonia war es gewohnt, ihre Informanten durch schnelles Fragen unter Druck zu setzen, um aus ihren Reaktionen abzulesen, ob sie ihnen Glauben schenken konnte oder nicht. Von einer Entscheidung wurde sie enthoben, weil ihr Handy klingelte und Octavia sie fragte, ob sie in einer Stunde mit ihr Tee trinken wolle. Antonia, die bis dahin den Tag allein verbracht hatte, nahm das Angebot dankbar an.

Als sie im Palazzo den Wohntrakt der Familie betrat, fand sie Flavia im Flur vor. Der Raum war hell erleuchtet, der Geruch von Pflegemitteln hing in der Luft. Flavia hatte die Deckenfluter eingeschaltet. Sie stand auf einer Leiter und bearbeitete vorsichtig und konzentriert ein Gemälde nach dem anderen. Sie nickte nur knapp zurück und sah kaum auf, als Antonia sie grüßte.

Antonia sah ihr eine Weile zu, wie sie vorsichtig mit einem Staubwedel über die Leinwand ging und dann mit einem ölgetränkten Lappen über die Rahmen streifte. Die Ecken der Bilder säuberte sie mit einem Pinsel. Antonia wollte sie in ihrer Arbeit nicht unterbrechen. Nach dem Tee würde sich noch eine Gelegenheit ergeben, sie nach den Briefen zu fragen.

Im Salon stand Giovanna mit dem Tablett in der Hand vor dem kleinen Tisch, den sie gerade gedeckt hatte und schien ihr Werk noch einmal prüfend zu betrachten.

»Die Signora will nachmittags immer Tee, wie in Hamburg. Bei uns trinkt man keinen Tee. Ohne meinen Kaffee käme ich nicht durch den Tag. Tee ist für mich eher wie heißes Wasser. Wir kennen das nicht. Auch der Conte ist gegen diese Teetrinkerei. Wenn er hier ist, geht er pünktlich um vier jeden Nachmittag ins ›Quadri‹ und trinkt dort seinen Kaffee. Das macht er schon seit Jahrzehnten so, und deshalb kennt ihn auch jeder dort. Neulich treffe ich Signora Rossi, unsere Nachbarin, und was glauben Sie, was die mir erzählt hat? Sie hatte einmal diese englischen Gäste …«

Antonia stand, Giovannas Wortschwall ausgeliefert, etwas verlegen am Fenster. Octavia war eingetreten und kam ihr zu Hilfe.

»Giovanna, heute legt das Gemüseboot aus San Erasmo an der Giudecca an. Holen Sie uns doch bitte Artischockenböden und Zucchini für das Abendessen.«

Octavia wirkte heute entspannter als am Vortag. Sie trug Jeans, und ihr Haar war nicht hochgesteckt, sondern im Nacken mit einer schwarzen Samtschleife zu einem losen Zopf gebunden. Sie bat Antonia, sich zu setzen, und goss Tee ein. Antonia nahm einen Schluck von dem duftenden Earl Grey und brachte das Gespräch auf Flavia.

»Sie nimmt ihre Arbeit offenbar sehr ernst.«

»Oh ja, sie ist eine ausgezeichnete Kraft. Mein Vater hat ihr ausdrücklich die Gemälde anvertraut. Sie hat vorher bei einer alten Principessa gearbeitet, die noch mit Peggy Guggenheim befreundet war. Die alte Dame war sehr streng und mit ihren Angestellten unerbittlich. Flavia hat mir erzählt, dass sie im Winter draußen die Tontöpfe schrubben musste, wenn sie im Haus fertig war. Sie hatte immer ein hartes Leben. Ihre Familie ist bitterarm. Sie kommt aus einer Kleinbauernfamilie vom Festland.«

»Und wie lange ist sie schon bei Ihnen?«

»Seit etwa einem halben Jahr. Sie kam Anfang Dezember in unser Haus. Wir haben lange nach einer Haushaltshilfe gesucht und immer wieder inseriert. Mein Vater hatte Bedenken, eine Fremde ins Haus zu lassen. Aber Flavia hatte beste Referenzen. Sie ist sehr tüchtig und absolut zuverlässig.«

Als Octavia ihr Tee nachschenkte, fiel Antonias Blick auf die großen Initialen »C« und »F«, die auf der Außenseite der silbernen Kanne eingraviert waren. Zuckerdose und Milchkännchen trugen dieselben Buchstaben, die sich verspielt nach rechts neigten.

»Sind das die Initialen Ihrer Mutter oder Großmutter?«

Octavia lächelte. »Der Vorname meiner Mutter war zwar Chiara, aber sie war eine sehr schlichte Frau und hätte diesen Aufwand nicht betrieben. CF steht für Cecilia Falieri, es ist der Name meiner Schwester. Alles Mögliche im Haushalt ist mit diesen Buchstaben geschmückt. Handtücher, Bettwäsche, Briefpapier, alles. Cecilia lebte hier lange Jahre allein mit meinem Vater. Ich war ja in Hamburg verheiratet. Aus Langeweile hat sie immer wieder die Wohnung umdekoriert oder Dinge mit ihren Anfangsbuchstaben versehen lassen. Nardo, unser Restaurator, der schon für meinen Großvater die Sammlung betreute, hat diese Gravuren gemacht.«

Antonia nahm die Zuckerdose auf und betrachtete sie näher. »Und arbeitet er immer noch für Ihren Vater?«

»Nein. Nardo ist inzwischen neunzig und lebt bei seiner Schwester auf der Insel Burano. Die Menschen auf den Inseln, sagt man, werden besonders alt.«

»Und Ihre Schwester?«, fragte Antonia vorsichtig.

Octavia schwieg einen Moment, und ein bitterer Zug legte sich um ihren Mund.

»Cecilia ist jetzt schon vier Jahre tot. Sie war der Liebling meines Vaters. Ihr Mädchenzimmer ist noch so, wie sie es nach ihrer Hochzeit verlassen hat. Mein Vater will nicht, dass dort etwas verändert wird. Ich finde das schrecklich, aber ich möchte ihm nicht widersprechen.«

Octavias Augen verdunkelten sich, und sie zündete sich eine Zigarette an.

»Unser Grab auf San Michele ist seit ihrem Tod stets mit frischen Blumen geschmückt. Er hat einen Gärtner beauftragt, sie alle paar Tage zu erneuern. Ich sollte das nicht sagen, aber es ist doch seltsam: Nach dem Tod unserer Mutter hat er diesen Aufwand nicht betrieben.«

Antonia nickte nachdenklich. Dann richtete sie sich auf und blickte Octavia fest in die Augen. »Darf ich Sie etwas Persönliches fragen?«

Octavia nickte irritiert. »Natürlich.«

»Ich habe nicht den Eindruck, dass Sie hier besonders glücklich sind. Warum bleiben Sie in Venedig, wenn alle Ihre Freunde in Deutschland leben?«

Octavia blies den Rauch in sanften Kringeln gegen die Balkendecke des Salons.

»Wegen Jana und Ugo. Mein Vater würde mich enterben, wenn ich zurückginge. Er hat mir meine Heirat schon kaum verziehen. Ich muss an die Kinder denken. Die Lebensversicherung meines Mannes reichte nicht, um beiden ein Studium zu finanzieren. Auch ist es angenehm, Dienstboten zu haben. Und mein Vater ist ausgesprochen liebenswürdig zu mir. Liebenswürdig und großzügig. Solange wir hier leben, brauchen wir uns keine Sorgen zu machen. Er kommt übrigens gegen Ende der Woche aus der Schweiz zurück.«

Der Gedanke daran schien sie so nervös zu machen, dass sie die nur angerauchte Zigarette heftig im Aschenbecher ausdrückte.

»Bis dahin würde ich gerne wissen, was die Briefe zu bedeuten haben …«

Dabei trat wieder dieser flehende Ausdruck in ihre Augen, den Antonia schon an ihr kannte. Sie spürte ein Prickeln im Nacken, das sich immer dann einstellte, wenn sie sich unter Druck gesetzt fühlte, und nahm noch einen großen Schluck Tee.

»Ich werde mein Bestes tun.«

»Ich habe Angst um meinen Vater.« Octavias Stimme zitterte jetzt ein wenig. »Er ist so leicht zu erschüttern, und vielleicht sind diese Leute gefährlich …«

»Ich denke, sie wollen Geld. Ich weiß allerdings noch nicht, wie sie es anstellen wollen. Aber ich hätte da noch eine Frage.«

»Ja?«

»Sie sagten, der erste Brief sei vor Weihnachten eingetroffen. Ihr Vater war seitdem überwiegend in der Schweiz. Hat sich vor seiner Abreise etwas ereignet? Gab es einen Vorfall, irgendetwas, das anders war als sonst, etwas Ungewöhnliches?«

»Nein. Unser Leben hier ist geordnet und verläuft in absolut ruhigen Bahnen. Allerdings …« Octavia zog ihre Stola enger um die Schultern. »Vater war einige Tage bettlägrig, bevor er Ende Januar wieder abreiste. Sein Herz, ich sagte es ja bereits. Er hatte zweimal diesen Kunsthändler zu Besuch. Ich hatte ihn gewarnt, denn schon nach dem ersten Besuch ging es ihm schlecht, aber er wollte den Mann unbedingt empfangen …«

»Ein Kunsthändler? Wer war das? Jemand aus Venedig?«

»Nein, ein Amerikaner. Aus Baltimore. Mein Vater erwähnte die Stadt. Ich erinnere mich daran, weil wir beide nicht wussten, wo genau sie in den USA liegt.«

»Haben Sie den Mann kennengelernt?«

»Nein, ich habe ihn nur kurz gesehen. Mein Vater zog sich mit ihm ins Arbeitszimmer zurück. Der Mann war etwa sechzig bis Mitte sechzig, hatte ein gepflegtes, aber unauffälliges Äußeres und einen grauen Bürstenhaarschnitt ... Mein Vater war nach diesem Besuch sehr durcheinander. Er musste ein Beruhigungsmittel nehmen, wollte mir aber nicht sagen, worum es ging. Ich dachte, wahrscheinlich war der Mann jemand, der nichts von Bildern versteht und ihm für wenig Geld etwas aus der Sammlung abschwatzen wollte.«

»Wann genau war der erste Besuch?«

»Das muss Ende November gewesen sein. Er ist dann im Januar noch einmal zu Besuch gekommen. Ich erinnere mich noch sehr genau. Vater und ich saßen gerade im Salon und hörten eine alte Aufnahme, Beethovens 6. Sinfonie von Toscanini dirigiert, die mein Vater sehr liebt, weil er sie oft mit meiner Mutter angehört hat. Wir hatten sie verliehen und an diesem Morgen zurückbekommen. Flavia meldete dann einen Besucher, den Herrn aus den USA. Mein Vater ging mit dem Mann sofort in sein Arbeitszimmer. Der Besucher blieb nicht lange, und mein Vater kam nicht in den Salon zurück. Als ich ins Arbeitszimmer kam, um nach ihm zu sehen, saß er zusammengesunken im Sessel. Es ging ihm nicht gut. Ich habe seine Kardiologin gerufen, die ihm Bettruhe verordnete und ihm empfahl, wieder zu seiner Schwester in die Schweiz zu gehen.«

Die Tochter des Conte zündete sich eine neue Zigarette an.

»Wissen Sie den Namen des Händlers?«

Octavia nahm zwei Züge von der Zigarette, bevor sie antwortete. Wieder blies sie den Rauch in sauberen Kringeln in Richtung Decke. Antonia dachte für einen Augenblick, dass die ordentlichen Rauchringe, die über ihnen schwebten und sich langsam auflösten, zu Janas Mutter passten, unterstrichen sie doch, wie kontrolliert Octavia war.

»In dem ganzen Durcheinander habe ich vergessen, danach zu fragen. Ich weiß nur, dass er meinen Vater letztes Jahr im ›Quadri‹

angesprochen hat. Jemand muss ihm den Tipp gegeben haben, dass er dort nachmittags seinen Kaffee trinkt. Dann ist er hier unangemeldet vorbeigekommen. Am nächsten Tag reiste Papa dann in die Schweiz und kam erst kurz vor Weihnachten zurück. Dann hat uns dieser Amerikaner wie gesagt im Januar noch einmal besucht, und danach hatte mein Vater den Schwächeanfall. Ich habe mich dann nicht mehr getraut, ihn auf diese Besuche anzusprechen aus Angst, es könnte ihn zu sehr aufregen.«

»Was ist mit Flavia? Vielleicht kann sie sich an den Namen des Händlers erinnern.«

Octavia drückte ihre Zigarette aus, stand auf und strich ihren Rock glatt. »Ich werde sie fragen. Ich glaube, der Amerikaner hat sogar seine Karte abgegeben.«

Octavia ging zur Tür und wechselte ein paar Worte mit der Hausangestellten, die offenbar immer noch im Flur auf der Leiter stand.

Als Flavia eintrat, schien sich der Raum durch ihr Erscheinen um einige Grad abzukühlen. Ihre Haut wirkte gegen den dunklen Kittel, den sie zur Arbeit trug, merkwürdig wächsern. Octavia fragte sie nach dem Namen des Mannes, der den Conte im Januar besucht hatte. Flavia schien irritiert.

»Ich weiß nicht, was Sie meinen, Signora!«

»Aber Sie haben den Herrn doch gemeldet. Bitte versuchen Sie sich zu erinnern, Flavia. Er war Amerikaner.«

Octavias Stimme hatte einen verzweifelten Ton angenommen. Flavia rieb ihre Hände nervös an der Schürze.

»Ein Americano war hier, das ist richtig. Er hat eine Karte abgegeben, und ich habe sie dem Conte gebracht. Es war ein ausländischer Name, und ich habe ihn nicht behalten. Sie müssen den Conte fragen.«

»Danke, Flavia. Das war alles.«

»Va bene, Signora. Ich bin dann oben. Ich gehe heute in den Saal. Der Conte hat mir bei seinem letzten Besuch aufgetragen, die Rahmen auf der Galerie zu entstauben und mit Holzöl zu behandeln.«

Antonia wartete ab, bis Flavia die Wohnungstür von außen geschlossen hatte. Dann schlug sie Octavia vor, gemeinsam nach der Visitenkarte des Besuchers zu suchen.

»Vielleicht ist sie noch irgendwo auf dem Schreibtisch Ihres Vaters.«

Im Arbeitszimmer des Conte waren die Läden geschlossen. Octavia öffnete sie und ließ die Sonne herein. Vor dem mittleren der drei Fenster stand ein großer Mahagonischreibtisch. An den Wänden reihten sich Bücherschränke mit verglasten Türen, auf einem kleinen Tisch lag ein Stapel Kunstbände, die einen unbenutzten Eindruck machten, und auf einer Stele neben dem Schreibtisch stand eine Büste Dantes.

Antonia fragte sich, was der Conte hier wohl arbeitete. Sein Schreibtisch verriet es nicht. Die Oberfläche war auf Hochglanz poliert, und der Geruch des Reinigungsmittels, das Flavia im Flur benutzt hatte, hing auch hier in der Luft.

»Hat Flavia hier heute geputzt?«

Octavia sah sie ratlos an. »Das kann sein, aber ich bin mir nicht sicher. Giovanna gibt ihr meist die Anweisungen, was zu tun ist.«

Neben säuberlich ausgerichteten Schreibutensilien und einer Unterlage aus grünem Filz stand eine silberne Schale mit Visitenkarten. Octavia und Antonia gingen die gut dreißig Karten durch, keine wies jedoch auf einen Besucher aus den USA hin. Die meisten enthielten venezianische Adressen.

»Vielleicht hat Ihr Vater die Karte des Kunsthändlers in einer Schublade aufbewahrt?«

Sämtliche Schubladen des Schreibtisches waren verschlossen. Antonia untersuchte noch einmal gründlich die Schreibunterlage. An ihrem Rand steckte ein weißes Blatt Löschpapier, auf das der Conte hier und da etwas gekritzelt hatte. Es waren Namen, Zahlen und kleine Zeichnungen, wie man sie manchmal unbewusst und flüchtig beim Telefonieren anfertigt. Der Conte hatte offenbar eine Vorliebe für Vierecke und Kreise, die er miteinander verschränkte. In der rechten oberen Ecke, eingerahmt von zwei Rhomben, stand eine längere Telefonnummer mit der Vorwahl 001.

»Das hier könnte die Telefonnummer des Händlers sein. Jedenfalls ist das eine amerikanische Telefonnummer. Wir müssen überprüfen, ob es eine Nummer aus Baltimore ist. Haben Sie einen Internetanschluss?«

Octavia führte Antonia in ihr eigenes Arbeitszimmer. Auf dem Schreibtisch am Fenster standen ein aufgeklappter weißer Apple-

Laptop und ein Tischtelefon. Octavia ging online und fand mit ein paar Klicks die Homepage von Baltimore. Die Vorwahl der Stadt, die Antonia auf einen Zettel gekritzelt hatte, stimmte mit der im Internet überein. Antonia nahm sich, ohne zu zögern, den Telefonapparat und wählte die Nummer, die der Conte notiert hatte. Es war besetzt. Beim zweiten Versuch hob jemand ab. Eine Frauenstimme meldete sich. Antonia tat so, als habe sie sich verwählt:

»Hello! Is that Mrs Smith? Who is there? I don't understand. What's your name please?«

Die Stimme am anderen Ende antwortete geduldig: »This is Esther Singer speaking. Mrs Aram Singer.«

Antonia fragte noch einmal nach, ließ sich den Namen buchstabieren und notierte ihn neben der Telefonnummer. Dann entschuldigte sie sich mit »Sorry, wrong number!« und legte auf. Sie reichte Octavia den Zettel und bat sie, den Namen Aram Singer zu googeln. Nach wenigen Augenblicken erschien tatsächlich die Adresse eines Aram Singer in Baltimore auf dem Bildschirm.

»Das muss der Mann sein, der Ihren Vater besucht hat!«, rief Antonia.

Octavia war irritiert. »Von Kunsthändler steht hier aber nichts. Dieser Aram Singer verkauft offenbar Badezimmereinrichtungen …«

Antonia nickte. »Trotzdem spricht die notierte Telefonnummer dafür, dass dies der Mann ist, den wir suchen. Sie müssen den Conte bei nächster Gelegenheit nach Mr Singer fragen.«

Antonia ließ die ratlose Octavia allein zurück und ging langsam die Treppe zum Gästeapartment hoch. Endlich ein Anhaltspunkt, mit dem sie arbeiten konnte. Dieser Gedanke beflügelte sie. Sie wollte sich Notizen machen und ihre nächsten Schritte planen.

Auf der zweiten Etage fand sie zu ihrer Überraschung die Tür, die zum Saal mit der großen Gemäldesammlung des Conte führte, offen stehen. Flavia hatte es offenbar versäumt, sie hinter sich zu schließen. Antonia betrat den kleinen Vorraum. Leise näherte sie sich dem Saal, der von oben – wie in einem Museum – durch einen großen Lichtschacht erhellt wurde und an dessen hohen Wänden großformatige Gemälde hingen. Ringsum verlief an allen Seiten eine Galerie, auf der weitere Bilder hingen.

Flavia war offenbar so in ihre Arbeit vertieft, dass sie Antonias Eintreten nicht bemerkt hatte. Sie stand mit dem Rücken zu ihr; ihre Arbeitsutensilien, Staubwedel, Tücher und Reinigungsmittel, lagen am Fuß der Treppe, die auf die Galerie führte. Anscheinend hatte sie oben noch nicht angefangen. Sie schien jedoch auch unten nicht mit Reinigen beschäftigt zu sein, denn sie ging von einem Bild zum anderen und tastete die Rahmen von hinten ab, indem sie ihre Finger zwischen Bild und Wand schob und systematisch von oben nach unten gleiten ließ. Vielleicht hatte der Conte ihr befohlen, auch hinter den Bilderrahmen zu putzen.

Flavia war so auf ihr Tun konzentriert, dass Antonia sich leise wieder zurückbewegen konnte, ohne dass ihre Anwesenheit bemerkt wurde. Dann klopfte sie laut an der Tür und tat so, als sei sie eben erst eingetreten.

Flavia antwortete mit einem lauten »Si!« und rieb jetzt geschäftig mit einem Tuch über den in der Mitte des Raums auf einer Drehscheibe fixierten Sessel, von dem aus der Conte seine Schätze in alle Richtungen genießen konnte.

Antonia fragte, ob sie einen Blick auf die Bilder werfen dürfe. Flavia stimmte dem mit einem mürrischen »Prego« zu, dann widmete sie sich wieder dem Drehsessel, dem einzigen Möbelstück im Raum, ging auf die Knie und bearbeitete eine kleinere Fläche im Parkett. Es schien so, als betrachte der Conte am liebsten die Bilder an der rechten Wand, denn auf dieser Seite des Stuhls war der Boden deutlich abgenutzt.

Antonia sagte artig »Grazie«, machte einmal die Runde an den Wänden entlang und ging dann rasch zurück in ihr Apartment.

Auf dem Küchentisch lagen ihre Notizen vom Vortag. Als sie sich hinsetzte, um die neuen Eindrücke festzuhalten, schien es ihr, als lägen die Papiere anders da als am Morgen.

Gegen sieben Uhr klopfte es an der Tür der Gästewohnung. Es war Jana, die sie zu einem Aperitif im »Già Schiavi« abholen wollte. Florian hatte eine SMS geschrieben, dass er mit den Kollegen und dem Gastprofessor zu Abend essen wolle und vorher in der Weinbar vorbeikäme.

Während Jana das Angebot mit den Häppchen in der Vitrine studierte, wirbelten Antonia die Gedanken wie Konfetti im Kopf herum. War Aram Singer der Mann, dessen Besuch den Conte so aufgeregt hatte? Steckte er hinter den anonymen Briefen? Gab es eine Verbindung des Conte in die USA? Welche Beziehungen hatte er zum internationalen Kunstmarkt? War er tatsächlich ein Verräter und Dieb, wie in den Briefen geschrieben stand? Oder ging es um eine politische Abrechnung?

Sie bestellte sich geistesabwesend einen Spritz und nahm ebenso abwesend das Getränk entgegen. Der Mann mit dem Zopf, den sie so sympathisch fand, schaute sie dabei aufmerksam an. Als sie die zwei Euro für den Aperitif auf den Tresen legte, bedankte er sich freundlich. Antonia schaute erstaunt auf. Das war neu. Sie ging zu Jana und fragte halblaut: »Wie heißt der eigentlich?«

»Das ist Luca. Er ist ein bisschen scheu.« Jana biss in eines ihrer Häppchen. »Mhhm, die Padrona hat wieder etwas Neues kreiert. Probier mal: Käsecreme mit Feige und Kakaopuder, phantastisch!«

Antonia sah verstohlen zu Luca hinüber, und Jana folgte ihrem Blick.

»Wieso interessiert er dich?«

»Ich weiß nicht, er erinnert mich an einen früheren Freund, Pierre, du weißt …«

»Bist du immer noch nicht über seinen Tod hinweg?«

Janas Stimme hatte einen ungeduldigen Ton bekommen. Antonia war von Janas Kälte irritiert.

»Für meine Erinnerungen kann ich schließlich nichts …«, setzte sie zu einer Erklärung an. Aber Jana war schon wieder an den Tresen mit der schwarz-rot gesprenkelten Granitplatte getreten und bestellte sich auch ein Glas Spritz. Dann wandte sie den Kopf um und fragte quer durch den Raum, ob Antonia auch noch etwas trinken wolle. Antonia verneinte.

Luca sah bei Janas Frage zu ihr herüber, und sein Blick schien sich dabei in ihre Augen hinabzusenken. Für ein paar Sekunden hatte sie das Gefühl, eine große Stille breite sich um sie herum aus. In Lucas Augen lag die Melancholie eines Menschen, der nicht viel Hoffnung hegt, dass sich sein Leben noch einmal ändern wird. Dann kehrte der Lärm zurück. Luca griff nach der Flasche Aperol und bereitete routiniert Janas Getränk zu. Antonia sann seinem Blick nach. Als habe sich die Trauer von Jahrhunderten auf dem Grund dieser Augen abgelagert. Gleichzeitig war so etwas wie Interesse an ihr in ihnen aufgeglommen. Diese seltsame Stadt brachte seltsame Menschen hervor, dachte sie.

Jana unterbrach ihre Gedanken und bat sie, ihr nach draußen zu folgen, um den Aperitif in der Abendsonne zu genießen. Als sie ihr Glas auf der Kanalmauer vor der Bar absetzte, brachte sie das Gespräch auf die Drohbriefe.

»Mama hat mir gesagt, dass sie dir die Briefe gezeigt hat. Was hältst du von der Sache?«

Antonia zögerte. Sie sprach mit Ausnahme von Florian ungern mit anderen über ihre Arbeit.

»Ich habe keine Ahnung. Aus den Briefen selbst ist ja nicht viel zu schließen.«

Sie wartete Janas Reaktion ab. Diese zuckte aber nur mit den Schultern und sagte: »Mama will sie mir nicht zeigen. Außer dir hat sie noch kein anderer gesehen. Sie will alles möglichst unauffällig halten, damit Großvater nichts davon erfährt …«

Ihr Gespräch wurde unterbrochen, weil sich Florian zusammen mit dem holländischen Gastprofessor und zwei Kollegen aus der Orgelklasse zu ihnen gesellte. Zu sechst gingen sie in den Schankraum zurück, und der gut gelaunte Holländer bestellte für alle eine Runde Prosecco. Luca schaute nicht mehr zu Antonia herüber. Er sprach mit den Gästen und verrichtete die Handgriffe, die er tagtäglich verrichtete. Die Gruppe leerte ihre Gläser und beschloss, zusammen essen zu gehen. In der nahe gelegenen Pizzeria »Casin dei Nobili« klang der Abend mit viel Gelächter, Wein und Pasta aus.

5

»Sie müssen sich unbedingt unseren Tintoretto ansehen. Das Prunkstück unserer Kirche!«, rief Don Orione, als er Antonia und Florian im Mittelschiff seiner Kirche entdeckte. Die beiden waren nach dem Frühstück zur Kirche San Trovaso hinübergegangen, um den Priester zu besuchen.

Die Kirchentür war offen gewesen und niemand im Inneren zu sehen. Es roch nach dem Wachs abgebrannter Kerzen, nach Weihrauch und alten Stoffen. Aus einem Lautsprecher dudelte pseudoklassische Musik. Florian hielt sich die Ohren zu, weil er schlechte Musik nicht ertragen konnte. Gerade als Antonia ihn fragen wollte, ob sie wieder gehen sollten, kam Don Orione aus der Sakristei und begrüßte sie überaus herzlich. Dann drängte er sie zu einem Seitenaltar und wies auf den Tintoretto.

Das Gemälde zeigte Jesus und die Jünger beim letzten Abendmahl. Don Orione hob stolz die Hände. »L'ultima cena! Schauen Sie es sich an! Es sind lauter Gegenstände des Alltags auf diesem Bild zu sehen. Der Korbstuhl, das Tongeschirr … Christus als einer von uns, wollte der Maler uns sagen. Es ist wunderbar, nicht wahr?«

Florian lobte das Bild in höchsten Tönen, vielleicht weil er sich dadurch bei Don Orione dafür entschuldigen wollte, dass er sich die Ohren zugehalten hatte. Auch Antonia zeigte sich begeistert, obwohl sie fand, dass es einen besseren Platz als diese Seitenkapelle verdient hatte. Don Orione erzählte ihnen ausführlich und mit lebhafter Gestik, wie das Gemälde in die Kirche gekommen war, und Antonia wollte ihn gerade fragen, ob er Carpaccios Bild vom »Traum der heiligen Ursula« kenne, als sich der Priester schon wieder geschäftig abwandte. Ein Brautpaar warte auf ihn.

»Sie wollen mit mir ihre Hochzeit besprechen. Der Bräutigam ist übrigens der jüngste Bruder von Flavia, der neuen Angestellten des Conte. Andrea, ein sehr sympathischer junger Mann. Dass die beiden Verlobten schon lange zusammenleben, darüber sehe ich hinweg, aber was mich ärgert, ist die Dummheit, dass sie sich hoch verschulden, um eine große Hochzeit feiern zu können. Bescheidenheit ist unter jungen Menschen kaum noch verbreitet, dio mio, was für grässliche Zeiten, in denen wir leben …«

Don Orione ging auf den Eingang zu, durch den gerade ein junges Paar eintrat, und verschwand laut palavernd mit den beiden in einer Tür neben dem Hauptaltar. Draußen vor dem Portal verabschiedete sich Florian von Antonia. »Ciao, auch du, meine junge Braut …!«

Antonia tippte sich an die Stirn und schlenderte über den Platz in Richtung Accademia-Brücke. Sie hatte noch eine halbe Stunde Zeit bis zu ihrer Verabredung. Jana wollte ihr ein Gemälde von Tizian zeigen.

Sie lehnte sich über die Mauerbefestigung des Rio di San Trova und sah eine Weile in das grüne Wasser hinab. Das Leben im Stadtteil Dorsoduro verlief ziemlich gemächlich. Lediglich zwei Frauen, die offenbar vom Einkaufen zurückkamen, und ein paar Touristen waren unterwegs. Sie fragte sich gerade, wieso man Touristen so leicht von Einheimischen unterscheiden konnte und weshalb sich Menschen auf Reisen anders als zu Hause kleideten, als sie schräg gegenüber, auf der anderen Seite des Kanals, einen Mann aus der Tür eines kleineren Palazzos treten sah, der ihr bekannt vorkam. Antonia drehte sich um und tat so, als betrachte sie die Auslagen eines Schaufensters. Als der Mann weiterging, erkannte sie an seinem abgehackten Gang, dass es sich um Janas Onkel Guido handeln musste. Ob er dort wohnte?

Dann ging sie weiter, nur um immer wieder träumerisch stehen zu bleiben. Der Morgen war wundervoll. In der Nacht hatte es geregnet. Jetzt spannte sich ein zartblauer Himmel über die Dächer. Es duftete nach Espresso, und die Gassen und Plätze wirkten wie vom nächtlichen Regen erfrischt. Als sie in die nächste Gasse einbog, sah sie plötzlich ein paar Schritte vor sich Jana, die aus einem Laden mit Schreibwarenbedarf trat. Fast wäre sie mit der Freundin zusammengestoßen.

»Jana, wir wollten uns doch in der Uni treffen! Wieso bist du hier?«

Jana schien verwirrt. Ihr Gesicht war leicht gerötet, und aus dem hochgesteckten Haar hatten sich ein paar Strähnen gelöst.

»Ich … musste noch etwas erledigen. Aber es ist schön, dass wir uns hier treffen, dann können wir direkt zum Rialto fahren. Ich will mit dir in die Kirche San Salvador, um Tizians ›Verkündigung‹ anzusehen.«

»Ich habe übrigens gerade deinen Onkel gesehen. Warum geht er eigentlich so sonderbar? Irgendwie gehemmt.«

Antonia sah, wie Jana rot wurde.

»Du hast Onkel Guido gesehen? … Ja, dieser Gang. Er hat seit einem Jahr Parkinson. Das macht ihm sehr zu schaffen. Er hat Angst, dass sich sein Zustand verschlechtert. Aber im Moment bekommt er Medikamente, die ihm helfen.«

Sie gingen zur Accademia-Brücke und nahmen einen verschrammten übervollen Vaporetto der Linie 1, der in Richtung Bahnhof fuhr. In der Nähe der Rialto-Brücke stiegen sie aus und schlenderten zur Kirche San Salvador.

Jana hatte schon als Studentin im ersten Semester, befördert durch ihren kunstsinnigen Großvater, großes Interesse an der venezianischen Malerei gezeigt und sich im Laufe des Studiums immer stärker auf Tizian konzentriert. Der Conte, der, wie sie Antonia erzählt hatte, in allen möglichen Vereinen zur Förderung der italienischen Kunst saß, hatte ihr zu einem Stipendium und zur Veröffentlichung ihrer Aufsätze verholfen. Seit einem Jahr arbeitete sie nun an ihrer Doktorarbeit über Tizian, den Maler, den ihr Großvater am meisten verehrte. Antonia vermutete, dass sie auch die Assistentenstelle an der Universität durch Protektion bekommen hatte.

Im Inneren der Kirche umfing sie dämmriges Licht. Jana ging zielstrebig auf die »Verkündigung« zu, die in einem Seitenaltar hing. Sie warf eine Münze in einen kleinen Kasten, und die Beleuchtung des Bildes schaltete sich ein.

»Tizian hat die ›Verkündigung‹ anders als die üblichen Auffassungen des Geschehens zwischen dem Engel und Maria dargestellt«, begann sie. Dann trat sie näher an Antonia heran und flüsterte ihr fast verschwörerisch zu: »Tizian zeigt das Ganze weniger lieblich. Eher aggressiv. Sieh mal: Maria weicht zurück, so als hätte sie Angst und müsse sich schützen. Die ganze Szene hat etwas Bedrohliches und Gewaltsames …«

Antonia betrachtete das Gemälde aufmerksam und musste der Freundin beipflichten. »Der Abstand zwischen den beiden ist auch geringer als sonst. Der Engel ist Maria schon ziemlich nah.«

Der große Engel schien im Sturmschritt die Szene zu betreten, um Maria ihre Zukunft zu verkündigen.

Jana nickte. »Da hast du recht. Es gibt ein anderes Bild mit der gleichen Szene, das hängt in Neapel. Der Engel ist da weiter entfernt, Maria verneigt sich demütig und hat ihre Hände über der Brust gekreuzt. Hier hält sie den Schleier hoch und wendet sich ab. Tizian zeigt die Angst und den Schrecken der Jungfrau …«

Antonia war beeindruckt. Jana beugte sich weiter vor.

»Und schau nur, die Taube gleicht eher einem Raubvogel, der sich von oben auf Maria stürzt. Und sieht der Engel nicht auch ein bisschen aus wie ein großer Raubvogel?«

Tatsächlich glichen seine Flügel eher den riesigen Schwingen eines Vogels. Auf Jana schien die Szene eine eigenartige Wirkung zu haben. Antonia sah mit Erstaunen, wie sich ihre Augen, während sie sprach, halb schlossen. Sie hatte den Kopf ein wenig in den Nacken gelegt, ihr Mund stand leicht offen, und ihre Wangen hatten sich gerötet.

»Eine Empfängnis als gewaltsamer Akt? Eher ist doch die Geburt das eigentlich Gewaltsame«, wandte Antonia vorsichtig ein.

»Ja, aber sie ist schließlich Jungfrau. Die Defloration setzt ja auch ein gewaltsames Eindringen voraus. Dies wird durch den zarten Schleier angedeutet, den sie zwischen sich und den Engel hält.«

Jana hatte jetzt wieder lauter gesprochen, und Antonia bemerkte, wie sich zwei elegante ältere Damen näherten. Sie trugen den für weibliche Bildungsbürger der gehobenen Mittelschicht üblichen grauen Pagenkopf, verstanden offenbar Deutsch und schienen sich für Janas Ausführungen zu interessieren. Jana hatte sie aus dem Augenwinkel gesehen und dozierte weiter:

»Und so etwas wie die Geburt deutet sich übrigens auch oben in dem Gewimmel von Putten an. Wenn du nach oben schaust, sieht es aus, als ob das rötliche Köpfchen des kleinen Engels hier gerade aus einer Vagina tritt.« Jana wies auf das Wolkengebilde am oberen Rand des Bildes.

»Und diese Deutungen sind in einer kunsthistorischen Untersuchung möglich?«, fragte Antonia.

Jana machte bei ihrer Antwort eine bedeutende Miene und schloss die beiden Damen als Publikum ein. »Mein Dozent, Professor Marconi, möchte keinen neuen Aufguss der vielen bekannten Tizian-Lesarten, daher bin ich mit etwas Frischerem unterwegs. Morgen besuchen wir die Frari-Kirche. Dort hängt das andere berühmte Bild Tizians, die Himmelfahrt Marias. Ich deute sie als Ekstase, auch als sexuelle Ekstase.«

Die beiden älteren Damen, Schweizerinnen dem Vernehmen nach, zeigten großes Interesse. Eine der beiden wandte sich direkt an Jana:

»Pardon, könnten wir uns Ihnen vielleicht anschließen? Wir wollten morgen auch in die Frari-Kirche …«

Ihre Begleiterin bekräftigte: »Ja, das wäre wunderbar. Wir fanden Ihre Ausführungen sehr interessant.«

»Du hast die beiden anscheinend ziemlich beeindruckt«, flüsterte Antonia ihrer Freundin zu. Die kleinere der beiden Schweizerinnen wurde jetzt tatsächlich ganz enthusiastisch.

»Wir haben in dieser Woche schon so viele trockene Führungen über uns ergehen lassen müssen, endlich eine neue Perspektive auf Tizian!«

Dabei hielt sie Jana eine Visitenkarte hin. »Falls Sie für private Führungen zur Verfügung stehen, würden wir uns sehr freuen. Sie können den Stundensatz selbst bestimmen.«

Jana nickte erfreut und verabredete sich mit den Damen für den nächsten Tag am Eingang der Frari-Kirche. Dann musste sie zu einem Seminar in die Universität, und Antonia brach zu ihrer eigenen Unternehmung auf. Auf der Brücke drehte sich Jana noch einmal um und rief ihr zu: »Kommst du heute Abend ins ›Già Schiavi‹? Ich bin ab sieben Uhr dort!«

»Auf jeden Fall!«

Für einen Moment schoss ein Paar melancholischer Augen durch Antonias Kopf, und ihr Herz machte einen kleinen Sprung. Voller freudiger Energie ging sie zum Canal Grande zurück und wartete auf die Linie 1. Sie wollte heute das Castello-Viertel erkunden.

An der Haltestelle Arsenal stieg sie aus, überquerte eine Brücke, auf der eine Gruppe junger Afrikaner gefakete Taschen von Gucci und Prada anboten (»Kaufen, Miss, kaufen?«) und bog in die Via Garibaldi ein. In einer abgelegenen Trattoria aß sie eine Kleinigkeit zu Mittag. Als der Kellner den Espresso brachte, faltete sie ihren Stadtplan auseinander, um zu sehen, wie weit es bis zur

Riva degli Schiavoni war. Sie wollte dort entlang bis zum Hotel Danieli spazieren, weil Jana ihr den Ausblick von der Dachterrasse des Luxushotels empfohlen hatte. Der Kaffee sei dort zu teuer, sie solle, wenn sie den Blick genossen hätte, einfach so tun, als habe sie es sich anders überlegt, und wieder gehen. Am Ende der Via Garibaldi entschied Antonia sich jedoch, nach links in Richtung Biennale-Gelände zu spazieren. Die Promenade war hier weniger belebt.

Antonia war von der Weite des Markusbeckens und dem Blick auf San Giorgio fasziniert und holte ihre Kamera heraus. An einem der Häuser am Ufer entdeckte sie den Namen dieses Abschnitts: Riva dei Sette Martiri, das Ufer der sieben Märtyrer. Der Name zog sie merkwürdig an. Der Gemäldezyklus vom Martyrium der heiligen Ursula aus dem Accademia-Museum fiel ihr ein, und sie fragte sich, weswegen diese Märtyrer wohl gestorben waren. Sie hatte gar nicht gewusst, dass es in Venedig Märtyrer gegeben hatte. In ihrem Venedig-Führer stand nichts darüber, und der Name des Ufers wurde auch nicht erklärt. Sie würde abends Jana oder Octavia fragen.

Als sie das Boot vom Lido herüberkommen sah, beeilte sie sich, um noch rechtzeitig zur Haltestelle zu kommen. Im Vorbeigehen sah sie flüchtig eine große Skulptur auf flachen Stelen im Wasser liegen. War es ein schlafender Mann oder eine Frau? Ein Kunstwerk? Es hing vielleicht mit der Biennale zusammen.

Das Boot, das bei den Giardini anlegte, war überfüllt, brachte sie jedoch, ohne dass sie umsteigen musste, zur Anlegestelle Accademia zurück. Auf der Bootsfahrt ging ihr durch den Kopf, dass die Zahl der elftausend Jungfrauen der heiligen Ursula, so hieß es, aufgrund eines Schreibfehlers zustande gekommen war. Wahrscheinlicher war, dass Ursula, wenn es sie überhaupt gegeben hatte, mit elf Begleiterinnen gereist war. Welches Martyrium hatte man wohl für die sieben Christen vom Riva dei Sette Martiri ersonnen? Und warum waren es gerade sieben?

Plötzlich erschrak sie. Sieben Märtyrer. Hatten sie womöglich etwas mit der Unterschrift »7 M« unter den Briefen zu tun? Dem musste sie unbedingt nachgehen. In Gedanken versunken, verließ sie den Vaporetto.

Als sie an der Accademia-Brücke vorbeiging, glaubte sie, jemanden wiederzuerkennen. Einen Mann, der etwas langsamer als die anderen Menschen die Stufen herabstieg. Er ging zögerlicher und mühsamer. Es war Guido, den sie schon am Morgen gesehen hatte. Venedig ist das reinste Dorf, ständig begegnet man den Leuten des Viertels, dachte Antonia. Sie ging ein paar Schritte zurück und tat so, als wolle sie an dem grünen Zeitungskiosk am Fuß der Brücke etwas kaufen. Dabei blickte sie unauffällig in Guidos Richtung. Janas Onkel wandte sich nach links, und Antonia, von Neugierde getrieben, folgte ihm vorsichtig. Nach fünfzig Metern bog er in eine Gasse ein, die Antonia sehr gerne mochte. Es gab dort ein Haushaltswarengeschäft, einen Schuhladen, eine Confiserie, ein Geschäft für Bekleidung und eine gut besuchte Kaffeebar, lauter Läden, die, im Gegensatz zu denjenigen in den touristischen Vierteln jenseits der Brücke, vor allem von Einheimischen besucht wurden. Sie verlangsamte ihren Schritt, um ein Stück hinter Guido zurückzubleiben, betrachtete die Auslagen in den Schaufenstern und sah, wie er die Bar betrat.

Dort machte man einen vorzüglichen Kaffee, Antonia hatte auf ihren früheren Streifzügen hier auch schon ein paarmal Halt gemacht. Die Leute aus dem Viertel schichteten sich in raschem Wechsel immer wieder um, weil alle nur eben einen Espresso oder ein Hörnchen nahmen und dann wieder ihren Geschäften nachgingen. Sie blieb draußen vor der Bar stehen und tat so, als studiere sie ihren Stadtplan. Durch die großen Fensterscheiben konnte sie erkennen, wie Guido sich an einem der Tische im Hintergrund niederließ. Dort saß schon ein anderer Mann, der ihn offenbar erwartet hatte.

Rasch trat sie ein und stellte sich, da Guido mit dem Rücken zu ihr saß, neben andere Besucher an den Tresen. Sie bestellte einen Cappuccino, und die Padrona schmetterte: »*Un Cappuccio*!« in Richtung Kaffeemaschine, kassierte und wandte sich schon dem nächsten Gast zu. Stammkunden riefen ihre Bestellung bereits beim Eintreten in Richtung Tresen, legten das abgezählte Geld hin, tranken den Espresso in zwei, drei Schlucken und gingen wieder. Antonia war von dieser Dynamik so begeistert, dass sie darüber Guido fast vergessen hätte.

Sie hob die Cappuccinotasse an den Mund und schielte über den Rand hinweg in seine Richtung. Er trug wieder das hellgraue

Sakko, in dem sie ihn schon am ersten Tag gesehen hatte. Der Mann neben ihm trug ein blau-weiß gestreiftes Sweatshirt, an der Rücklehne seines Stuhls hing eine rostfarbene Lederjacke. Er war untersetzt und kahlköpfig, wurde aber immer wieder von den hereinströmenden Gästen der Bar verdeckt, sodass Antonia ihn nicht genau sehen konnte. Er schien erregt, denn er redete heftig gestikulierend auf Guido ein. Irgendetwas war mit seiner linken Hand, aber Antonia konnte auf die Entfernung nicht erkennen, was es war.

An der Wand hinter den beiden hingen Plakate von Inter Mailand und dem venezianischen Fußballclub sowie ein blaues Spielershirt. Das Motiv reizte sie. Sie wartete so lange, bis sich ein paar Gäste vom Tresen verabschiedet hatten, sodass sie freie Sicht hatte, und machte rasch ein Foto. Dann zahlte sie und ging. Sie wollte vermeiden, dass Guido sich umdrehte und sie vielleicht wiedererkannte. An dem Tag, als sie in Janas Boot angekommen waren, hatte er jedenfalls interessiert zu ihr herübergeschaut.

Auf der Treppe des Palazzos kam ihr Jana entgegen. Sie war in Eile.

»Ich habe noch ein paar Einkäufe zu erledigen, mein Großvater hat angerufen. Er kommt schon heute zurück, und Giovanna ist in heller Aufregung. Sie will ihm etwas ganz Besonderes kochen.«

Der allabendliche Besuch in der Weinbar »Già Schiavi« musste ausfallen, stattdessen gab es am frühen Abend ein opulentes Essen. Giovanna hatte sich mächtig ins Zeug gelegt und angesichts der Rückkehr des Hausherrn mehrere Gänge gekocht.

»Was reden wir denn mit deinem Großvater?«, hatte Florian Jana besorgt gefragt. Auch Antonia sah der Ankunft des Conte mit gemischten Gefühlen entgegen. Sie würde ihn mit den Drohbriefen konfrontieren müssen, etwas, was ihrer Meinung nach seine Tochter längst hätte machen sollen. Keine angenehme Aufgabe.

»Am besten, ihr verhaltet euch ganz normal. Und viel reden werdet ihr nicht müssen, wahrscheinlich wird er euch etwas über venezianische Malerei erzählen wollen, dazu müsst ihr nicht viel sagen. Er spricht dann immer von den drei großen T: Tintoretto, Tizian und Tiepolo, seine Götter. Für ihn der Inbegriff der venezianischen Malerei und der Malerei überhaupt.«

Als der Conte dann am Abend das Speisezimmer betrat, in dem die Familie und ihre deutschen Gäste hinter ihren Stühlen stehend auf ihn warteten, war Antonia überrascht. Es schien, als ob das Licht im Raum durch seine Gegenwart für einen Augenblick heller wurde. Mauro di Falieri strahlte eine große Würde aus. Er hatte weißes Haar und wirkte trotz seiner sechsundachtzig Jahre vital. Er war groß und hager, mit buschigen weißen Augenbrauen über hellen Augen. Lediglich eine bläuliche Verfärbung der Lippen deutete auf das Herzleiden hin, von dem Octavia gesprochen hatte. Er verbeugte sich zur Begrüßung leicht in Richtung seiner deutschen Gäste und sagte dann leise an alle gewandt: »Bitte setzt euch!«

Während des Essens unterhielt sich der Conte fast ausschließlich mit seiner Tochter und seiner Enkelin, die links und rechts von ihm saßen. An die beiden Gäste aus Deutschland wandte er sich kaum. Sein Tonfall ließ darauf schließen, dass er mehr aus Höflichkeit als aus Interesse Antonia nach ihren Eindrücken von der Stadt fragte. Jana flüsterte Antonia zu: »Jetzt kommen gleich die drei großen T, du weißt schon …«

Antonia erzählte von ihrem Besuch im Accademia-Museum und ihrer Begeisterung für Carpaccios Bild »Der Traum der heiligen Ursula«.

Wenn sie Zustimmung erwartet hatte, wurde sie enttäuscht. Der Conte lehnte sich in den Lehnstuhl zurück, in dem er am Kopfende des Tisches saß, und betupfte sich die Lippen mit der Serviette. Dann faltete er das Leinentuch umständlich zusammen und begann mit sonorer Stimme von der Schönheit der venezianischen Malerei zu sprechen.

»Wenn Sie unsere Malerei verstehen wollen, dann empfehle ich Ihnen das Studium der drei großen T: Tizian, Tintoretto und Tiepolo!«

Antonia senkte den Kopf, weil sie sich ein Lächeln nicht verkneifen konnte. Florian, der neben ihr saß, stieß sie unauffällig mit dem Ellbogen an. Der Conte setzte seine Ausführungen fort und sprach über die großen Zentren der italienischen Kunst, Rom, Florenz und Venedig, um dann abschließend seine Rede von den drei großen T zu wiederholen. Nach einem kurzen Schweigen der Tischgesellschaft ergriff Antonia das Wort:

»Und Sie, Conte Falieri, besitzen Sie selbst ein Bild von einem dieser Maler?«

Jana, offenbar erschrocken über die Direktheit der Frage, wandte ihrem Großvater den Kopf zu. Der alte Mann schien Antonia nicht verstanden zu haben und forderte Jana auf, die Frage zu wiederholen. Nachdem Jana sie noch einmal gestellt hatte, entstand eine merkwürdige Stille. Anstatt zu antworten, riss der Conte seinen Kopf hoch und starrte Antonia an, als sei sie eine Erscheinung aus einer anderen Welt. Dann nahm er rasch einen Schluck Wein und blickte nach unten auf seinen halb geleerten Dessertteller.

»Leider nicht, leider nicht …«, murmelte er, als spräche er mit sich selbst. Zu seiner Tochter gewandt fuhr er lauter fort: »Octavia, würdest du mir die Freude machen und noch etwas für uns spielen? Giovanna soll den Kaffee in den Salon bringen. Diana, bitte hilf deiner Mutter mit den Noten.«

Dann erhob er sich und ging, nur leicht gebeugt, aus dem Raum. Octavia und Jana folgten ihm in den Salon. Ugo blieb sitzen und machte eine Grimasse.

»Die drei großen T! Uaaaaah!« Er steckte einen Finger in den geöffneten Mund, als ob er sich übergeben wollte, und machte leise Würgegeräusche.

»Na, na, junger Mann! Etwas mehr Respekt, bitte!« Florian zog ihn lachend vom Stuhl hoch. »Hast du dich schon um die Tickets gekümmert?«

Die beiden wollten am Wochenende zusammen zum Fußballstadion fahren, um sich das Pokalspiel gegen Triest anzusehen. Ugo nickte und prophezeite, dass die »geflügelten Löwen« auch diesmal wieder verlieren würden. Aus dem Salon klangen jetzt Klaviertöne. Antonia, Florian und Ugo folgten den anderen in den angrenzenden Raum.

»Was ist es denn?«, fragte Antonia.

»Schubert!«, flüsterte Florian, als sie sich auf einem der durchgesessenen Samtsofas niederließen.

»Und?«

»Nicht schlecht.« Florian schloss genießerisch die Augen.

Später, als sie schon im Bett lagen, fiel Antonia ein, dass sie vergessen hatte, Jana nach dem »Ufer der sieben Märtyrer« zu fragen.

Sie rüttelte Florian, der schon eingeschlafen war, sanft an der Schulter. Er schreckte hoch.

»Wie? Was ist denn?«

»Florian, glaubst du, dass es hier in Venedig Christenverfolgungen gegeben hat?«

»Wie bitte? Hat das denn nicht Zeit bis morgen früh? Ich hab schon geschlafen ...«

»Gab es nun deines Wissens Christenverfolgungen oder nicht?«

Florian gähnte herzhaft. Dann setzte er sich auf und knipste die Nachttischlampe an.

»Das kann ich mir nicht vorstellen. Zur Zeit Roms gab es hier nur Wasser und damit nirgendwo ein Ufer. Die ersten Siedler saßen bis ins 10. Jahrhundert auf Torcello, hier war also vermutlich außer ein paar Sandbänken noch gar nichts.«

»Und das Mittelalter? Da gab's doch auch Märtyrer? Menschen sind damals für ihre Überzeugungen gestorben. Ich habe hier eine Promenade entdeckt, die Riva dei Sette Martiri heißt. Es hat mich irgendwie fasziniert, weil der Name mich an das Rätsel der ›7 M‹ erinnert. Ich muss unbedingt wissen, um welche Märtyrer es sich handelt.«

»Ich kann Davide fragen, einen Kollegen. Er ist Venezianer und kennt sich aus. Und jetzt lass mich bitte schlafen, ich habe morgen eine sehr schwierige Partie zu bewältigen. Etwas Modernes.«

Eine halbe Minute später hörte Antonia ein leises Schnarchen an ihrer Seite. Sie selbst lag noch eine Weile wach und spürte dem sanften Auf und Ab der Wellen nach, das sich durch die wenigen Tage in der Stadt in ihren Körper eingeschrieben hatte. Ihr Gehirn hatte den Rhythmus des Meeres gespeichert. Vielleicht sind die Venezianer durch ihren Alltag an und auf dem Wasser eher daran gewöhnt, dass im Leben nicht alles geradlinig, sondern in einem Auf und Ab verläuft, dachte sie, während sie einschlief.

6

Am anderen Morgen wurde sie erst gegen zehn Uhr wach. Etwas hämmerte und klopfte in ihrem Kopf. Sie hatte gar nicht mitbekommen, dass Florian aufgestanden war und das Apartment verlassen hatte. Das Hämmern und Klopfen kam vom Trockenboden, der am Ende des Flurs lag und auf dem offenbar Handwerker zugange waren. Sie erinnerte sich, dass Jana davon gesprochen hatte, Flavia habe sich neulich beschwert. Es habe an einer Stelle unter dem Dach, wo sie bei schlechtem Wetter die Wäsche aufhängte, hereingeregnet. Das Dach müsse unbedingt repariert werden. Ihr Bruder Andrea sei Dachdecker und könne sich die Sache anschauen.

Antonia duschte kurz, schlüpfte in Jeans und Sweatshirt und beschloss, in einer Bar zu frühstücken. Als sie in den Flur trat, hörte sie vom Dachboden her Stimmen. Es waren wohl zwei oder drei Männer, die dort arbeiteten. Als sie hinunterging und am Piano Nobile, dem Wohnbereich der Familie, vorbeikam, fand sie die Tür nur angelehnt. Weder Octavia noch Jana waren zu sehen. Jana war in der Uni, und Octavia machte wahrscheinlich Besorgungen.

Antonia ging in die altmodische Küche, in der Hoffnung, Giovanna zu finden, mit der sie sich über Flavia und deren Aufgaben im Palazzo unterhalten wollte. Das Frühstücksgeschirr der Falieris stand in der Spüle. Giovanna hatte die Klappe der Spülmaschine geöffnet, Teller und Tassen aber noch nicht eingeräumt. Sie war wohl durch irgendetwas abgelenkt worden und hatte ihre Arbeit unterbrochen. Antonia schaute durch das Küchenfenster auf den Vorplatz der Kirche. Dort stand die Köchin und unterhielt sich lebhaft mit zwei Frauen, die, ihren Einkaufstüten nach, gerade vom Supermarkt kamen. Mit Giovanna war also so bald nicht zu rechnen. Antonia ging zum Salon und rief nach Octavia, erhielt aber keine Antwort.

Vom oberen Stockwerk hörte sie jetzt, wie jemand die Tür des Saals schloss und die Treppe herunterkam. Das konnte der Conte sein. Oder Flavia. Sie wollte beiden nicht begegnen und ging rasch durch die Zimmerflucht des Piano Nobile zurück bis zu dem kleinen Bibliotheksraum, in dem der Sekretär mit den Drohbriefen stand. Hier musste irgendwo eine Tür sein, die auf den Flur zurückführte. Als sich die Schritte weiter näherten, öffnete sie eine der beiden Türen, gelangte jedoch statt auf den Flur in ein abgedunkeltes Zimmer. Rasch schloss sie die Tür hinter sich und horchte. Jemand verschob die Bibliotheksleiter und stieg ein paar Sprossen hoch. Es musste der Conte sein, denn ein feiner Zigarilloduft drang bis in ihr Versteck. Er schien etwas zu suchen. Dann hörte sie, wie er die Leiter hinabstieg und die Schritte sich entfernten.

Erleichtert lehnte Antonia an der Tür. Die Fensterläden waren geschlossen, und nur ein schmaler Lichtstreifen, den eine zerbrochene Lamelle hindurchließ, fiel in den Raum. Sie tastete nach dem Lichtschalter, und augenblicklich erstrahlte ein Kronleuchter aus hellgrau und blau meliertem Glas. Sein kühles Licht fiel auf ein üppiges Himmelbett aus Mahagoni, über das ein Überwurf aus silbernem Taft gebreitet war. Auf dem Boden lag ein grauer Seidenteppich, unter dem mittleren Bogenfenster stand ein Frisiertisch mit dreigeteiltem Spiegel.

Antonia machte ein paar vorsichtige Schritte auf ihn zu. Das alte Parkett unter ihren Füßen knarrte so laut, dass sie zwischen jedem Schritt eine Pause machte und ängstlich horchte, ob jemand in die Bibliothek kam. Vor ihr auf der polierten Fläche aus Rosenholz lagen mehrere silbern gefasste Bürsten und Kämme, daneben standen unterschiedlich große Dosen aus Silber und Perlmutt, alle mit den Initialen CF versehen. Sie befand sich demnach in Cecilias altem Zimmer. Auf dem Nachttisch neben dem imposanten Bett lag ein Buch über die Malerei der italienischen Renaissance mit einem Lesezeichen, über dem Kopfende hing ein schlichtes Kreuz.

Antonia ging zum Nachttisch, um sich den Bildband näher anzusehen. Das Parkett unter ihren Füßen knarrte dabei noch lauter als vorher. Als sie das Buch hochhob, um es zu öffnen, hörte sie hinter sich ein Geräusch. Erschrocken drehte sie sich um. In der Tür stand der Conte. Hastig legte Antonia das Buch zurück. Sie konnte vor Verlegenheit kaum sprechen und versuchte, dem Hausherrn ihre Anwesenheit in diesem Zimmer zu erklären.

»Die Tür war offen …«

Der Conte blieb ganz ruhig und sah sie nur aufmerksam an. Dann sagte er, wenn sie gefunden habe, was sie suche, solle sie sich bei ihm melden.

»Oh nein! Prego!«, stammelte Antonia. »Ich kann Ihnen alles erklären.«

Die Situation war so peinlich, dass sie wie ein Wasserfall auf den Conte einsprach. Nervös versuchte sie ihm zu erklären, warum sie hier im Palazzo wohnte. Er solle mit Octavia sprechen. Es gehe um eine Art Erpressung, und sie, Antonia, arbeite als private Ermittlerin und solle helfen, die Sache aufzuklären. In ihrer Not ging sie auf den Conte zu und legte beschwichtigend eine Hand auf seinen Arm. Der alte Mann wich zurück und wischte mit dem Handrücken über die Stelle, an der Antonia ihn angefasst hatte, als müsse er sich säubern. Dabei starrte er sie wieder mit dem Blick an, mit dem er sie schon beim gestrigen Abendessen bedacht hatte. Dann, als erwache er aus einer Art Trance, schüttelte er den Kopf und wandte sich ab. Er werde am Abend mit seiner Tochter sprechen, sie schulde ihm eine Erklärung, murmelte er vor sich hin.

Antonia verließ umgehend die Wohnung und das Haus. Verstört lief sie zum Campo San Stefano und weiter zum Konservatorium. Sie musste dringend mit Florian sprechen. Florian war der Einzige, der sie beruhigen konnte, wenn sie den Kopf verlor.

In der Eingangshalle des Konservatoriums saß nur ein kurzsichtiger Student mit starken Brillengläsern auf einer der beiden kunstvoll geschnitzten Seitenbänke und beäugte sie misstrauisch. Unbefugten war der Zutritt hier verboten. Aus den Fenstern des Innenhofs schallten Opernarien, Klaviermusik und Orchesterstücke der übenden Studenten und mischten sich zu einem kakophonen Sammelsurium. Antonia ließ sich dem misstrauischen jungen Mann auf der Holzbank gegenüber nieder und starrte ungeduldig auf die Glastür, die zum Innenhof des Konservatoriums führte. Florian musste jeden Augenblick dort erscheinen, denn um diese Zeit machte er gewöhnlich Mittagspause.

Das Bleiglas der Tür war verschmutzt, und ein Student, der mit seinem Kontrabass auf dem Rücken den Hof überquerte, erinnerte sie an einen großen Karpfen in einem schlecht gereinigten Aquarium. Von links schwebte jetzt eine zierliche Studentin mit Geigenkasten wie ein Seepferdchen heran und blieb bei dem Karpfen stehen.

Alle möglichen Gedanken schossen Antonia durch den Kopf. Wie sollte sie bei diesem Fall weiterkommen? Man konnte den Conte trotz seiner Erkrankung auf Dauer nicht schonen. Aber vielleicht würde er sie jetzt ohnehin aus dem Haus werfen, weil sie unerlaubt im Allerheiligsten, dem Zimmer seiner verstorbenen Tochter, gewesen war. Vielleicht hielt er sie für eine Diebin. Sie musste unbedingt mit Octavia sprechen.

Endlich sah sie Florian mit zwei anderen Musikern über den Hof kommen. Die drei unterhielten sich lachend, als sie die Halle betraten. Florians Gesicht nahm einen überraschten Ausdruck an, als er sie entdeckte, offenbar erfasste er sofort, dass etwas Unangenehmes passiert war.

»Du siehst blass aus!«

Er verabschiedete sich rasch von den Kollegen, hakte sich bei Antonia unter und führte sie zur »Blue Art Bar« am Campo San Stefano. Der Platz bebte von Leben. Obwohl vom Meer her dunkle Wolken aufzogen, brannte die Sonne heiß. Die Tische vor den Cafés waren dicht besetzt, man trank Spritz oder Kaffee und plauderte angeregt. Am Fuß des Dichterdenkmals lagerten junge Leute und machten Musik, auf dem Kopf des Dichters hatte sich eine Taube niedergelassen. Florian steuerte einen gerade frei werdenden Tisch an und bestellte bei dem Kellner, der in der Tür lehnte und vor sich hin döste, Milchkaffee und Tramezzini.

Als sie Platz genommen hatten, versuchte Antonia ihm zu erklären, wie sie in ihre unangenehme Lage gekommen war.

»Was hast du denn da überhaupt gesucht?«, fragte Florian, als sie geendet hatte.

»Es war Zufall. Es war keiner da, in der Küche nicht und im Salon auch nicht. Da bin ich einfach weitergegangen und in Cecilias Zimmer gelandet. Was wird der Conte jetzt von mir halten? Vielleicht denkt er, ich wollte etwas stehlen …«

Florian versuchte, den Vorfall herunterzuspielen. Aber Antonia spürte, dass er sie beruhigen wollte. In Wirklichkeit war es von ihnen beiden Florian, der Regelverletzungen nicht ausstehen konnte. Nervös knüllte sie ihre Serviette zusammen. Ihr war der Appetit vergangen, und sie schob ihren Teller mit den Tramezzini von sich weg, als der Kellner ihre Bestellung vor sie hinstellte.

Florian schüttelte den Kopf. »Ich glaube nicht, dass er dich für eine Diebin hält. Dann hätte er doch etwas gesagt oder nach Giovanna gerufen oder nach der Polizei. Ich denke, Octavia sollte ihn jetzt schleunigst einweihen, damit deine Rolle im Haus für ihn klar ist.«

»Ach, Florian, es war so peinlich. Du hättest sein Gesicht sehen sollen! Es war zunächst fast freundlich, eher erwartungsvoll. So als habe er für einen Moment geglaubt, seine tote Tochter wiederzusehen.«

Antonia zerschnitt die dreieckigen Weißbrotscheiben in immer kleinere Stücke, ohne davon zu essen. Florian nahm ihr ungeduldig den Teller weg. »Ich kann nicht sehen, wie du mit dem Essen herumspielst. Möchtest du etwas anderes essen?«

Antonia hörte nur halb hin. »Dann hat sich der Ausdruck in seinen Augen plötzlich verändert, so als würden sie sich verschleiern, als schaue er nach innen …«

»Das konntest du alles erkennen?« Florian machte sich über Antonias Portion her und kaute ungerührt weiter. »Ich dachte, es war dunkel?«

Er schien der Sache tatsächlich wenig Bedeutung beizumessen, aber Antonia konnte sich nicht beruhigen.

»Ich bin vor Schreck auf ihn zugegangen und habe seinen Arm angefasst, um ihn zu beschwichtigen. Aber er hat meine Hand abgeschüttelt, als sei sie eine Fliege, und nur gemurmelt, er werde mit seiner Tochter sprechen.«

»Er fand dich wohl nur unhöflich. Hat er denn verstanden, dass du von Erpressung gesprochen hast?«

»Ich weiß es nicht. Vielleicht hat er mein Italienisch nicht verstanden. Er wollte überhaupt nicht weiter mit mir sprechen.«

»Jetzt entspann dich erst mal, du wirst sehen, es ist alles halb so schlimm. Ich bestelle die Rechnung, ich muss wieder zurück zur Probe. Heute Abend sehen wir weiter.«

Antonia fühlte sich nach diesem Gespräch ruhiger. Sie blieb noch eine Weile sitzen und beobachtete das Treiben auf dem Campo. Sie beneidete die vielen Touristen, die hier einfach nur Ferien machen konnten. Dieser Job fing an, ihr den Genuss an der Stadt zu verleiden.

Der Himmel hatte sich inzwischen bedrohlich verdunkelt. Sie trank ihren Milchkaffee aus und stand auf, um noch trocken nach Hause zu kommen. Als sie die Accademia-Brücke überquerte, setzte jedoch ein wolkenbruchartiger Regen ein. Er währte nur kurz, aber lange genug, um sie bis auf die Haut zu durchnässen. Als sie im Laufschritt beim Palazzo ankam, traf sie auf Octavia.

»Antonia, Sie triefen ja vor Nässe, Sie Arme! Lassen Sie sich von Giovanna ein paar Handtücher geben und kommen Sie zum Tee. Ich muss eben hoch auf den Wäscheboden. Flavia sagte mir gerade, dass durch die Öffnung im Dach viel Regenwasser hereingekommen sei. Die Arbeiter haben Eimer nach oben gebracht, aber es hat nicht viel genützt. Ich hoffe, die Decke hält dicht, denn genau unter der Stelle liegt der Saal mit der Sammlung meines Vaters.«

Antonia nahm eine heiße Dusche und ging dann in den Salon hinunter. Octavia saß in ihrem Sessel und blätterte in einem Magazin. Als Antonia sich nach dem Dach erkundigte, winkte Octavia ab.

»Alles halb so schlimm. Flavia und ihr Bruder Andrea haben das meiste schon aufgewischt und das Loch mit einer Plane abgedeckt. Morgen soll es gutes Wetter geben, dann werden sie die schadhafte Stelle neu decken.«

»Einer der Arbeiter ist Flavias Bruder, nicht wahr?«

»Ja, der Hübscheste von den dreien. Er will bald heiraten und sich von Don Orione trauen lassen.«

Antonia erinnerte sich an das Brautpaar, das sie bei Don Orione in der Kirche gesehen hatte. Als sie nach dem Conte fragte, konnte Octavia sie beruhigen. Sie hatte ihrem Vater erzählt, dass Antonia sich in Cecilias Zimmer ein paar Bücher ansehen wollte, und es schien ihn nicht weiter zu interessieren.

»Und er hat sie nichts weiter gefragt? Ich habe versucht, ihm von den Briefen zu erzählen …«

Octavia sah erschrocken auf. »Tatsächlich? Davon hat er nicht gesprochen. Mir ist aber aufgefallen, dass mein Vater seit einiger Zeit vieles rasch wieder vergisst. Vielleicht hat er Sie nicht verstanden.«

Antonia lehnte sich erleichtert zurück. Ihr Blick fiel auf Cecilias Initialen auf der silbernen Teekanne.

»Das Zimmer Ihrer Schwester wirkt sehr luxuriös. Es scheint, als wäre sie sehr verwöhnt gewesen …«

Octavia zögerte mit einer Antwort. Ihre linke Hand glitt über den Tisch neben ihrem Sessel und tastete nach der Zigarettenschachtel. Dann ließ sie das Paket wieder sinken, lehnte sich zurück und verschränkte die Arme vor ihrer Brust, als müsse sie sich wappnen.

»Es fällt mir nicht leicht, über sie zu sprechen. Meine Schwester war kein einfacher Mensch. Als Cecilia jung war, hat sie sich in einen mittellosen Künstler verliebt, aber unser Vater war gegen diese Verbindung. Er war sehr despotisch in seiner Liebe zu Cecilia. Niemand war gut genug für seine Prinzessin. Um die beiden zu trennen, hat er meine Schwester in ein Schweizer Internat gesteckt. Der junge Mann hat dann später eine Freundin Cecilias geheiratet und ist heute ein erfolgreicher Bildhauer. Meine Schwester hat das meinem Vater nie verziehen.«

Antonia hörte gespannt zu. Sie beobachtete, wie Octavias Gesicht vor Kummer einen bitteren Ausdruck annahm, als sie mit der Geschichte ihrer Schwester fortfuhr.

»Als Cecilia aus der Schweiz zurückkam, hatte sie nicht nur den teuer bezahlten gesellschaftlichen Schliff, sondern auch eine Reihe sehr unangenehmer Angewohnheiten angenommen. Sie war im Internat offenbar unter schlechten Einfluss geraten. Sie trank viel und nahm alle möglichen Tabletten, zum Schlafen, zum Wachsein, Appetitzügler, Schmerzmittel. Die Kommode in ihrem Zimmer war immer voll mit Medikamenten. Ich habe meinen Vater gewarnt, aber er wollte nichts davon wissen. Für ihn war das Wichtigste, dass seine Prinzessin wieder da war.«

»Und wie kam es zu der Ehe mit Guido?«

Octavia kroch wieder förmlich in ihren violetten Ohrensessel und machte sich klein. Antonia bekam mehr und mehr den Eindruck, dass die zierliche Octavia das Möbel brauchte wie eine Schildkröte ihren Panzer. Es entstand eine kleine Pause. Dann straffte sich Octavia, steckte eine Zigarette in eine opalfarbene Spitze und räusperte sich.

»Cecilia hat ihn bei Freunden bei einer Abendgesellschaft kennengelernt. Er war mit der Tochter der Gastgeber verlobt. Aber sie hat es irgendwie geschafft, Guido für sich einzunehmen und ihn seiner Verlobten abspenstig zu machen. Und obwohl sie ihn nicht liebte, ließ sie sich von ihm entjungfern und wurde schwanger. Sie wollte sich damit an meinem Vater rächen. Er musste der Heirat der beiden wohl oder übel zustimmen. Er hasste Guido vom ersten Augenblick an und behauptete immer, er habe Cecilia nur des Geldes wegen genommen.«

»Und die beiden hatten keine Kinder?«

»Diese erste Schwangerschaft endete mit einer Fehlgeburt, danach hatte Cecilia noch zwei weitere Fehlgeburten. Sie trank immer mehr. Ein Kind hätte ihr vielleicht über die lieblose Ehe hinweggeholfen, aber es sollte nicht sein. Sie zog sich zunehmend zurück, und Guido verbrachte seine Zeit meist im Spielcasino.«

»Und woran ist Ihre Schwester gestorben?«

»An einer Überdosis Schlaftabletten, heruntergespült mit einer halben Flasche Gin. Guido war spät aus dem Casino gekommen und hatte sich neben sie zum Schlafen gelegt. Er glaubte, sie sei betrunken wie immer. Am Morgen wachte er neben einer Toten auf.«

»Das ist ja furchtbar! Und der Conte hat ihm daraufhin das Haus verboten?«

»Mein Vater war außer sich. Er hat ihn als Mörder beschimpft. Wenn Guido zu Hause gewesen wäre, so meinte er, hätte er ihren Selbstmord verhindern können. Vater hat nicht wahrhaben wollen, wie krank Cecilia in Wirklichkeit war. Mir hat sich Cecilia leider nicht anvertraut. Wir haben das in Hamburg nicht so mitbekommen, aber sie hätte, wie wir später erfahren haben, dringend in eine Klinik gemusst. Mein Vater gab allein Guido die Schuld, und danach durfte er unser Haus nicht mehr betreten.«

Antonia nickte. Dann richtete sie sich auf und kam auf die anonymen Briefe zu sprechen. Sie fragte Octavia, wie sie ohne den Conte erfahren solle, was es mit den »7 M« und mit Aram Singer auf sich hatte.

Octavias Reaktion überraschte sie. »Ich begleite meinen Vater morgen zu einer Routineuntersuchung. Ich werde die Ärztin ins Vertrauen ziehen und dann meinen Vater mit den Briefen konfrontieren. Mir ist es aber lieber, die Ärztin ist in der Nähe, falls es ihn zu sehr aufregt.«

Antonia atmete auf. Sie hatte schon gedacht, Octavia würde ihren Vater für immer schonen wollen und damit die Chance, Licht in die Zusammenhänge zu bringen, vereiteln.

Dann zog sie ihren Block heraus und fragte, ob Octavia das Riva dei Sette Martiri kenne.

»Sie meinen die Promenade im Castello? Da sind wir früher oft mit den Kindern spazieren gewesen, wenn wir in die Giardini wollten. Man hat einen so schönen Blick auf San Giorgio –«

»Ja«, unterbrach Antonia sie ungeduldig. »Aber was bedeutet der Name? Könnte er etwas mit der Unterschrift unter den Briefen zu tun haben?«

Octavia zog erstaunt die Augenbrauen hoch. »Das kann ich mir nicht vorstellen. Es ist irgendetwas Politisches, es hatte mit den Partisanen zu tun, glaube ich. Aber Genaues weiß ich nicht. Ich habe mich nie für Geschichte interessiert. Ich weiß auch kaum etwas über die Geschichte Venedigs, weil ich fast meine ganze Schulzeit in englischen Internaten war. Aber ich werde meinen Vater fragen, der müsste es wissen.«

Die Andeutung eines Lächelns huschte über ihr Gesicht. »Sein Langzeitgedächtnis ist wohl noch in Ordnung …«

Vom Kirchturm der benachbarten St.-Agnese-Kirche schlug es hell halb fünf, dann läutete die Glocke von San Trovaso, und bald antwortete die dunkle Glocke der Gesuati-Kirche, und alle erinnerten Antonia daran, dass sie mit Jana um fünf Uhr vor der Frari-Kirche verabredet war.

Als Antonia dort eintraf, sah sie Jana und die Schweizer Damen in angeregter Unterhaltung vor dem Portal stehen. Jana führte die kleine Gruppe durch das Kirchenschiff bis zu den wenigen Stufen der Apsis.

Mit ausgestrecktem Arm wies sie auf Tizians Gemälde über dem Altar: Maria, in einem Rot von ungewöhnlicher Intensität, fuhr auf einer Wolke in den Himmel.

»Sehen Sie, Maria schaut ekstatisch nach oben, Gott entgegen, der ihr Vater und zugleich ihr Sohn ist. Man sollte meines Erachtens bei Mariendarstellungen nicht vergessen, dass Maria in gewisser Weise Gottes Frau *und* seine Mutter ist. Tizian zeigt es, indem er einen Kompromiss bildet und die Figur Gottes mit dunklem

Haar und weißem Bart ausstattet und damit als Sohn und Vater in Personalunion.«

Die Schweizerinnen schauten zu Jana, dann wieder auf das Gemälde und nickten. Gott, fuhr Jana fort, schwebe in dieser doppelten Funktion genau über Maria, mit ausgebreiteten Armen und einem dunklen Mantel, mit dem er Maria zu empfangen trachte.

»Ich finde die Farben überwältigend«, murmelte Antonia.

Jana war jetzt ganz in ihrem Element. »Tizian setzt auf Farben und Flächen. Seht euch das Licht hinter der Szene an! Maria taucht ein in ein warmes orangefarbenes Licht. Die unten dagegen sind noch im Erdengrau, aber ein Abglanz fällt auch auf die Menge, aus der sie emporsteigt!«

Antonia nickte zustimmend. »Es leuchtet wirklich aus der Mitte heraus. Ganz anders als das düstere Bild von der Verkündigung, das wir gestern gesehen haben.«

»Hier ist Maria auch keine Jungfrau mehr. Sie ist Frau und Mutter und vom grauen Erdendasein erlöst. Maria befreit sich mit ihrer Himmelfahrt sowohl von der Gruppe unter ihr, die bezeichnenderweise nur aus Männern besteht, wie auch von den um sie herum wimmelnden Kleinkindern in Form von Putten. Ich lese das Bild also auch feministisch!«

Eine der beiden Schweizer Damen räusperte sich. »Aber oben geht es doch auch nicht richtig weiter, oder? Sie wirkt irgendwie gefangen.«

Jana zögerte ein wenig. »Nun ja, aber Gottes Gestalt ist längst nicht so kompakt wie die der Männer unten, von denen sie sich nach oben hinweghebt«, sagte sie schließlich. »Aber Sie haben recht, nach einer echten Befreiung sieht es nicht aus.«

Die Schweizer Damen luden Jana und Antonia am Ende der Führung zu einem Kaffee ein. Antonia verabschiedete sich, um nach Hause zu gehen. Sie wollte versuchen, im Internet mehr über Aram Singer herauszubekommen.

Als sie am »Già Schiavi« vorbeikam, konnte sie jedoch nicht widerstehen, einen Blick hineinzuwerfen. Sie drängte sich durch die Touristen vor dem Eingang und bestellte sich bei Luca einen Martini. Während sie daran nippte, sah sie ab und an unauffällig zu ihm hinüber. Er hatte alle Hände voll zu tun, weil sich eine Gruppe skandinavischer Touristen mit Getöse in die kleine Bar ergoss und Häppchen und Getränke bestellte. Erst als sie ihr Glas zur Theke zurückbrachte, kreuzten sich für einen Augenblick ihre Blicke. Antonia mochte das kleine Spiel, das sie beide entwickelt hatten, und verließ lächelnd die Bar.

Zu ihrer Überraschung war Florian schon zu Hause. Er hatte frische Pasta und gegrillte Peperoni von der Theke des Supermarkts besorgt und deckte gerade den Tisch.

»Florian, wie schön, dass heute nur wir beide zusammen essen!«

Florian entkorkte eine Flasche Rotwein und schnupperte daran.

»Nach dem Essen muss ich leider noch etwas die Partitur studieren. Ich komme an manchen Stellen nicht klar, daher werde ich gleich ein paar Trockenstudien machen.«

Florian häufte Pasta und gegrilltes Gemüse auf ihre Teller und goss Wein ein, während Antonia von ihrem Gespräch mit Octavia berichtete und ein paar Einzelheiten aus der traurigen Ehe von Cecilia Falieri und Guido Massato zitierte.

»Unglaublich, was es für schreckliche Beziehungen gibt.«

»Doch, das glaube ich sofort. Übrigens: Ich habe mich heute mit Davide unterhalten. Deine Märtyrer waren keine christlichen, sondern politische Märtyrer. Die Sette Martiri waren Opfer einer Vergeltungsmaßnahme im Zweiten Weltkrieg während der deutschen Besatzung von Venedig.«

»Was?« Antonia verschluckte sich fast vor Überraschung.

»Ein Deutscher ist umgekommen, und man hat deshalb als Rache sieben inhaftierte politische Gefangene erschossen.«

»Das ist ja fürchterlich!«

Antonia hatte nicht gewusst, dass die Nazis auch in Venedig ihren Terror verbreitet hatten. Der Gedanke daran erschütterte sie.

»Davide meinte, in der Redaktion des ›Gazzettino‹ könne man dir vielleicht einen Tipp geben. Es gibt da einen Journalisten, der im letzten Jahr einen Artikel geschrieben und an die Vorfälle erinnert hat.«

Dann erzählte Florian von den Proben. Zwischen einigen der Teilnehmer gab es Unstimmigkeiten über den Unterricht, und Florian vermutete, dass der wahre Grund in der Konkurrenz der Künstler lag.

»Alle tun immer so cool. Aber jeder will der Beste sein. Das erzeugt Spannungen, und alle verkrampfen sich. Das macht das Üben sehr unangenehm.«

Antonia stand auf, um die Espressokanne auf den Herd zu stellen. Dabei kam sie wieder auf die Sette Martiri zurück.

»Vielleicht haben die sieben Märtyrer doch etwas mit den ›7 M‹ der Briefe zu tun. Das würde erklären, wieso sie den Conte in den Briefen als Verräter und Faschisten beschimpfen. Sie geben ihm eine Mitschuld an den Erschießungen ...«

Florian war skeptisch. »1944 ist der Conte doch höchstens achtzehn oder zwanzig Jahre alt gewesen. Was kann er da schon getan haben? Er war zu jung, um eine politische Rolle zu spielen.«

»Vielleicht hat es mit seinem Vater zu tun?«

»Das kann dir nur der Conte beantworten.«

Florian goss sich Kaffee nach und zog sich mit seiner Espressotasse zum Notenstudium ins Wohnzimmer zurück. Ab und an hörte Antonia, wie er leise vor sich hin summte.

Sie wusch ab und dachte an die Schachtel mit den Briefen, die ihr Octavia vor ein paar Tagen gezeigt hatte. Das Beste wäre, wenn sie sich jeden einzelnen noch einmal ansehen würde. Sie wischte gerade mit einem Tuch über den Küchentisch, als ihr Handy klingelte. Am anderen Ende war ihre muntere Kollegin Rita Welsch aus Köln.

»Ja, Leute, was soll ich sagen? Köln liegt jetzt auch im Wasser, es regnet seit Tagen. Ich dachte, ich komme mal vorbei, wenn ich einen günstigen Flug finde. Was haltet ihr davon?«

Antonia freute sich über Ritas Anruf. »Wenn es dir nichts ausmacht, auf dem Sofa zu schlafen? Dann komm doch zum Wochenende!«

Rita hüstelte. »Ja, das ist ja schon morgen, und wie das Leben so spielt, gibt es am Sonntag noch einen billigen Flug ...«

Antonia wusste, dass Florian von diesem Überraschungsbesuch nicht begeistert wäre, aber sie kannte auch Rita und ihre flinke Art, die Dinge anzugehen. Ihr selbst kam dieser Besuch sehr gelegen, denn Rita hatte ein gutes Gespür für Zusammenhänge und kombinierte Informationen in Windeseile zu Erkenntnissen, die ihr bei der jetzigen Recherche nützlich sein konnten.

So auch diesmal. Antonia hatte Rita gerade die Situation geschildert und von ihrer Absicht erzählt, nach dem Besucher aus Amerika im Internet zu recherchieren, als Rita ihr den Tipp gab, nach dem Namen Aram Singer in den Tageszeitungen von Baltimore online zu suchen. Während sie erläuterte, wie hilfreich Presserecherchen sein konnten, buchte sie – wie Antonia hören konnte – nebenbei ihren Flug im Internet und ließ sich noch einmal die Adresse des Palazzo Falieri geben. Sie komme dann Sonntagmittag.

Als sie aufgelegt hatte, sah Antonia amüsiert zu Florian hinüber, der auf dem Sofa saß und ahnungslos in seiner Partitur blätterte. Sie musste ihm später schonend beibringen, dass sie das Apartment ab Sonntag mit der Freundin teilen würden. Hoffentlich hatten Octavia und der Conte nichts dagegen, dass sie einen Gast im Apartment einquartierte. Dann klappte sie ihr Laptop auf und suchte erneut im Internet nach Aram Singer.

Seine Website als Händler für Badezimmereinrichtungen schien veraltet und brachte sie nicht weiter. Erst als sie Ritas Rat befolgte und nach Tageszeitungen in Baltimore recherchierte, hatte sie Glück. Bei einer Zeitung gab es eine Archivfunktion. Sie suchte unter dem Namen Singer und fand im Lokalbereich einen Artikel vom März.

Unter der Schlagzeile: »Eltern verloren den Kampf um das Leben ihrer kranken Tochter« zeigte der Artikel ein Foto des Ehepaares Singer am Krankenbett einer jungen Frau. Es hieß, dass Aram und Esther Singer zwei Jahre lang Geld durch Spendenaufrufe gesammelt hätten und Singer in einer Erbschaftssache in Europa gewesen sei. Aber die teure Operation kam zu spät. Die junge Frau, die lange vergeblich auf eine Herztransplantation gewartet hatte, war im Februar gestorben.

Antonia schrieb sich das Sterbedatum auf. Sie lief zu Florian, ließ sich neben ihm auf dem Sofa nieder und schilderte ihm aufgeregt ihren Fund. Florian löste sich aus seinen inneren Welten, in denen er den Musikläufen eines modernen Komponisten gefolgt war, und nickte bedächtig. Antonia rieb die Hände gegeneinander und dachte laut nach.

»Vielleicht hat die Krankheit seiner Tochter etwas mit Singers Besuch in Venedig zu tun. Möglicherweise ist er mit dem Conte verwandt, und Aram versuchte, an ein Erbe zu kommen.«

»Aram Singer ist ein jüdischer Name. Wie sollte er mit den Falieris verwandt sein?«, wandte Florian ein.

»Das frage ich Singer am besten selbst. Ich habe seine Telefonnummer. Am Sonntag schaut übrigens Rita vorbei.«

»Waaas?« Florian warf empört die Partitur auf den kleinen Couchtisch.

»Ach, Florian, bleib bitte locker. Wir können doch alle zusammen einen Ausflug machen. Du musst auch mal was anderes sehen als dein Konservatorium.«

Florians Protest ebbte ab, als Antonia ihm Kosenamen ins Ohr flüsterte und ihn mit kleinen Zärtlichkeiten überhäufte.

»Du hast recht. Ich mache dann am Sonntag eine Pause. Und wir haben ja das Schlafzimmer für uns, hoffe ich. Bist du nicht auch plötzlich furchtbar müde …?«

7

Die Vorräte gingen zur Neige, und Antonia wollte für Ritas Besuch ein paar Dinge besorgen. Sie nahm einen überfüllten Vaporetto der Linie 1 und fuhr zum Gemüse- und Fischmarkt an der Rialto-Brücke. In Venedig war man immer schon früh auf den Beinen, Lieferanten schoben geschäftig Waren durch die Gassen, und überall standen Menschen plaudernd zusammen oder gingen ihren Besorgungen nach.

Der Anblick der Marktstände im gleißenden Licht der venezianischen Morgensonne ließ Antonia ihre Einkäufe vergessen. Zwischen gelben Zucchiniblüten, Tomaten und duftenden Büscheln von Minze und Oregano zückte sie immer wieder ihre Kamera. In der Säulenhalle des Fischmarktes präsentierten die Stände ihre weißsilbernen, rosafarbenen und schwarzen Schätze auf Bergen von zerstoßenem Eis. Es dauerte eine Weile, bis Antonia sich auf den Zweck ihres Besuchs besann und zwei Schalen mit Walderdbeeren, zwölf Artischockenböden, Tomaten und Basilikum kaufte. Zuletzt ging sie in den Supermarkt an den Zattere und kam schwer bepackt gegen Mittag zum Palazzo zurück. Als sie die Plastiktüten abstellte, um nach ihrem Schlüssel zu suchen, trat Jana in Jogginganzug und mit Baseballkappe aus der Tür.

»Ich wollte eben an den Zattere laufen«, sagte sie fröhlich. »Damit ich nicht gleich wieder an die Bücher muss! Im Moment hänge ich in meiner Doktorarbeit ziemlich fest«, setzte sie verlegen hinzu.

Antonia sah sich um, ob jemand in der Nähe war oder das Fenster zur Küche geöffnet war. Sie wollte nicht, dass Giovanna und Flavia irgendetwas über ihre Nachforschungen erfuhren. Dann raunte sie Jana zu:

»Könntest du mich am Montag in die Redaktion des ›Gazzettino‹ begleiten? Ich muss unbedingt etwas herausbekommen. Womöglich habe ich einen Zusammenhang mit den Drohbriefen entdeckt …«

»Natürlich! Ich komme mit.«

»Und dann muss ich dringend noch mal in die USA telefonieren. Deine Mutter weiß Bescheid. Es geht um den Besuch eines Amerikaners bei deinem Großvater. Vielleicht hat er etwas mit den Briefen zu tun.«

»Dann geh in mein Zimmer, ich habe einen eigenen Telefonanschluss. Das Telefon muss auf dem Schreibtisch liegen. Bei Mama ist es im Moment schlecht, sie hat Besuch bekommen. Tante Alba aus der Schweiz.«

Antonia schleppte ihre Einkäufe über drei steile Treppen nach oben. Als sie nach Luft ringend die Tür zum Apartment öffnete, kam ihr Flavia mit Eimer und Putzzeug entgegen. Sie grüßte nur knapp, drückte sich an ihr vorbei und ging eilig die Treppe hinunter. Im Apartment fand Antonia eine blitzblanke Küche und ein frisch bezogenes Bett vor. Sie freute sich über diesen Service. Gerade jetzt, wenn Rita zu Besuch kam, war es angenehm, dass das Apartment aufgeräumt und sauber war.

Sie verstaute die Lebensmittel im Kühlschrank und ging hinunter in den Piano Nobile. Die Tür zum Flur war nur angelehnt. Aus dem Salon hörte sie Octavias hellere Stimme im Wechsel mit einer tiefen, rauen. Octavia schien angeregt mit ihrer Tante zu plaudern. Antonia ging in Janas Zimmer und schloss die Tür hinter sich. Auf dem kleinen Schreibtisch am Fenster lag Janas ungeöffneter Laptop inmitten eines Durcheinanders von aufgeschlagenen Büchern, Aufsatzkopien und Notizblättern. Es dauerte etwas, bis sie unter dem Wust aus Papier und Büchern das Telefon fand. Sie zog den Zettel mit Singers Telefonnummer hervor und wählte noch einmal die Nummer in Baltimore. Sie schaute auf ihre Uhr. Dort musste es jetzt noch recht früh sein.

Als sich am anderen Ende wieder die Frauenstimme meldete, nannte sie ihren Namen und fragte nach Aram Singer. Es sei dringend. Sie rufe aus Venedig an, es gehe um seine Besuche im Palazzo Falieri. Mrs Singer stutzte ein wenig. Dann erklärte sie, dass ihr Mann geschäftlich unterwegs sei, sie könne ihr nur seine E-Mail-Adresse geben. Antonia frohlockte. Das machte alles leichter. Sie notierte sich die Adresse und dankte Mrs Singer.

Als sie das Zimmer verlassen wollte, ertönte von irgendwoher eine Melodie, die sie als Handy-Klingelton erkannte. Sie suchte auf dem Tisch und zwischen den Kissen auf Janas Bett, bis sie mit dem Fuß gegen einen pinkfarbenen Gegenstand stieß, der neben dem

Bett auf dem Boden lag. Es war Janas Handy. Jana beklagte sich oft, dass sie ihre Sachen verlegte oder verlor. Das Handy musste ihr heruntergefallen sein. Antonia hob es auf und warf einen Blick auf das Display. Der Anrufer war Janas Onkel Guido. Einen Augenblick lang wollte sie das Telefon auf den Schreibtisch legen und das Zimmer verlassen, dann entschloss sie sich, abzuheben.

»Pronto!«

Eine angenehme männliche Stimme fragte nach kurzem Zögern: »Jana, bist du es?«

Antonia stellte sich kurz vor und fragte nach seinem Namen. Der Mann bestätigte, dass er Guido Massato sei, und fragte: »Che desidera? Sie wünschen bitte?«

Antonia zögerte nicht lange. »Signor Massato, hätten Sie Zeit, einen Kaffee mit mir zu trinken? Ich hätte Ihnen gerne ein paar Fragen gestellt.«

Am anderen Ende war es ein paar Sekunden still.

»Es ist im Interesse Janas«, fügte sie schnell hinzu.

Wieder Stille. Dann, nach einem kleinen Räuspern, antwortete Guido, dass er bereit sei, sie zu treffen. Warum nicht gleich? Er schlug ein Café am Campo Santa Margherita vor. Man könne dort draußen sitzen. Vielleicht habe sie ja Lust, etwas mit ihm zu essen. Antonia sagte zu. Sie legte Janas Handy gut sichtbar auf den Schreibtisch und lief nach oben, um sich für das Treffen umzuziehen.

Als sie das Schlafzimmer des Apartments betrat, bemerkte sie, dass Flavia Florians Sachen, die bisher auf zwei Stühlen und teilweise auf dem Boden gelegen hatten, auf Bügel gehängt und im Kleiderschrank verstaut hatte. Auch fiel ihr auf, dass ihre eigenen Sachen, die vorher links im Schrank hingen, jetzt rechts von Florians Anzügen platziert waren. Vielleicht hatte sie den Kleiderschrank von innen gereinigt und alle Sachen herausgenommen?

Antonia nahm ihren Handkoffer aus dem Schrank und öffnete ihn. Sie hatte ihr Geld und ihren Reisepass in einem Innenfach gelassen und den Koffer nicht abgeschlossen. Geld und Pass waren noch da, wo sie sie deponiert hatte. Sie wollte den Deckel gerade schließen, als sie bemerkte, dass einer ihrer Reisepantoffel, die sie immer in einem Seitenfach verstaute und die sie diesmal auszupacken vergessen hatte, mitten im Koffer lag. Vielleicht hatte sie ihn unbemerkt herausgezogen, oder er war aus dem Fach gerutscht. Vielleicht hatte ihn aber auch jemand anderes herausgezogen und vergessen, ihn zurückzustecken. Ein T-Shirt, das Florian nicht an ihr mochte und das Antonia ganz nach unten gepackt hatte, lag jetzt zuoberst. Also war doch jemand an ihrem Koffer gewesen. Florian? Oder Flavia? Antonia stand auf, ging zur Wohnungstür und versperrte sie von innen.

Flavia hatte womöglich das Putzen des Apartments ausgenutzt, um nachzusehen, ob sie Wertgegenstände dabeihatten. Oder war vielleicht jemand von den Handwerkern, die das Dach reparierten, im Zimmer gewesen?

Sie griff nach ihrem Handy und rief Florian an. Er hob erst nach langem Klingeln ab und meldete sich mit leiser Stimme.

»Florian, warst du an meinem Koffer? Wenn nicht, dann hat Flavia hier geschnüffelt!«

Florian zischte etwas Unverständliches in den Hörer. Ihr wurde klar, dass er mitten in der Probe steckte.

»Ich hatte dich doch gebeten, nicht während der Proben anzurufen. Das Klingeln stört den Unterricht.«

»Schon mal was von Stummschaltung gehört?«, fragte Antonia ungehalten. »Also, warst du an meinem Koffer oder nicht?«

»Verflucht, nein, was soll ich an deinem Koffer? Und jetzt entschuldige mich bitte!«

Also doch Flavia? Um Flavia in Sicherheit zu wiegen, entschloss sie sich, Octavia vorerst nichts von dem Vorfall zu erzählen. Stattdessen tauschte sie Jeans und T-Shirt gegen einen dunklen Rock und eine helle Bluse, um Guido gegenüber seriös zu wirken. In der Küche hinterließ sie für Florian eine Notiz, dass sie zum Mittagessen verabredet sei. Dann eilte sie zu ihrem Treffen, von dem sie sich wichtige Informationen über den Conte und die Familie Falieri erhoffte.

Auf dem Campo Santa Margherita herrschte Hochbetrieb. Alle Restaurants waren dicht besetzt. Vor dem Café an der Ecke, das Guido vorgeschlagen hatte, saßen ganze Trauben von Studenten, vor sich einen Aperitif oder einen Cappuccino. Es dauerte etwas, bis Antonia Janas Onkel inmitten all der jungen Leute in ihrem Einheitslook aus Jeans und T-Shirts entdeckte. Er trug einen cremefarbenen Anzug und eine hellblau-weiß gestreifte Seidenkrawatte und wirkte sehr distinguiert. Sie atmete tief durch, straffte sich und ging – scheinbar entspannt – an seinen Tisch. Sie hatte Guido bisher nur aus der Entfernung gesehen und nicht erwartet, dass er aus der Nähe so attraktiv wirkte. Er war groß, hatte ein gut geschnittenes Gesicht und lebhafte dunkle Augen. Es verwirrte sie, als er aufstand und ihr die Hand gab. Sein dunkles Haar, das vorne schon etwas gelichtet war, hatte er leicht gegelt, wodurch für Antonia der positive Gesamteindruck etwas getrübt wurde, aber sein Aftershave roch angenehm nach Vetiver.

»Möchten Sie etwas trinken?«

Guidos Stimme war in Wirklichkeit noch anziehender als am Telefon.

»Gerne. Einen Kaffee bitte.«

Guido bestellte Kaffee, Wein und zwei Gläser. Für einen Mann in den Vierzigern sieht Guido verdammt gut aus, ging es Antonia durch den Kopf. So eine Art venezianischer George Clooney. Guidos Augen schauten unverwandt in ihre, und sie wurde ein wenig unruhig.

»Es ist schön, eine Freundin von Jana kennenzulernen. Meine Nichte bedeutet mir sehr viel.«

Er sprach fließend Englisch, und seine Stimme hatte diesen tiefen, einschmeichelnden Ton, bei dem Antonia geneigt war, mehr auf den Klang als auf den Inhalt des Gesagten zu achten. Sie hatte ein paar Sekunden nicht genau hingehört, und Guidos Frage brachte sie in die Realität zurück.

»Worüber wollten Sie mit mir sprechen?«

»Können Sie mir zusichern, unser Gespräch vertraulich zu behandeln? Octavia, Ihre Schwägerin, macht sich große Sorgen. Die Familie wird in der letzten Zeit bedroht.«

Antonia erzählte von den Briefen und beobachtete Guido dabei aufmerksam, aber sein Gesicht blieb entspannt, seine Augen blickten arglos.

»Sie sind alle mit ›7 M‹ unterzeichnet. Was könnte das Ihrer Meinung nach bedeuten?«

Guido zog die Schultern hoch und hob beide Hände gen Himmel. »Madonna, woher soll ich das wissen? Das kann vieles bedeuten. Mir sagt es nichts. Ich habe nie davon gehört.«

Der Kellner brachte den Wein und die Gläser. Guido schenkte ihnen beiden ein und prostete ihr zu: »Salute!«

Antonia, die tagsüber selten Alkohol trank, genoss den gut gekühlten Weißwein. Nach einigen Schlucken spürte sie, wie sich eine angenehme Wärme in ihr ausbreitete.

»Ich frage mich, ob Sie als Schwiegersohn etwas über die Vergangenheit der Familie wissen. Zum Beispiel über die Rolle des Conte im Zweiten Weltkrieg. Hat Ihnen Ihre Frau darüber jemals etwas erzählt?«

»Warum interessiert Sie das? Was hat das mit Jana zu tun?«

»Jana würde es gerne wissen. Sie traut sich aber nicht, ihren Großvater danach zu fragen. Aber sie hat über Giovanna, die Köchin, von Gerüchten gehört.«

Antonia hatte sich diese Geschichte auf dem Weg zu ihrem Treffen ausgedacht, um Guido glauben zu lassen, dass allein die Freundschaft zu Jana und die Sorge um sie ihre Nachforschungen motivierten. Guidos Miene blieb reserviert.

»Mit mir hat sie nie über diese Zeit gesprochen. Was den Zweiten Weltkrieg angeht, so weiß ich von meiner verstorbenen Frau Cecilia, dass der Vater des Conte sich zwar aus der Politik herausgehalten hat, während der deutschen Besatzung jedoch hohe Nazi-Offiziere in sein Haus einlud oder mit ihnen zum Essen ging. Cecilia nahm an, dass er das deshalb tat, um die Deutschen bei Laune zu halten und am Kunstraub zu hindern. Schon Janas Urgroßvater hatte eine beachtliche, über Italien hinaus bekannte Kunstsammlung. Mauros Vater hat wohl das Museum und seine eigene Sammlung schützen wollen.«

»Nach außen muss es doch wie Kollaboration ausgesehen haben …«

»Ja, ich glaube, einige Venezianer haben das Mauros Vater übel genommen. Aber Mauro selbst, mein Schwiegervater, hatte wohl mit diesen Dingen nichts zu tun, dafür war er noch zu jung.«

Antonias Blick hing an Guidos wohlgeformter Hand, die jetzt das Weinglas spielerisch hin- und herdrehte. Guido schaute abwesend in das Glas, bis er plötzlich aufsah und Antonia wieder direkt anblickte. Sie wurde unter seinem Blick etwas unsicher und versuchte, professionell zu klingen.

»Ich würde Sie gern noch etwas Persönliches fragen. Warum

haben Sie und Ihr Schwiegervater diesen Streit? Jana hat mir erzählt, dass sie die Einzige aus der Familie ist, die noch Verbindung zu Ihnen hält.«

Sie war gespannt, wie Guidos Version dieses Konflikts aussah. Dass sie die Geschichte seiner verkorksten Ehe mit Cecilia kannte, konnte er ja nicht ahnen.

Guidos Pupillen verengten sich für eine Sekunde, dann machte er eine abwehrende Handbewegung.

»Der Conte will jeden Kontakt zwischen mir und seiner Enkelin verhindern. Nach Cecilias Tod sollte ich aus der Familie eliminiert werden. Er hat mich nie als Schwiegersohn akzeptiert. Aber ich mag meine Nichte, und niemand kann mir verbieten, sie ab und an zu treffen!«

Antonia schwieg. Sie hatte aus anderen Befragungen gelernt, dass man ein Gegenüber durch Schweigen verunsichern konnte, vor allem wenn man seinen Blick dabei auf ihm ruhen ließ. Tatsächlich begannen Guidos Hände leicht zu zittern, als sie ihn unverwandt ansah. Aufreizend langsam nahm sie einen Schluck Wein und lehnte sich in ihren Stuhl zurück.

»Und Ihre Beziehung zu Jana ist rein verwandtschaftlich?«

Guido runzelte die Stirn. Seine Stimme bekam einen unangenehmen Klang. »Was soll das heißen? Was mir von dieser Familie alles unterstellt wird! Der Alte konnte doch selbst seine Finger nicht von den jungen Mädchen lassen. Cecilia hat mir erzählt, wie er ihr nachgestellt hat, als sie vierzehn war. Der eigenen Tochter! Und auch hinter Jana war er her.«

Antonia erschrak, hatte sich aber sofort wieder unter Kontrolle. Sie traute Guido nicht.

»Davon hat mir Jana nie etwas erzählt. Ich werde sie heute noch danach fragen.«

Wieder hob Guido abwehrend die Hände. »Nein, Antonia, bitte nicht. Sie sind wirklich eine gute Freundin für Jana. Sie scheinen sich Sorgen um sie zu machen. Bitte sagen Sie ihr nichts von unserem Gespräch. Sie ist so sensibel, es würde sie verstören.«

Dann lächelte er sein gewinnendes Lächeln. »Jana ist bei mir sehr gut aufgehoben!«

Guido sollte keinen Verdacht schöpfen, dass er von ihr befragt wurde. Es war besser, er nahm an, dass sie sich aus reiner Sympathie für Jana wegen der Drohbriefe Gedanken machte. Antonia leerte ihr Glas und griff nach ihrer Tasche.

»Ich danke Ihnen für das Gespräch, Guido. Es hat mich sehr gefreut, Ihre Bekanntschaft zu machen.«

Als sie aufstand, erhob sich Guido mit ihr, griff nach ihrer Hand und zog sie an seine Lippen. Antonia empfand ein angenehmes Prickeln, als sein Mund ihren Handrücken berührte. Guido schien ihre Reaktion zu bemerken. Er lächelte mit einem siegesgewissen Ausdruck in den Augen und verbeugte sich.

»Es war mir ein Vergnügen, Sie kennenzulernen. Falls Sie noch Fragen haben, können wir uns jederzeit wieder verabreden. Es macht Spaß, mit einer schönen Frau wie Ihnen zu plaudern.«

Antonia ging leicht benommen in Richtung Campo San Barnaba. Dieser Guido war mit allen Wassern gewaschen, so viel stand fest.

Als sie im Palazzo zum Gästeapartment hinaufgehen wollte, klingelte ihr Handy. Es war Octavia. Mit kleiner, verschreckter Stimme bat sie Antonia in den Salon. An der Art, wie sie sprach, konnte Antonia heraushören, dass etwas Unangenehmes passiert sein musste.

Sie fand ihre Gastgeberin zusammengesunken und bleich in ihrem Sessel vor. Sie war allein, Tante Alba schien sich zurückgezogen zu haben. Vor Octavia lag ein großes gelbliches Blatt.

»Das ist eben abgegeben worden. Giovanna hat es mir gebracht. Gott sei Dank halten mein Vater und Alba ihren Mittagsschlaf. Auch meine Tante weiß nichts von den Briefen.«

Antonia nahm den Papierbogen auf. Das Schreiben war diesmal nicht handschriftlich, sondern gedruckt abgefasst. In großen Typen stand dort: »Du verdammter Dieb! Dir geht es bald an den Kragen!«

Der Brief war nicht unterzeichnet. Lediglich auf den Umschlag hatte jemand »7 M« gekritzelt.

Antonia ließ das Blatt sinken. »Wann, sagten Sie, haben Sie den letzten dieser Briefe bekommen?«

»Kurz vor Papas Abreise in die Schweiz. Sie scheinen zu wissen, dass er zurück ist. Was soll ich nur tun?«

Um Octavia zu beruhigen, versprach Antonia, eine erfahrene Kollegin aus Köln in die Sache einzuweihen. Ob es Octavia recht sei, wenn sie die Kollegin, die am Sonntag nach Venedig komme, kurzfristig beherberge?

Octavia schien sich über die Aussicht, dass Antonia Unterstützung bekam, etwas zu beruhigen.

Antonia hingegen stieg nervös die marmornen Stufen zum Gästeapartment hoch. Die Absender der Briefe wussten demnach, was im Palazzo vor sich ging. Was veranlasste sie, nach so langer Pause ihre Drohungen fortzusetzen? War es tatsächlich die Rückkehr des Conte?

Als sie die Tür zum Apartment aufschloss, hörte sie vom Dach her laute Stimmen und Gelächter. Sie zog sich rasch um, schlüpfte wieder in Jeans und T-Shirt und stieg zur Altana hoch. Dort oben saßen Ugo, Jana und Florian mit Dosenbier und Cola. Die drei waren bester Stimmung und wollten gerade zu dem verabredeten Fußballspiel aufbrechen. Antonia schloss sich ihnen an. Von ihrem Treffen mit Guido Massato sagte sie nichts.

Von den Zattere aus nahmen sie das Boot nach St. Elena zum Stadion. Als das Schiff aus dem Markusbecken in Richtung Giardini fuhr, bemerkte Antonia, dass Jana, die neben ihr an der Reling stand, unruhig wurde.

»Ich habe ganz vergessen, dass ich noch bei einer Freundin vorbeischauen sollte. Ich wollte ihr bei einer Hausarbeit für die Uni helfen, ich denke, ich steige bei den Giardini aus und fahre zurück.«

Antonia spürte, dass Jana log, und warf Florian einen vielsagenden Blick zu, als sie das Boot an der Haltestelle verließ. Sie wusste inzwischen, dass Guido Massato ein Zimmer bei seiner Mutter im Castello-Viertel bewohnte, und sie vermutete, dass Jana den Besuch des Fußballspiels zu Hause nur vorgeschoben hatte, um sich in Wirklichkeit mit ihm zu treffen.

Als sie den Vaporetto in der Nähe des Stadions verließen, flüsterte sie Florian zu: »Ich glaube, sie trifft ihren Onkel Guido, den Mann, den wir am ersten Tag gesehen haben.«

Florian sah sie verwundert an. »Du denkst, sie hat eine heimliche Affäre?«

Antonia legte warnend einen Zeigefinger an den Mund und nickte in Richtung Ugo. »Später!«

Ugo drehte sich jedoch lässig um und blinzelte ihnen verschmitzt zu. »Soll ich vielleicht nicht hören, dass Jana sich mit Onkel Guido trifft? Das weiß ich schon lange. Ich habe die beiden selbst in den Giardini gesehen, noch letzte Woche.«

Florian blieb gelassen. »Und was hältst du von deinem Onkel?«, fragte er.

»Weiß nicht ...«, wich Ugo aus. »Ich war ein paarmal mit den beiden Eis essen, und er schleimte ziemlich herum, aber ich glaube, mit Jana meint er es ernst.«

Inzwischen hatten noch zwei weitere Boote, von Murano und vom Lido kommend, angelegt, und immer mehr Menschen drängten sich auf dem Weg zum Stadion. Antonia, die nicht das Geringste von Fußball verstand, ergab sich in ihr Schicksal und ließ sich mit den lärmenden Fans durch den Eingang schieben. Florian hatte Plätze in der dritten Reihe vorne spendiert.

Triest spielte von Anfang an ein aggressives Spiel, und trotz heftiger Anfeuerung durch die venezianischen Fans blieben die Leoni die ganze erste Halbzeit über in der Defensive. Ugo hieb sich mit der flachen Hand vor die Stirn, wenn ein Pass fehlschlug, und auch Florian sprang bei Torchancen der Leoni aufgeregt vom Sitz auf. Antonia, die kaum einen Zusammenhang zwischen diesen Reaktionen und den spielenden Männern auf dem Rasen erkannte, bemühte sich, es ihnen gleichzutun, um nicht allzu laienhaft zu wirken. Die Spieler aus Triest schossen zwei Tore, und die Venezianer kämpften noch verzweifelter.

In der Halbzeitpause gingen Florian und Ugo zum Kiosk, um Cola und Mineralwasser zu besorgen. Antonia blickte auf das leere Grün des Fußballfeldes und ging noch einmal im Kopf die Fakten durch, die sie bisher gesammelt hatte. Der Conte sollte unter Druck gesetzt und vermutlich erpresst werden, es ging vielleicht um Kunst. Octavia gegenüber hatte er Aram Singer als Kunsthändler bezeichnet. Die Erpresser beriefen sich auf die Märtyrer aus der Zeit der deutschen Okkupation. Was war mit der undurchsichtigen Flavia? Tat sie ihr vielleicht Unrecht, nur weil sie so unsympathisch war? Aber wer sollte sonst in ihrem Koffer herumgeschnüffelt haben? Es schien ihr mit einem Mal unmöglich, in der fremden Stadt einen Fall zu lösen. Sie würde ihre Gastgeberin bitten, mit den Briefen zur Polizei zu gehen. Einen anderen Weg gab es nicht.

Als Ugo vom Kiosk zurückkam, ging er weiter nach unten an

das Absperrgitter zum Fußballfeld und sprach mit ein paar Jungs in seinem Alter. Florian ließ sich neben ihr nieder und seufzte, wie gut ihm das Spiel täte.

»Immer nur üben, üben, üben. Vom Leben in dieser Stadt bekomme ich rein gar nichts mit … Mit wem warst du denn heute Mittag verabredet?«

»Mit George Clooney«, antwortete Antonia schnippisch.

»Ist der nicht etwas zu alt für dich?«

»Ganz und gar nicht. Zumindest hat er gute Manieren …«

Florian legte den Arm um sie. »Du weißt doch, dass ich in den Proben nicht gestört werden darf.«

Antonia sah wieder zum Absperrgitter hinüber und bemerkte, dass Ugo nicht mehr bei seinen Freunden stand. Sie reckte den Hals und sah an der Absperrung entlang.

»Wo ist denn Ugo?« Sie stand auf.

»Da unten irgendwo.«

»Ich sehe ihn nicht.« Antonia wurde unruhig.

»Wo soll er sein? Er wird gleich wiederkommen.«

»Wir sind für ihn verantwortlich!«

»Antonia, entspann dich. Er geht doch sonst auch mit Freunden alleine hierhin.«

»Da ist er ja!«

Antonia ließ sich erleichtert in ihren Sitz fallen, nur um gleich wieder aufzuspringen.

»Mit wem spricht er denn da?«

Sie sah, wie Ugo bei einem älteren Mann stand, der lebhaft auf ihn einredete und dabei mit beiden Händen gestikulierte, wobei die linke irgendwie verkürzt wirkte. Der Mann stand mit dem Rücken zu ihnen, war kahlköpfig und trug eine rostrote Lederjacke. Er schien Ugo nach seiner Begleitung zu fragen, denn dieser wies nach oben in Richtung ihrer Sitzplätze. Als er Anstalten machte, zu seinem Platz zurückzukehren, sah Antonia, wie der Mann ihn noch einmal kurz zurückhielt und ihm dann folgte. Auf der Höhe ihrer Reihe schaute er zu ihr und Florian herüber. Er kam ihr irgendwie bekannt vor. Die ganze zweite Halbzeit lang versuchte sie sich zu erinnern. Vergebens. In Venedig sah man wegen der Besuchermassen tagtäglich so viele Menschen, dass man leicht ein einzelnes Gesicht vergessen konnte.

Fünf Minuten vor Schluss, gerade als ein ohrenbetäubender Lärm einsetzte, weil die Leoni doch noch ein Tor geschossen hatten, fiel es ihr plötzlich wieder ein. Das war der Mann, den sie mit Guido in der Kaffeebar gesehen hatte. Inmitten der johlenden Menge holte sie ihr Handy heraus und suchte das Foto, das sie vor ein paar Tagen gemacht hatte. Vor der Wand mit den vielen Fußballplakaten saßen Guido und dieser Mann, mit dem Ugo gerade gesprochen hatte.

Als Ugo sich auf der Rückfahrt im Linienboot zwischen sie und Florian setzte, fragte Antonia den Jungen beiläufig: »Wer war denn das, mit dem du im Stadion gesprochen hast?«

Ugo zuckte mit den Schultern. »Ich hab ihn schon öfter hier beim Spiel gesehen. Er taucht immer mal wieder auf und spricht mit mir. Er heißt Marcello und hat mal gesagt, dass er ein Bekannter von Onkel Guido ist. Und weil ich so ein treuer Fan bin, hat er mir heute einen Ball versprochen, mit den Unterschriften der Leoni. Ist das nicht cool?«

Antonia war beunruhigt. »Du wirst ihn beim nächsten Mal aber nur in Begleitung treffen, oder?«

Ugo sah sie erstaunt von der Seite an. »Warum? Ich gehe doch immer allein oder mit einem Freund zum Fußball. Ich kann schon auf mich aufpassen. Ich werde bald fünfzehn. Ich glaube nicht, dass er ein Pädophiler ist, wenn du das meinst. So ist er nicht drauf. Er ist Fan, wie ich. Wir halten hier alle ziemlich zusammen.«

Dann schloss Ugo sich den Schlachtrufen der venezianischen Fangemeinde an, die trotz der Niederlage ihre Mannschaft feierte, und war von da an nicht mehr ansprechbar.

Vielleicht war der Mann tatsächlich nur ein harmloser Bekannter von Guido und deshalb freundlich an dessen Neffen interessiert. Zärtlich sah Antonia zu Ugo hinüber. Er war ihr in der kurzen Zeit ans Herz gewachsen, weil er im Gegensatz zu seiner Mutter und seiner Schwester ein ausgeglichenes Temperament hatte und trotz seiner Jugend oft reifer wirkte als die beiden nervösen Frauen. Obwohl seine Mannschaft verloren hatte, war Ugo guter Dinge. Er bedankte sich bei Florian überschwänglich für die Einladung, und Florian, angesteckt von seiner Begeisterung, lud ihn zum Rückspiel nach Triest ein.

8

Am Sonntagmorgen brach Antonia früh auf, um Rita Welsch am Flughafen abzuholen. Bevor sie das Haus verließ, suchte sie Giovanna in der Küche auf und fragte, wer gestern den Brief abgegeben habe.

Giovanna beschrieb einen bleichen jungen Mann, der sehr schlecht gekleidet gewesen sei. Dann machte sie eine wichtige Miene und setzte zu einem längeren Vortrag über die Gefährdung der heutigen Jugend durch Drogen an. Antonia rechnete sich aus, dass der Bote für ein paar Euro gedungen worden war, und unterbrach den Redestrom der Köchin.

»Ich muss los, Giovanna, eine amica am Flughafen abholen!«

Vor der Haustür begegnete sie einer eleganten alten Dame, die, vollständig in schwarze Seide gekleidet, ein Gebetbuch aus ihrer Tasche zog. Es handelte sich wohl um Tante Alba, die Schwester des Conte. Mit der Rechten stützte sie sich auf den silbernen Knauf eines Stocks, aber ansonsten wirkte sie sehr behände. Antonia rief ihr ein »Buon Giorno« zu, aber der weißhaarige Kopf drehte sich nicht nach ihr um. Stattdessen gab die alte Dame nur ein tiefes Räuspern von sich, das an das Geräusch erinnerte, das ein altes Motorrad beim Starten macht.

Antonia sah, wie sie über den Kirchplatz und auf den Eingang von San Trovaso zuging. Offenbar wollte sie in die Messe.

Antonia nahm an den Zattere das Direktboot der Alilaguna zum Flughafen. Sie kam gerade noch zeitig an. Die Maschine aus Köln war schon gelandet.

Rita erschien freudestrahlend und wie immer etwas grell herausgeputzt als eine der ersten Fluggäste am Ausgang. Eingehüllt in eine intensive Duftwolke umarmte sie die Kollegin herzlich. Antonia wich benommen zurück.

»Du riechst aber gut …«

»Ich hab im Duty Free ja auch so ziemlich jedes Parfüm durchprobiert. Du siehst toll aus, Antonia, du bist ja schon richtig braun geworden. In Köln hat es nur geregnet …«

Im Palazzo warteten Jana, Ugo und Florian auf die Ankunft der beiden. Man hatte inzwischen einen Bootsausflug an den Lido und zu den Inseln, die sich an den Lido anschlossen, geplant. Ritas Gepäck wurde nur eben abgestellt, dann gingen alle zum Boot hinunter. Rita stieß Begeisterungsschreie aus, als sie das Andron betraten. Es war ein heißer, sonniger Tag, und der ganze hohe Raum war erfüllt von den Lichtreflexen, die der Kanal hineinwarf.

»Eine richtige Gondel, und da, kuck mal, die Leuchter, das glaubt mir zu Hause keiner!«

Sie machte ein Foto nach dem anderen, bis Antonia sie sanft zum Boot schob.

»Unterwegs gibt es noch genug zu fotografieren.«

Jana wies allen ihre Plätze zu und warf den Motor an. Sie lenkte das Boot diesmal nicht in Richtung Giudecca-Kanal, sondern fuhr durch den engen Rio San Trova zum Canal Grande. »Sightseeing für Rita«, kommentierte sie die Route. Unterwegs kamen sie am »Già Schiavi« vorbei, und Antonia schaute interessiert zu den Fenstern hoch. Vor den Auslagen standen jedoch wieder Gäste mit Weingläsern und Plastiktellern in der Hand, sodass die Bar vom Kanal aus nicht einzusehen war.

Am Ende des Rios passierten sie den kleinen Palazzo, aus dem Antonia vor ein paar Tagen Guido hatte kommen sehen. Ihr fiel auf, wie Jana mehrfach zum Piano Nobile hochschaute, und sie folgte ihrem Blick. Die weißen Tüllgardinen im ersten Stock aber waren unbewegt und geschlossen. Nichts deutete auf die Anwesenheit eines Bewohners hin.

»Wir fahren hier in den Canal Grande, biegen dann nach rechts ab und fahren über die Lagune zum Lido«, erläuterte Jana mit Fremdenführerstimme.

Über ihnen spannte sich ein wolkenlos blauer Himmel, und alle genossen die Fahrt, obwohl ein dichtes Gedränge von Vaporetti, Motorbooten und Gondeln auf dem großen Kanal herrschte. Rita kreischte jedes Mal vergnügt, wenn die Vaporetti oder Wassertaxen nahe an das Boot kamen und der Wellengang stärker wurde. In den kleineren Kanälen tauchten immer wieder Gondeln mit mehreren Rudern auf, und Ugo erklärte ihnen, dass es sich um die Vorbereitung für einen Wettbewerb handele.

»Sie üben für die Vogalonga, die Ruderregatta Anfang Juni. Dazu werden viele ausländische Ruderer erwartet, und die Venezianer wollen natürlich gut abschneiden.«

Rita warf die Arme in die Luft und pries die Sonne, die weiche Luft und das Leben im Allgemeinen. Nur Ugo maulte, weil der Ausflug ihn daran hinderte, die Übertragung eines Fußballspiels im Fernsehen zu sehen. Aber Octavia war unnachgiebig geblieben und hatte darauf bestanden, dass er mitfuhr. Antonia hatte die Auseinandersetzung zwischen den beiden zufällig mitbekommen. Octavia hatte ungewöhnlich streng mit ihrem Sohn gesprochen, der in seinem Zimmer vor dem Computer saß.

»Du starrst nur noch auf irgendwelche Bildschirme. Da draußen ist eine ganze Welt, und ich möchte, dass du zu ihr Kontakt hältst. Entweder du fährst mit zum Lido, oder du trinkst mit Tante Alba und Großvater Tee!«

Vor diese Alternative gestellt, hatte Ugo lieber den Bootsausflug gewählt.

Nach einer halben Stunde erreichten sie den Lido, und Jana manövrierte das Boot in einen schmalen Kanal. Von dort waren es nur noch ein paar hundert Meter zum Strand. Florian versuchte Ugo etwas aufzuheitern, indem er ihm eine Plastikflasche zuspielte und ihn animierte, zurückzuschießen. Jana machte mit und tobte mit den beiden durch den Sand. Florian hatte seine Jeans hochgekrempelt und kickte die Flasche immer wieder ins Meer, bis alle drei lachend ins Wasser stoben.

Rita und Antonia blieben etwas hinter ihnen zurück. Antonia brannte darauf, ihrer Kollegin zu erzählen, was sie über die Briefe und den Besuch Aram Singers wusste.

»Was hältst du von der Sache?«

»Wenn du mich fragst, hat der Conte Dreck am Stecken.«

Antonia musste lächeln. »Du kennst den Conte nicht. Er ist sehr würdevoll. Man kommt nicht so schnell auf die Idee, etwas Ehrenrühriges mit ihm zu verbinden.«

Rita bückte sich ächzend und zog ihre Sandalen aus. »Warum fragst du denn nicht diesen Singer? Wenn du weißt, was er hier wollte, bist du ein Stück weiter und kannst danach den Conte befragen. Auch wenn er sich rauslügt, bringt dich das weiter. Leute, die lügen, machen immer Fehler.«

Antonia legte den Arm um Ritas Schulter und drückte sie dankbar. »Ich bin froh, dass du da bist. Ich kann hier mit niemandem über den Fall reden. Jana ist das Ganze unangenehm, sie würde es am liebsten verdrängen. Octavia ist immer gleich erschrocken, und Florian hat nie Zeit.«

Rita sah mit bedauernder Miene über die heute fast glatte, im Mittagslicht tiefblaue Oberfläche der Adria. »Ich kann nur leider nicht lange bleiben. Am Donnerstag ist im Polizeipräsidium die Pressekonferenz zu den Einbrüchen in der Kölner Innenstadt. Da muss ich hin. Die Geschäftsleute werden allmählich nervös, und die Polizei ist immer noch nicht weitergekommen. Dabei würde ich lieber hierbleiben und dir ein bisschen helfen. Hier lässt es sich gut aushalten. Wie ist denn die Bezahlung?«

Darüber hatte sich Antonia bisher noch keine Gedanken gemacht.

»Ich möchte erst den Fall lösen, solange sind wir ja Gäste im Palazzo. Über eine bestimmte Summe habe ich mit Octavia noch nicht geredet.«

Rita schüttelte den Kopf. »Aber vernachlässigen würde ich das auch nicht. Wer weiß, ob da nachher überhaupt was zu holen ist. Kennt man ja, vornehm, aber nix an de Fööß.«

Antonia bat sie, leiser zu sprechen, damit Jana und Ugo sie nicht hörten. Die Gruppe war inzwischen wieder am Seitenkanal des Lido angekommen, wo Jana das Boot vertäut hatte. Minuten später fuhren sie weiter in Richtung Süden. In der Nähe von Pellestrina steuerte Jana eine malerisch am Ufer liegende Trattoria an, vor der schon etliche andere Boote festgemacht hatten.

»Ich habe hier einen Tisch für uns reservieren lassen.«

Geschickt warf sie das Tau um einen Pfahl, sprang schwungvoll auf die Anlegestelle und half den anderen beim Aussteigen. Rita, die Unsportlichste von allen, ächzte und kicherte, als sie sich aus dem schwankenden Boot wuchtete, dann ließ sie das Geräusch von reißendem Stoff aufschreien.

»Oh nein, der Rock ist hin!«

Antonia und Jana halfen ihr auf die Beine und inspizierten den Schaden, während Florian und Ugo sich diskret, aber mit kaum verhohlenem Grinsen abwandten und in Richtung Trattoria gingen. Ritas guter Laune tat das kleine Missgeschick keinen Abbruch.

»Nicht so schlimm!«, war ihr Kommentar, während sie ihre Strümpfe glatt strich, an denen sich jetzt auch noch zwei dicke Laufmaschen zeigten.

Unter dem Sonnensegel der Trattoria ließen die fünf es sich bei Pasta, gegrillten Canoce und Wein gut gehen. Immer mehr Leute legten zum sonntäglichen Mittagessen an, und bald summte es unter dem Sonnendach von Stimmen und Lachen. Rita, benommen von Hitze und Wein, lachte ebenfalls viel und laut.

»Wer hätte das gedacht, vor ein paar Stunden noch im grauen Köln, jetzt im Paradies. Ich lade euch alle ein!«

Dann bestellte sie eine weitere Flasche Wein und als Dolce für alle riesige Portionen Erdbeereis.

Nach dem zweistündigen Mahl fuhr Jana ihre Gäste zum Palazzo zurück. Unterwegs waren alle bester Laune. Selbst Ugo schien aufgeräumter Stimmung. Rita ließ während der Fahrt eine Hand über Bord hängen und liebkoste das Wasser.

»Also, ich lass ja nichts auf Köln kommen, aber hier könnte es mir auch gefallen.«

»Nee, Rita, ehrlich? Köln ist nicht die schönste Stadt der Welt?«, fragte Florian.

Rita boxte ihn freundlich in die Seite. »Ich weiß, dass du mich veräppeln willst, aber das ist mir egal.«

Im Palazzo war zunächst ausgiebige Siesta für alle angesagt. Gegen fünf Uhr hörten Florian und Antonia, wie Rita ins Bad ging und duschte. Dann klopfte es an die Tür des Schlafzimmers.

»Hallo, ihr zwei Hübschen. Und was machen wir jetzt?«

Florian drehte sich unwirsch auf die andere Seite. »Ich muss arbeiten.«

Antonia stand auf, ging in die Küche und kochte Kaffee.

»Jana rief eben an. Ihre Mutter geht mit Tante Alba in die Oper. Wir können mitkommen, wenn wir möchten.«

Rita stimmte begeistert zu.

Jana hatte drei Karten an der Kasse hinterlegen lassen, und gegen sieben Uhr gingen die drei Frauen gut gelaunt zu Fuß zum La-Fenice-Theater. Auf dem Programm stand »La Traviata«.

Antonia war vom Inneren des renovierten Barocktheaters beeindruckt. Neugierig sah sie zu den vielen Logen ringsum auf, in denen Venezianer plaudernd auf den Beginn der Vorstellung warteten. In einer davon meinte sie kurz das Profil Guidos zu sehen, doch genau in diesem Moment erloschen die Lichter, und die Ouvertüre setzte ein.

Rita schien von der Aufführung tief ergriffen. Bei der Szene, in der Alfredos Vater Violetta bittet, auf Alfredo zu verzichten, zog sie ein Papiertaschentuch hervor und betupfte sich die Augen, und während der Wiedersehensszene, als sich die vom Tod gezeichnete Violetta und Alfredo wieder in den Armen lagen, putzte sie sich laut die Nase.

Jana hingegen beschwerte sich in der Pause über die Akteure. Sie habe diese Oper schon oft gehört, und so schlecht wie heute sei die Aufführung noch nie gewesen. In diesem Moment gesellten sich Octavia und Tante Alba zu ihnen. Die alte Dame stellte sich als liebenswert und eigensinnig heraus – und als hochgradig schwerhörig.

Sie sprach dementsprechend sehr laut, mal auf Italienisch, dann wieder auf Deutsch mit Schweizer Akzent. Die Aufführung gefalle ihr gar nicht, es mangele ihr an Opulenz. Das karge Bühnenbild erinnere sie an einen Wartesaal oder Bahnsteig. Jana, die die Aufführung eben noch selbst wegen der gesanglichen Qualität kritisiert hatte, der aber das Bühnenbild gefiel, versuchte ihre Großtante zu beschwichtigen.

»Vielleicht hängt es mit den gekürzten Subventionen zusammen …«

Aber Tante Alba wollte sich nicht beruhigen lassen. »Wenn ich auf einem Bahnhof stehe, weiß ich, dass bald der Zug kommt«, trompetete sie durchs Foyer. »Und in einer Tiefgarage stehen Autos. Aber auf der Bühne muss ich das nicht haben. Und wenn diese Gauner die Ausgaben für die Oper kürzen, würde ich lieber ganz auf die Aufführung verzichten, als sie in diese weiß getünchten Wände zu stellen.«

Alba hatte sich in Rage geredet, und Octavia sah sich beunruhigt um, ob die Stentorstimme der alten Dame nicht zu viel Aufmerksamkeit erregte.

Alba nickte während ihrer Ausführungen ständig jemandem zu. Sie schien halb Venedig zu kennen. Gerade als sie einem kleinwüchsigen Mann ihre Meinung über die Aufführung ins Ohr schrie, kündigte der Gong das Ende der Pause an.

Von ihrem Platz blickte Antonia noch einmal unauffällig zu der Loge hoch, in der sie Guido zu sehen geglaubt hatte. Sie sah dort jedoch nur eine blonde Frau mittleren Alters, die ein glitzerndes Diadem mit einer Federboa im Haar trug, neben einem bärtigen Herrn im Smoking. Hatte sie sich getäuscht? Sie lieh sich Janas Opernglas und schaute noch einmal zu der Loge hoch. Hinter der Blonden und ihrem Begleiter konnte sie den Umriss einer weiteren Person erkennen, aber der hintere Bereich der Loge lag zu sehr im Dunkeln, um Genaueres zu sehen.

Nach der Aufführung beeilte sich Antonia, als eine der Ersten auf die Freitreppe zu gelangen, um das herausströmende Publikum beobachten zu können. Falls Guido unter den Zuschauern gewesen war, würde er ihr auffallen. Sie konnte ihn aber nirgends entdecken.

Als sie mit Jana und Rita vor dem Theater stand, um auf Octavia und Tante Alba zu warten, tauchte jedoch das Paar aus der Loge auf. Die Dame mit dem Diadem und ihr Begleiter im Smoking schienen es eilig zu haben, denn sie blieben nicht wie andere Opernbesucher auf den Vorplatz stehen, sondern strebten dem Kanal hinter dem Theater zu, auf dem die Taxiboote ankerten. Antonia machte mit ihrem Handy ein Foto von den beiden, indem sie so tat, als wolle sie das Portal des La-Fenice-Theaters aufnehmen. Jana, der sie das Foto zeigte, zuckte nur mit den Schultern.

»Keine Ahnung, wer das ist. Ich kenne die älteren Leute aus der Stadt nicht, da musst du Tante Alba fragen oder meinen Großvater. Warum interessierst du dich für sie?«

»Ich meine, ich hätte deinen Onkel mit den beiden gesehen.«

»Guido?« Jana machte ein ungläubiges Gesicht. »Der geht bestimmt nicht in die Oper. Er hat Tante Cecilia immer allein oder mit Großvater gehen lassen. Der vergnügt sich lieber im Casino.«

Octavia kam mit Alba am Arm zu ihnen und schlug vor, noch etwas essen zu gehen. Man ging in das Restaurant am Theater. Tante Alba grüßte nach allen Seiten weitere Bekannte und forderte von einem servilen Oberkellner »den besten Tisch«. Antonia kam neben ihr zu sitzen, und während die anderen die Karte studierten, neigte sich die alte Dame zu ihr herüber und posaunte ihr sämtliche Traviata-Aufführungen, die sie im La-Fenice-Theater je gesehen hatte, mit Jahreszahl und Regisseur ins Ohr. Erst als das Essen serviert wurde, verstummte sie und aß, ohne ein weiteres Wort zu sprechen, konzentriert ihren ersten Gang, eine Portion Penne all'Arrabiata.

Antonia hatte inzwischen Octavia das Foto mit dem Paar aus der Loge gezeigt.

»Ich glaube, ich habe eben Ihren Schwager in Begleitung dieser Leute gesehen. Kennen Sie die beiden? Die Dame trägt ein sehr auffälliges Diadem.«

Auch Janas Mutter kannte weder den eleganten Herrn noch die blonde Dame mit dem aufwendigen Kopfputz. Als Antonia das Handy wieder einstecken wollte, griff plötzlich Tante Alba danach und schaute, während sie ein Stück Weißbrot kaute, auf das Display. Sie kniff die Augen zusammen, nickte und schaufelte weiter Gabeln voll Pasta in sich hinein. Als sie ihren Teller mit einem weiteren Stück Weißbrot gewischt und den letzten Happen vertilgt hatte, betupfte sie sich den Mund und seufzte: »Das nackte Bühnenbild hat mich hungrig gemacht!«

Dann öffnete sie ihre Tasche und holte ihre Brille heraus. »Zeigen Sie mir noch mal das Foto auf Ihrem Telefon, ich glaube, das ist Lauras Diadem …«

Alba hielt Antonias Handy hoch.

»Natürlich. Das hat sie immer in der Oper getragen. Ich weiß noch genau, dass wir sie immer damit aufgezogen haben, ob sie es schon zur Uraufführung von ›La Traviata‹ getragen habe.«

Dann klärte sie die anderen auf, dass Laura, eine alte Freundin, im letzten Jahr verstorben sei. Die blonde Frau sei wahrscheinlich eine Verwandte, die das Diamantdiadem mit den Federn geerbt habe. Ihr Begleiter sei der Neffe, der jetzt im Haus der Verstorbenen lebe.

Ein Kellner brachte den anderen den zweiten Gang, den Alba ausgeschlagen hatte. Stattdessen bat sie um ihr Dessert.

»Meinst du mit Laura die Principessa?«, fragte Octavia.

»Ach, die!« Jana lachte. »Die wandelnde Mumie …«

Tante Alba schmunzelte. »So alt war Laura nun auch wieder nicht. Höchstens zweiundachtzig, als sie starb. Wir haben uns seinerzeit immer bei Peggy zum Tee getroffen.«

Antonia wandte sich an Octavia. »Ist die Principessa die Dame, von der Sie mir erzählt haben? Die Strenge, bei der Flavia angestellt war?«

Tante Alba beugte sich neugierig vor. Dann hob sie demonstrativ eine Hand zu ihrem Ohr und sah Antonia durchdringend an.

»Sie müssen ein bisschen lauter sprechen, Kindchen, ich bekomme sonst Ihre Frage nicht mit!«

Antonia wiederholte ihre Frage, worauf Alba sich noch einmal mit der Serviette den Mund wischte und in die Runde dröhnte: »Wer ist Flavia?«

Man klärte sie auf. Inzwischen stellte der Kellner mit einer Verbeugung das Dessert vor die alte Dame, und Antonia musste sich wieder gedulden. Tante Alba löffelte zunächst in aller Ruhe ihre Cassata und bestellte quer durchs Lokal einen doppelten Espresso, bevor sie sich zurücklehnte und sagte: »Das Personal wechselte bei Laura sehr häufig. Sie war ein wenig unberechenbar, wissen Sie. Ich kann Ihnen nicht sagen, wer zuletzt bei ihr gearbeitet hat. Wenn es für Sie jedoch von Belang ist, kann ich Lauras Neffen morgen anrufen und mich erkundigen.«

Jana nickte heftig. »Ja, Tante Alba, und frag bitte, ob Onkel Guido bei ihnen in der Loge war. Antonia meint, sie hätte ihn gesehen. Das kann ich mir aber nicht vorstellen. Er ging doch früher nicht ins Theater …«

Auch Octavia schüttelte den Kopf. »Guido in der Oper? Das wäre mir neu!«

Alba bekam in diesem Augenblick einen Niesanfall und musste sich mehrfach geräuschvoll die Nase putzen. »Octavia, meine Liebe, wenn du so weit bist, wäre ich sehr froh, wenn du das Taxiboot bestellen würdest. Ich brauche meinen Schönheitsschlaf.«

Octavia brach wie gewünscht bald mit der alten Tante auf, während die drei jüngeren Frauen es vorzogen, ihre Mahlzeit in Ruhe zu beenden und zu Fuß durch die warme Nacht nach Hause zu gehen.

»Deine Tante ist vielleicht eine Nummer!«, sagte Rita bewundernd.

Jana nickte. »Ich hoffe, sie war nicht zu laut.« Dann setzte sie hinzu: »Tante Alba hat Klasse. Es heißt, sie habe vor ihrer Heirat mit einem Schweizer Fabrikanten jede Menge Liebhaber in Venedig gehabt …«

Das Gekicher der drei Frauen hallte in den engen Gassen wieder, als Antonia anmerkte: »Florian bewundert ihren Schnurrbart!«

Kurz vor Mitternacht schrieb Antonia noch eine E-Mail an Aram Singer. Rita hatte ihr geraten, mit offenen Karten zu spielen. Falls Singer etwas mit den Drohbriefen zu tun hatte, würde er sich, so Ritas Prognose, ohnehin nicht melden.

»Möglicherweise lässt er die Briefe dann sogar bleiben. Oder er meldet sich doch und versucht, sich aus der Affäre zu ziehen. Das ist deine Sache, das rauszukriegen!«

Antonia ging den Text an Singer mehrfach durch und versuchte sich vorzustellen, wie er auf das Schreiben reagieren würde.

Sehr geehrter Herr Singer,
ich bin Gast im Palazzo Falieri in Venedig. Auf Wunsch meiner Gastgeberin, Octavia Bayer-Falieri, der Tochter des Conte, untersuche ich den Umstand, dass seit einiger Zeit anonyme Briefe an ihren Vater gerichtet werden. Ich habe gehört, dass Sie meinen Gastgeber in der letzten Zeit zweimal besucht haben. Ich würde Sie aus gegebenem Anlass gerne nach dem Grund Ihrer Besuche fragen.
Über eine rasche Antwort würde ich mich freuen,
Antonia Babe

Aram Singer antwortete auf diese E-Mail schon nach einer halben Stunde. Er sei am Flughafen von New York und fliege gleich geschäftlich nach Israel. Er müsse jetzt sein Gerät ausschalten, weil das Flugzeug bald starte. Er wolle ihr aber aus Israel antworten. Antonia lehnte sich zufrieden zurück. Wenigstens an dieser Stelle würde sie ein Stück weiterkommen.

9

In der Zeitungsredaktion des »Gazzettino« herrschte Hochbetrieb. An den Schreibtischen versanken die Mitarbeiter in einem Meer von Papier, aus dem nur die Computerbildschirme wie Schiffe auf hoher See herausragten. Viele der Journalisten telefonierten, sodass es schwer war, jemanden zu finden, den man ansprechen konnte. Im Flur trafen Jana und Antonia auf einen älteren Mann, der sie an das Archiv der Zeitung verwies.

»Unser Archivar kann Ihnen in dieser Frage weiterhelfen. Er hat auch den Artikel zu den ›Sieben Märtyrern‹ geschrieben.«

Der Mann manövrierte sie zwischen Papierstapeln und überlaufenden Papierkörben zu einem kleineren Raum, durchschritt von dort aus mehrere andere Räume und machte halt an einer Tür. Auf einem Pappschild mit vergilbter Schrift war zu lesen, dass sich hinter der Tür das Archiv befand und Anfragen nur einzeln bearbeitet werden könnten.

Der Archivar, ein hagerer, etwa sechzigjähriger Mann mit einer runden Brille, saß an seinem Arbeitsplatz, einem schmalen Tisch zwischen zwei Fotokopierern. Er schaute scheu auf, als sie den kleinen Raum betraten. Jana stellte sich vor und gab an, dass Antonia sich im Rahmen ihres Studiums für die Geschichte der deutschen Okkupation Italiens interessiere und nun etwas über die Sette Martiri wissen wolle. Der Archivar nickte ernst, stand auf und zog aus einem Regal einen Ordner hervor. Dann, ohne ihn zu öffnen, fing er an, über das Geschehen im Stadtteil Castello zu sprechen. Er sprach so schnell und leise, dass Antonia nur Bruchstücke verstand und Jana bat, für sie zu übersetzen.

»Im August 1944 lag am damaligen Riva dell'Impero ein Schiff der deutschen Marine. Nach einer Feier, auf der man viel getrunken hatte, wurde in der Nacht das Verschwinden eines Wachpostens bekannt. Der deutsche Kommandant des Schiffes ordnete unverzüglich eine Vergeltungsmaßnahme an. Man holte sieben politische Gefangene aus dem Gefängnis bei Santa Maria Maggiore.«

Antonia unterbrach sie. »Frag ihn bitte, was diese Gefangenen für Leute waren.«

Jana übersetzte, und der Archivar erläuterte: »Es waren junge Leute, die man als Partisanen denunziert und gefangen genommen hatte, die meisten von ihnen zwischen zwanzig und fünfundzwanzig Jahren. Nur zwei in der Gruppe, Andrea Conti und Alfredo Vivian, waren älter. Vivian war Partisanenführer und Venezianer. Er war der Einzige der sieben, der schon zum Tode verurteilt war, weil er einen deutschen Matrosen an der Piazzale Roma getötet hatte. Die anderen unterstanden der Polizei und der Nationalgarde. Aber das kümmerte die Deutschen nicht. Sie haben sie trotzdem mitgenommen.«

»Was genau geschah mit ihnen?«

»Sie wurden dort am Riva dell'Impero hingerichtet, vor den Augen einer eigens herbeigeschafften Menschenmenge. Später hat man das Ufer nach ihnen benannt, und heute gibt es dort eine Gedenktafel mit den Namen der sieben Opfer.«

Antonia zögerte einen Augenblick. Dann fragte sie den Archivar, ob er das Geschehen näher beschreiben könne. Der Mann putzte umständlich seine Brille, öffnete den Ordner und zeigte ihnen einen Zeitungsausschnitt.

»Den Artikel habe ich geschrieben, nachdem ich mich mit den Quellen vertraut gemacht hatte.«

Jana überflog den Text und bat um eine Kopie. Der alte Mann nickte, öffnete einen der beiden Fotokopierer und legte den Artikel auf die Glasplatte.

»Das Ganze geschah im Morgengrauen des 3. August 1944. Deutsche Soldaten drangen in die Häuser der Via Garibaldi ein und zwangen etwa fünfhundert Personen – Männer wie Frauen – sich draußen, entlang der Straße, mit erhobenen Händen, Gesicht gegen die Wand, aufzureihen und so auf die Hinrichtung der sieben Männer zu warten. Die Exekution sollte den Bewohnern der Via Garibaldi eine Lektion erteilen. Das Castello galt seit je als antifaschistische Zone, im Gegensatz übrigens zum Lido.«

Man hörte eine Zeit lang nur das Geräusch des Fotokopierers. Dann hob der Archivar wieder an.

»Um sechs Uhr morgens wurden die sieben gebracht. Der Gefängniskaplan hatte sie begleitet, ihnen die Beichte abgenommen und ihnen die Kommunion gereicht. Vivian lehnte sie als Einziger ab, er sei ›nicht bekennend‹. Die sieben gefesselten Männer mussten sich zwischen zwei Pfählen aufstellen, die man an der Riva errichtet hatte, und nachdem ein deutscher Offizier das Todesurteil verlesen hatte, eröffneten vierundzwanzig Soldaten das Feuer auf sie, vor den Augen der verängstigten Menschen. Kurz vor der Exekution rief Alfredo Vivian: ›Es lebe das freie Italien!‹.«

Der alte Mann unterbrach sich, nahm die Kopien aus dem Ausgabefach und reichte sie Jana.

»Und was geschah dann?«, fragte Jana.

»Nicht viel. Nachdem man die Toten weggeschafft hatte, zwangen die Deutschen ein paar Kinder, mit Eimer und Besen das Pflaster der Promenade von den Blutlachen zu säubern. Die Menschen gingen nach Hause. Alle waren wie gelähmt.«

Antonia musste sich gegen ein Regal lehnen. Es fiel ihr schwer, einen klaren Gedanken zu fassen. Der Archivar setzte seine Brille wieder auf, und Antonia hatte den Eindruck, er spreche jetzt nur zu ihr. Seine Gläser funkelten, sodass sie seine Augen dahinter nicht erkennen konnte.

»Ein paar Tage später fand man die Leiche des deutschen Matrosen in der Lagune. Er zeigte keinerlei Verletzungen. Er war offenbar betrunken ins Wasser gefallen und dann ertrunken.«

Antonias Kehle war vollkommen ausgetrocknet. Sie musste sich räuspern, bevor sie fragte: »Hat man die Dinge denn nach dem Krieg untersucht?« Sie dachte dabei an den Kommandanten des Marineschiffes, der die Erschießung angeordnet hatte.

Der Archivar hob die Schultern und ließ sie wieder fallen. »Era stata rappresaglia di guerra, es war Krieg … Lediglich drei junge Frauen, deren Denunziation zur Gefangennahme von dreien der ›Märtyrer‹ geführt hatte, wurden 1947 zu acht Jahren Gefängnis verurteilt. Eine rein symbolische Strafe, ebenso wie der Prozess gegen den schwarzen Brigadisten, der Conti festgenommen hatte. Sie fielen alle unter die Amnestie. Aber wie gesagt, seitdem heißt das Ufer Riva dei Sette Martiri. Die Namen der Ermordeten stehen auf der Tafel, die man an einer Hauswand am Ufer befestigt hat. Vor den Giardini liegt übrigens eine Skulptur im Wasser, die eine gefallene Partisanin darstellen soll und den vielen Frauen gewidmet ist, die im Veneto aufseiten des Widerstands gekämpft haben.«

Antonia erinnerte sich an die Statue, die sie dort gesehen hatte. Sie notierte sich die Namen der Hingerichteten. Der Archivar schob die Kopien in eine Plastikhülle und überreichte sie Jana. Dann setzte er sich zurück an seinen Tisch und nahm seine Arbeit wieder auf. Die beiden Frauen dankten ihm und verließen den kleinen Raum.

Der Redaktionsraum wirkte jetzt verwaist, alle waren zum Mittagessen ausgegangen. Nur ein junger Mann saß noch da und starrte unbewegt auf seinen Bildschirm. Antonia schwieg. Einen Augenblick lang hatte sie die Phantasie, die Journalisten seien vor ihr aus dem Gebäude geflohen. Sie dachte an die vielen deutschen Touristen, die in all den Jahren nach dem Krieg an diesem Ufer entlangspaziert waren, ohne zu ahnen, dass die Nazis ihre Barbarei auch in diese wunderbare Stadt getragen hatten.

Ob man den Namen des deutschen Kommandanten noch herausbekommen konnte? Und welchen Zusammenhang hatte das historische Geschehen mit der Familie Falieri? Sie hatte plötzlich das Gefühl, an Dinge zu rühren, die zu groß für sie waren. Wenn heute tatsächlich jemand eine alte Rechnung mit dem Conte begleichen wollte, dann hatte sie sich als Ausländerin nicht einzumischen.

Vor dem Gebäude der Redaktion empfing sie eine gleißende Sonne. Antonia konnte noch immer nicht sprechen. Wie mochten sich die Gefangenen gefühlt haben, als man sie an einem Sommermorgen zur Exekution gezerrt hatte?

Jana hatte der Bericht des Archivars offenbar nicht so beeindruckt, denn sie schaute alle paar Minuten auf ihr pinkfarbenes Handy, als ob sie auf eine wichtige Nachricht warte. Auf dem Heimweg kamen sie an dem Haus vorbei, aus dem vor ein paar Tagen Guido gekommen war. Antonia bemerkte, dass Jana, wie schon bei ihrem Bootsausflug am Vortag, mehrfach zum Piano Nobile hochschaute. Sie blieb stehen und sah Jana fragend an.

»Neulich habe ich gesehen, wie Guido dort aus der Tür kam. Ich dachte, er wohnt im Castello?«

Jana sah zur Seite und antwortete mit ihrer neutral klingenden Fremdenführerstimme: »Das ist der sogenannte Palazzo Piccolo, der kleine Palazzo, im Gegensatz zum großen Palazzo, in dem wir wohnen. Der kleine Palazzo gehört auch meinem Großvater. Guido und Cecilia haben dort bis zu Cecilias Tod gelebt. Mein Großvater hat es nach dem Tod Cecilias nicht übers Herz gebracht, die Wohnung neu zu vermieten.«

»Das heißt, Guido lebt dort noch immer? Ich denke, dein Großvater hat mit ihm gebrochen?«

»Nun ja, in diesem Fall ist Großvater nicht konsequent. Irgendwie gehört Guido noch zur Familie, auch wenn Großvater ihn hasst. Guido hat ein Zimmer bei seiner Mutter, aber er hat auch noch die Schlüssel zu der alten Wohnung. Er ist manchmal da, wenn er hier im Viertel ist.«

Jana wühlte in ihrer Umhängetasche.

»Verdammt, ich bin schon spät dran. Ich suche mein Portemonnaie. Ich muss es wohl zu Hause liegen gelassen haben. Dauernd verlege ich etwas. Kannst du mir vielleicht zwanzig Euro leihen?«

Hastig stopfte sie den Geldschein, den Antonia ihr gab, in die Tasche ihrer Jeans.

»Ich gehe dann mal in die Uni. Ich habe einen Termin mit Professor Marconi. Er will mit mir über ein Kapitel meiner Doktorarbeit sprechen. Bis später! Wir sehen uns heute Abend um sieben im ›Già Schiavi‹.«

Damit bog sie in die nächste Gasse ein. Antonia blieb stehen und studierte die Fassade des kleinen Palazzos. Fast alle Fenster waren durch hölzerne Läden verschlossen. Am Klingelschild stand neben dem mittleren Messingknopf noch immer »G & C Massato«. Weitere Namen gab es nicht. Trotzdem versuchte sie auch die drei anderen Klingeln, ohne Erfolg. In diesem Haus schien sich tatsächlich nur Guido ab und an aufzuhalten.

Auf dem Rückweg zum Palazzo klingelte ihr Handy. Es war Rita. Sie war auf einer Sightseeing-Tour und wollte sich später mit ihr zum Essen treffen. Antonia sagte zu.

Im Haus war es schön kühl. Das marmorne Treppenhaus mit seinen ausgetretenen Stufen war ihr jetzt schon vertraut. Bevor sie den Flur mit dem Gästeapartment erreichte, war ihr, als hörte sie dort oben Schritte. Vor der Tür des Apartments blieb sie stehen und lauschte. Sie schaute den dunklen Flur hinunter, an dessen Ende sich der Wäscheboden befand. Offenbar war dort gerade jemand hinter der Tür verschwunden. Sie blieb stehen und lauschte wieder. Möglicherweise waren die Handwerker zurückgekommen. Oder Flavia machte sich dort zu schaffen. Ob sie dort nachsehen sollte?

Sie ging ein paar Schritte in Richtung Tür und blieb dann horchend stehen. Alles war still. Rasch ging sie zum Apartment zurück und schloss die Tür hinter sich. Im Wohnzimmer streifte sie ihre Schuhe ab und nahm auf dem Sofa Platz, um sich noch einmal die Kopie des Zeitungsartikels anzusehen, die der Archivar ihr gegeben hatte. Sie hatte kaum mit der Lektüre begonnen, als das Haustelefon ging. Es war Octavia. Tante Alba habe inzwischen mit dem Neffen der Principessa gesprochen. Flavia sei dort tatsächlich angestellt gewesen, habe jedoch von selbst gekündigt. Wenn Antonia wolle, könne sie zu ihnen in den Salon kommen.

Antonia zog ihre Schuhe wieder an und lief die Stufen hinunter. Auf der Treppe kam ihr Flavia von unten entgegen. Sie erwiderte Antonias Gruß nicht. Stattdessen ging sie mit finsterem Blick in den Saal mit der Gemäldesammlung des Conte und schlug die Tür laut hinter sich zu.

Sie macht es einem wirklich schwer, sie zu mögen, dachte Antonia. Sie hatte Flavia längst nach den Überbringern der Briefe fragen wollen, war ihr aber bisher aus dem Weg gegangen, weil sie immer so abweisend war.

Tante Alba und Octavia saßen bei einer großen Glaskanne Grenadinesaft am offenen Fenster. Alba erzählte gerade, dass ihre Freundin Laura, die Principessa, Flavia bezichtigt habe, sich zu sehr für ihren Schmuck zu interessieren.

»Wir haben das Mädchen eben danach gefragt. Sie streitet alles ab.«

Antonia war erstaunt, dass Tante Alba die Hausangestellte, die Mitte vierzig sein musste, als Mädchen bezeichnete. Dann fiel ihr ein, dass Alba schon über neunzig war. Sie wandte sich an Octavia.

»Haben Sie nicht gesagt, Flavia hätte beste Referenzen gehabt? Auch von der Principessa?«

Octavia nickte. »Vielleicht sehe ich mir die Unterlagen noch einmal an …«

Tante Alba, die gerade den vierten Teelöffel Zucker in ihr Glas löffelte, unterbrach sie. »Laura war allerdings immer etwas paranoid mit ihrem Schmuck. Umso erstaunlicher ist es, dass die Familie jetzt, nach Lauras Tod, tatsächlich einen Verlust zu beklagen hat. Die Verlobte des Neffen, die gestern Abend mit in der Loge war, kann das Diamantdiadem nicht mehr finden. Sie hat es abends auf die Kommode im Ankleidezimmer gelegt, und am anderen Morgen war es weg …«

Antonia rutschte nervös auf die vordere Kante ihres Stuhls und wandte sich mit lauter Stimme an Octavia. »Bitte fragen Sie Ihre Tante, ob der Neffe mit Ihrem Schwager Guido bekannt ist. Ich meine, ich hätte ihn in der Oper erkannt. Und zwar in der Loge der Principessa …«

Tante Alba sah die beiden an und nickte. »Das habe ich verstanden! Ich bin ja nicht taub. Ich habe Guido, diesen Taugenichts, auch gesehen. Er war mit ihnen in der Loge, aber ich habe so getan, als hätte ich ihn nicht bemerkt.«

Also doch! Antonia hatte sich nicht geirrt. Octavia zog erstaunt die Augenbrauen hoch.

»Dass Guido in die Oper geht, ist ungewöhnlich.«

Alba suchte nach ihrem Stock und stand unter Mühen auf.

»Ich muss dringend eine Zigarre rauchen. Was Guido angeht, so ist er bestimmt mitgegangen, damit er später Lauras Neffen anpumpen konnte. Er hat doch überall Schulden, und er bezahlt die alten Schulden, indem er neue macht. So hat es mir Cecilia jedenfalls einmal erzählt.«

Damit schlurfte sie zur Balkontür.

»Tante Alba, bleib doch hier. Du musst nicht draußen rauchen!«, rief Octavia ihr nach.

Alba schmunzelte und zog ein Päckchen Zigarren aus ihrer Tasche. »Kubanische. Die schmecken am besten an der frischen Luft. Und Mauro soll nichts davon wissen. Er regt sich über mein kleines Laster auf. Dabei pafft er selbst auf Schritt und Tritt …«

Während Alba auf den Balkon trat, fragte Antonia ihre Gastgeberin, ob sie inzwischen mit ihrem Vater über die Briefe gesprochen habe.

Octavia errötete ein wenig. »Ich habe die Ärztin eingeweiht, aber sie hat von Aufregungen abgeraten. Sie meint, er sei momentan nicht in der besten Verfassung, und wir sollten noch etwas warten. Er wird gerade auf ein neues Medikament eingestellt …«

Antonia ließ nicht locker. »Bitte lassen Sie *mich* mit ihm sprechen. Vielleicht erzähle ich ihm nur die halbe Wahrheit, aber ohne diese Informationen komme ich nicht weiter!«

Vom Balkon her ertönte Tante Albas tiefes, männliches Husten, und der Wohlgeruch einer teuren Zigarre zog zu ihnen in den Salon herüber. Octavia zögerte. Dann straffte sie den Rücken.

»Also gut. Ich gehe heute Nachmittag ins ›Quadri‹ und spreche mit ihm. Am besten, Sie kommen so gegen fünf Uhr dazu. Ich werde Sie ankündigen und ihn vorbereiten. Hier im Haus ist es zu heikel, hier sind Giovanna oder Flavia immer in der Nähe.«

Antonia hatte sich mit Rita in einer kleinen Trattoria an der Ca' d'Oro verabredet, wo man eine vorzügliche venezianische Leber machte. Rita jammerte über schmerzende Füße. Sie war den ganzen Vormittag durch die Stadt gewandert, hatte mehrere Kirchen besichtigt und Einkäufe gemacht, aber nicht die richtigen Schuhe getragen. Unter dem Tisch stapelte sich die Ausbeute des Vormittags in Form etlicher Papiertüten. Als sie sich mit einem Seufzer der Erleichterung von ihren Schuhen befreit hatte, berichtete Antonia ihr von ihrem Besuch bei der Zeitung und zeigte ihr die Kopie des Archivars.

»Ich bin fest davon überzeugt, dass die ›7 M‹ der Briefe mit diesem Vorfall zu tun haben. Vielleicht stammen sie von einem Verwandten der Ermordeten, der jetzt Rache üben will. Was meinst du dazu?«

»Das glaube ich nicht. Dafür wäre es doch reichlich spät.«

»Aber wieso verfällt jemand auf die Idee, an diese Zeit zu erinnern?«

Rita griff unter den Tisch und massierte mit schmerzhaft verzogenem Mund einen ihrer Füße.

»So viel wie hier laufe ich in Köln in einem halben Jahr nicht … Im Moment wissen wir doch noch gar nicht, ob ›7 M‹ nicht etwas ganz anderes ist. Sieben Maronen zum Beispiel. Sieben Musiker oder sieben Mandarinen!«

Antonia musste lachen. Rita nahm dem Ganzen etwas von der diffusen Bedrohlichkeit, die sie, seit sie die Briefe gelesen hatte, dauernd verspürte und die sie unterschwellig überall hin begleitete.

Rita winkte dem Kellner. »Zweimal die Leber, bitte! – Also,

nehmen wir mal an, die Briefe sind von diesem Singer. Das macht nur Sinn, wenn er mit einem der Ermordeten verwandt ist. Warum sollte er sie sonst in dieser Form unterzeichnen? Daraus folgt die Frage: Hat der Conte mit diesen ›7 M‹ zu tun und wenn ja, was? Wer weiß denn etwas über die Familiengeschichte?«

Antonias Gesicht hellte sich auf. »Don Orione! Ich wollte ihn ohnehin nach den Vorfällen am Riva dei Sette Martiri fragen.«

Sie zog ihr Handy aus der Tasche und suchte Don Oriones Nummer. Sie musste es lange klingeln lassen, bis abgehoben wurde. Der Priester war wieder einmal in Eile.

»Antonia, im Moment geht es leider nicht. Ich muss dringend zum Kloster nach San Giorgio hinüber, aber wenn Sie möchten, können Sie mich dorthin begleiten, und wir unterhalten uns unterwegs. Ich bin in einer Stunde an der Vaporetto-Haltestelle an den Zattere.«

Das Boot hatte schon angelegt, als Antonia ankam. Sie beeilte sich, an Bord zu kommen, und fand Don Orione in lebhaftem Gespräch mit einem älteren Paar. Die drei standen in der offenen Mitte des Vaporetto, und es schien, als redeten und gestikulierten sie synchron. Don Orione winkte freundlich zu Antonia herüber und wandte sich dann einer Frau mit ihrer kleinen Tochter zu. Während der Fahrt ergab sich keine Gelegenheit, mit ihm zu sprechen; unentwegt begrüßte er Bekannte oder wurde von anderen Passagieren angesprochen. Antonia fand einen Sitzplatz am offenen Bug und genoss die Fahrt. Leichter Wind war aufgekommen und milderte die brennende Sonne.

Der Vaporetto kreuzte den Kanal und steuerte auf die gegenüberliegende Giudecca zu. Antonia lehnte sich über die Reling, um die näher kommende Häusersilhouette der Insel zu fotografieren. Als sie auf Höhe der Redentore-Kirche fuhren, sah sie an der Promenade plötzlich Flavia aus der Gasse kommen, in der ihre Wohnung lag. Hinter ihr, etwas langsamer, ging ein Mann, den sie nicht erkennen konnte, weil er von Flavias hoher Gestalt verdeckt wurde. Als sich das Boot weiter in Richtung San Giorgio bewegte, konnte sie noch sehen, dass der Mann zögerlich und in eckigen Bewegungen ging. Antonia machte rasch ein Foto, zoomte das fertige Bild in der Kamera heran und vergrößerte es. Der Mann trug einen ebenso hellen Anzug, wie Guido ihn bei ihrem gemeinsamen Treffen getragen hatte. Und er ging so, wie sie Guido hatte gehen sehen. Aber die Aufnahme war leicht verwackelt, und der Mann war wegen der großen Entfernung nicht eindeutig zu erkennen.

Erst als sie an der Klosterinsel anlegten, hatte Don Orione Zeit, sich zu ihr zu gesellen.

»Ich sehe, Sie fotografieren viel. Braves Mädchen! Ich werde Ihnen gleich den Ausblick vom Campanile zeigen. Dort haben Sie eine herrliche Sicht bis zu den Alpen ...«

Antonia wartete draußen vor der Kirche geduldig, bis Don Orione von seiner Besprechung im Kloster zurückkam. Dann folgte sie ihm durch die Kirche bis zum Aufzug, der auf den Aussichtsturm führte. Der Fahrstuhl wurde von einem hübschen jungen Mönch bedient, der sie beide freundlich begrüßte, dabei jedoch nur Don Orione ansah, während er Antonias Blick scheu vermied. Don Orione schien sehr angetan von dem jungen Mann, denn sein Gesicht rötete sich während der Unterhaltung, und als sie oben ankamen, griff er nach seinem Kragen und lockerte ihn ein wenig.

»Immer wenn ich auf San Giorgio bin, fahre ich hier hoch«, erklärte er Antonia. »Die Aussicht sollte man sich nie entgehen lassen.«

Der Turm war nach allen Seiten offen, und es zog stark durch die Fenster, der Blick war jedoch atemberaubend. Er ging über die Adria auf der einen, über die Stadt und die Lagune bis zu den Alpen auf der anderen Seite. Antonia schoss ein Foto nach dem anderen, während Don Orione schon nach kurzer Zeit wieder dem Lift zustrebte.

»Nur noch zwei Minuten, Don Orione!«

Im Aufzug sah Antonia, wie sein Blick wieder voller Wohlgefallen auf dem ernsten jungen Mann ruhte, der sie unten mit einem schüchternen Lächeln verabschiedete.

»Ein Kaffee wäre jetzt schön.«

Sie folgte Don Orione, der am Jachthafen vorbei mit ausgreifenden Schritten eine kleine Bar ansteuerte. Von der Terrasse sah man über das Wasser zum Markusplatz hinüber. Vor der Kulisse des Dogenpalastes und auf den angrenzenden Brücken schoben sich Touristenmassen. Antonia war froh, diesem Andrang entronnen zu sein.

Don Orione ließ sich aufatmend unter einem Sonnenschirm nieder und bestellte zwei Kaffee. Es war friedlich hier. Nur das leise Klirren der Segelmasten und das sanfte Geräusch der Wellen, die gegen die Kaimauer schlugen, waren zu hören.

Antonia brachte das Gespräch auf ihren Besuch in der Zeitungsredaktion und die sieben Märtyrer. Don Orione nickte betrübt.

»Ja, das war eine schlimme Zeit. Ich war damals gerade in die Schule gekommen. Eine Tante von mir, die im Castello wohnte, musste die Erschießungen mit ansehen. Die Menschen in Venedig waren tagelang paralysiert vor Angst und Abscheu. Die Stadt wirkte danach wie ausgestorben. Niemand ging mehr aus. Alle waren wie versteinert.«

Antonia rührte in ihrem Espresso. Nach einer Pause fragte sie mit fester Stimme: »Don Orione, ich habe eine etwas heikle Frage. Wissen Sie, ob das, was damals passiert ist, etwas mit den Falieris zu tun hatte?«

Don Orione sah erstaunt auf. »Wie kommen Sie darauf?«

Antonia kam in Bedrängnis. Sie konnte Don Orione aus Loyalität gegenüber Octavia nicht in die Geschichte mit den Briefen einweihen. Sie fing sich jedoch rasch wieder.

»Octavia hat so etwas angedeutet. Aber sie wollte nicht recht mit der Sprache heraus. Mich interessieren diese Dinge sehr. Ich finde, man sollte sich der Vergangenheit stellen.«

Don Orione rief den Kellner und bestellte sich einen weiteren Espresso und ein Sandwich.

»Warum fragt Octavia nicht ihren Vater?«

Antonia bestellte sich noch ein Glas Wasser und einen zweiten Espresso, bevor sie antwortete.

»Sie möchte ihren Vater schonen. Octavia meint, er dürfe sich nicht aufregen, und fürchtet, dass ihm Fragen dieser Art schaden.«

Don Orione schüttelte missbilligend den Kopf. »Mauro könnte meines Erachtens ein bisschen Aufregung gebrauchen. Er sitzt doch nur vor seinen Gemälden, wenn er in Venedig ist. Entweder vor seinen Bildern oder im ›Quadri‹. Das stelle ich mir nicht besonders interessant vor.«

Antonia musste lächeln. Sie hatte Don Orione bisher fast immer nur im Gespräch mit anderen gesehen, Kommunikation war offenbar sein Lebenselixier. Der schweigsame und in sich gekehrte Conte war das genaue Gegenteil von ihm. Der Padrone der Bar kam an den Tisch und stellte einen Teller mit zwei gut gefüllten Weißbrotdreiecken vor den Priester. Don Orione dankte, griff nach einem davon, biss genüsslich einen großen Happen ab, wischte sich den Mund und schob den Rest nach. Dann rückte er den Teller mit dem zweiten Brot in Antonias Richtung.

»Hier, probieren Sie. Die jungen Frauen von heute essen viel zu wenig. Meine Mutter und meine Schwestern haben immer üppig gegessen, und es ist ihnen gut bekommen!«

Antonia lehnte dankend ab. Sie rutschte unruhig auf dem weißen Plastikstuhl hin und her, denn das Treffen mit dem Conte sollte in einer knappen Stunde stattfinden, und sie musste noch von San Giorgio zum Markusplatz hinüberfahren. Don Orione nahm das zweite Weißbrotdreieck mit Thunfisch, Mayonnaise und Ei in Angriff.

»Und? Waren die Falieris Ihrer Meinung nach in die damalige Politik verstrickt? Hatten sie Kontakt zu den Faschisten oder der deutschen Besatzung?« Antonia hatte Mühe, ihre Ungeduld zu verbergen.

Don Orione antwortete nicht. Stattdessen hob er seine Hand und winkte dem Kellner. »Ich glaube, ich brauche dasselbe noch mal. Ich habe heute Mittag viel zu wenig gegessen. Meine Haushälterin findet, dass ich zu dick bin, und kocht mir mittags nur Suppe.«

Dann lehnte er sich zurück und sah nachdenklich zu den vielen Masten der Segeljachten hinüber, die sich im Wind leise auf und ab bewegten.

»Die alten Familien der Stadt halten sich, schon seit es keine Dogen mehr gibt, aus der Politik heraus. Angeblich hat man auf den alten Falieri, den Vater des Conte, nach dem Krieg mit Fingern gezeigt. Das hat mir Nardo einmal erzählt, der Restaurator der Familie. Er weiß eine Menge über diese Zeit. Man sagt, der Vater des Conte hätte gute Beziehungen zu den deutschen Besatzern gehabt. Er wollte wohl vor allem seine Bilder retten, aber man hat ihm seine Kontakte übel genommen. Er hätte sich mit seinem Einfluss stärker um die Rettung von Menschenleben verdient machen können. Genaueres weiß ich aber nicht. Das müssen Sie schon Mauro selbst fragen. Oder Alba, seine Schwester.«

Um kurz vor fünf betrat Antonia das Café »Quadri« am Markusplatz, das Stammcafé des Conte.

Octavia saß mit ihrem Vater in der Ecke, in der sich der Conte seit Jahrzehnten niederließ, um seinen Kaffee zu trinken und die Zeitung zu lesen. Antonia blieb kurz am Tresen stehen. Sie bemerkte zum ersten Mal, wie ähnlich sich Vater und Tochter waren. Octavia hatte dieselbe scharf geschnittene Nase wie ihr Vater, die helle Haut, die sich über die hohen Wangenknochen spannte, und dieselbe Art, sich gerade zu halten.

Antonia trat an den Tisch und grüßte. Der Conte sah kaum hoch, bat sie jedoch, sich zu setzen.

»Ich war mit Don Orione auf San Giorgio. Er hat mir den wunderbaren Ausblick vom Campanile gezeigt«, begann sie das Gespräch.

Während Octavia ihr freundlich beipflichtete, sah der Conte schweigend vor sich hin. Als Antonia davon schwärmte, wie grandios die Sicht auf die Alpen sei, fiel er ihr ins Wort.

»Haben Sie Tintorettos späte Fassung vom ›Letzten Abendmahl‹ in der Kirche gesehen? Haben Sie gesehen, wie er den Bildraum füllt?«

Antonia musste passen. »Wir haben nur den Turm besichtigt, Don Orione hatte heute nicht viel Zeit …«

Der Conte schien ihr nicht zugehört zu haben. »Gegenüber hängt sein Bild ›Die Manna-Lese‹. Dort kann man noch besser erkennen, wie er Figuren im Raum anordnet. Es ist ganz einzigartig. Hat es Ihnen gefallen?«

»Es tut mir leid. Wie ich schon sagte, heute konnte ich mir die Bilder nicht ansehen, ich fahre aber mit Jana noch einmal hin.«

»Ist Ihnen aufgefallen, wie er die Menschen so im Bild verteilt, dass eine Art Bewegung entsteht, wie ein Dekor und …«

»Heute Morgen hat Jana mich zum Archiv des ›Gazzettino‹ begleitet.«

Diesmal unterbrach Antonia den Conte. Dabei blickte sie ihm prüfend ins Gesicht, um zu sehen, wie er reagierte.

»Man hat uns alles über die sieben Märtyrer erzählt, die man an der Riva dell'Impero erschossen hat. Ich habe eben auch mit Don Orione über diese Vorfälle gesprochen. Er konnte sich daran erinnern, obwohl er damals noch ein Kind war.«

Der Conte nickte, zeigte aber keine Reaktion. »Dies alles ist sehr lange her. Geschichte … tempi passati …« Dann begann er wieder mit seinem Lieblingsthema: »Ich sage immer: die drei großen T: Tizian, Tintoretto und …«

Antonia vollführte eine so heftige Geste, dass sie ihr Glas anstieß und Mineralwasser auf die marmorne Tischplatte spritzte. Hastig wischte sie mit ihrer Serviette über den Tisch, ohne jedoch die Augen von Conte Falieri abzuwenden.

»Und Sie, Conte, was wissen Sie über die Sette Martiri?«

Octavia, die ihr gegenübersaß, erschrak. Erst jetzt schien sie den Zusammenhang mit den Briefen zu verstehen.

Überraschenderweise sah der Conte plötzlich auf und nickte. »Si! Diese Vorkommnisse waren überaus tragisch. Ich habe zu der Zeit in Bologna studiert. Normalerweise waren wir im August immer in den Bergen, aber mein Vater war in der Stadt geblieben, um seine Sammlung zu schützen. Er hat mir später davon erzählt.«

»Konnte man denn nichts tun, um die Männer zu retten?«

»Das ging alles viel zu schnell. Die Deutschen haben sich mit ihrer Rache kaum Zeit gelassen. Mein Vater hat damals versucht, Einfluss zu nehmen und das Leben der politischen Gefangenen zu erleichtern. Er kannte einen deutschen Offizier, aber die Intervention misslang. Man hat meinem Vater sogar gedroht, falls er sich weiter einmische, würde man auch ihn einsperren.«

»Wie kam es, dass Ihr Vater diesen Offizier kannte?«

Der Blick des Conte verlor sich über die Köpfe der beiden Frauen hinweg zu den Fenstern des Cafés, strich über ein Bild mit einer venezianischen Szenerie und wanderte zu einem Wandspiegel. Seine Pupillen fokussierten nichts, sein Blick schien nach innen zu gehen. Das Licht, das von den kleinen Wandlampen in seine Augen fiel, zeigte den milchigen Kranz, den das Alter um die Iris legt. Als er antwortete, sprach er mit leiser Stimme.

»Dieser Oberst war ein begeisterter Kunstliebhaber, und mein Vater hatte ihn mehrfach eingeladen und ihm Bilder aus seiner Sammlung gezeigt. Mein Vater hatte etliche Gemälde unter dem

Dach versteckt, aus Angst, die Deutschen könnten ihn berauben. Um diesen Mann abzulenken, zeigte er ihm einen Teil der Sammlung, nachdem er vorher die wertvollsten Bilder entfernt hatte.«

Octavia hörte mit blassem Gesicht zu. Es schien, als erfahre sie das erste Mal von den Vorgängen aus der Vergangenheit ihrer Familie.

»Was hatte es mit dem Besuch des Amerikaners auf sich?«, fragte Antonia mit bestimmter Stimme.

Octavia schaute erschrocken hoch. Auch dem Conte war der veränderte Tonfall seines Gastes nicht entgangen. Seine Wangen hatten sich gerötet, das Gespräch schien ihn mehr aufzuregen, als er zeigen mochte, aber er antwortete nicht. Octavia versuchte noch, sie mit einem leichten Kopfschütteln von der Wiederholung ihrer Frage abzuhalten, doch Antonia hatte sich schon dem Conte zugewandt und fragte ihn noch einmal lauter.

Der alte Mann wurde deutlich blasser, als Antonia den Namen Singer nannte. Er schloss die Augen, griff nach dem kleinen Löffel auf seiner Untertasse und rührte in seinem Espresso. Dann nahm er einen Schluck Kaffee, winkte dem Kellner und bestellte einen Grappa. Sein schmales Gesicht wirkte jetzt härter als zu Beginn des Gesprächs, und er sah Antonia mit einem Ausdruck von Hochmut an, der vermutlich einschüchternd wirken sollte.

»Ich weiß nicht, was diese Frage soll. Signor Singer wollte mir unbedingt ein Bild abkaufen. Aber ich wollte es behalten. So einfach ist das.«

»Aber die Besuche von Mr Singer haben Sie sehr aufgeregt, wie ich hörte. Warum? Sie haben doch jedes Recht, ein Bild nicht zu verkaufen, wenn Sie es nicht wollen.«

Die Stimme des Conte nahm jetzt das erste Mal eine höhere Tonlage an. »Dieser Amerikaner war sehr aufdringlich. Er wollte sich partout nicht von seinem Vorhaben abbringen lassen. Das hat mich sehr mitgenommen!«

Antonia, von seinem Blick unbeeindruckt, glaubte ihm nicht, nickte aber scheinbar verständnisvoll. Der Conte ereiferte sich zunehmend. Hals und Wangen zeigten rote Flecken, und seine Stimme klang jetzt fast heiser.

»Die Amerikaner kaufen in Italien den Kunstmarkt auf. Ich kann das nicht dulden. Meine Bilder sollen in Venedig bleiben. Dort gehören sie hin!«

Er trank den Grappa, den der Kellner vor ihn hingestellt hatte, in einem Zug aus.

»Weiter habe ich nichts zu sagen. Ich möchte jetzt noch etwas für mich sein und die Zeitung von heute lesen, deshalb bin ich hierhergekommen. Wenn Sie mich entschuldigen wollen. Octavia, du solltest unseren Gast begleiten.«

Octavia stand gehorsam auf und strich ihren Rock glatt, während Antonia regungslos sitzen blieb.

»Ich hätte da noch eine letzte Frage, Conte. Was war das für ein Bild, das Mr Singer unbedingt haben wollte?«

Der Conte sah Antonia mit erstaunt hochgezogenen Brauen an, aber der Rest seines Gesichts blieb unbewegt. »Es handelte sich um eine Kopie, die Kopie eines Tizian-Bildes. Jana kann Ihnen das Bild bei Gelegenheit gerne zeigen.«

»Und die Briefe? Was sagen Sie zu den Briefen?«

»Welche Briefe? Mr Singer hat mir nie geschrieben …«

Octavia hatte ihm demnach immer noch nichts von den Drohbriefen erzählt. Antonia blickte sie ungläubig an. Octavia schüttelte wieder unmerklich den Kopf und wandte sich ihrem Vater zu.

»Papa, geht es dir etwas besser?«

Zu Antonia gewandt erklärte sie, dass der Conte gestern mit Übelkeit zu kämpfen hatte.

»Soll ich dir noch einen Aperitif bestellen? Wir können dann in einer Stunde zu Abend essen.«

Der Conte verneinte und richtete seinen Blick störrisch vor sich auf die Marmorplatte des Caféhaustisches. Die Zeitung lag weiterhin ungeöffnet vor ihm. Er schien geistesabwesend. Wahrscheinlich beschäftigte ihn die Frage, wieso diese junge Deutsche, die sich für die Geschehnisse des Zweiten Weltkriegs interessierte, nach diesem Singer fragte. Antonia sah, wie es in ihm arbeitete. Als er jedoch auch nach etlichen Sekunden nichts sagte, stand sie auf, dankte ihm für das Gespräch und verabschiedete sich.

Als sie in die Kolonnaden des Markusplatzes trat, entspannte sie sich. Ihr Nacken schmerzte. Die Unterredung mit dem Conte hatte sie angestrengt, sodass sie vor Anspannung die ganze Zeit die

Schultern hochgezogen hatte. Sie schlenderte an den Auslagen der Procuratien entlang und blieb eine Weile an einem Laden mit überdimensionierten Kronleuchtern aus Muranoglas stehen, als sie zwei Meter von sich entfernt eine hohe Gestalt vorbeigehen sah. Eine Frau mit einem schwarzen Kopftuch und einer Sonnenbrille. War es Zufall, dass Flavia hier vorbeigekommen war? Hatte sie etwa auch im »Quadri« gesessen? Mit Tuch und Brille konnte man sie nicht auf Anhieb erkennen, aber Antonia erinnerte sich an ihre Umhängetasche, einen hellgrünen Lederbeutel, den sie im Palazzo an der Garderobe aufzuhängen pflegte.

Vielleicht wäre es das Einfachste, ihr zu folgen und sie zu fragen, ob sie auch im »Quadri« gewesen war. Doch dann gab Antonia den Gedanken auf. Flavia konnte schließlich Kaffee trinken, wo und wann sie wollte, und wenn sie etwas zu verbergen hatte, würde sie ohnehin alles abstreiten. Es hatte keinen Sinn, sie zu fragen. Und wenn sie von dem Treffen gewusst hatte und es ausspionieren wollte, war es besser, sie in Sicherheit zu wiegen.

Antonia ging über die Accademia-Brücke, kämpfte sich durch zwei französische Schulklassen, die mitten auf der Brücke Gruppenfotos machten, und ging weiter zum »Già Schiavi«. Jana, Rita und Florian standen schon mit einem von der Abendsonne illuminierten Glas Spritz in der Hand vor der Bar und unterhielten sich mit zwei österreichischen Touristen. Luca hatte heute wohl seinen freien Tag, wie Antonia ein bisschen enttäuscht bemerkte.

»Und wer von denen hinter der Theke ist dein Schwarm?«, fragte Rita laut in die Runde und betrachtete die beiden jungen Männer, die ihrem Vater zur Hand gingen. Antonia ärgerte sich, dass sie Rita in ihren kleinen Flirt eingeweiht hatte, und versuchte sie abzulenken. Doch bevor sie etwas sagen konnte, legte Florian lächelnd einen Arm um sie.

»Antonia schwärmt vor allem für mich, denke ich doch! Was haltet ihr im Übrigen davon, bei diesem Wetter an den Zattere zu essen?«

Die drei Frauen hatten nichts dagegen einzuwenden. Die kleine Gruppe nahm auf der schwimmenden Terrasse einer Pizzeria Platz. Rita war wieder in Spendierlaune und bestellte Prosecco, den ein Kellner eilfertig in einem Kühler neben den Tisch stellte.

»Ich komme für die Getränke auf, amici.«

Nach dem Essen machte keiner Anstalten, aufzustehen. Rita bestellte nach dem Dessert noch für alle eine Runde Grappa. Irgendwann wurde Antonia innerlich zu unruhig, um länger sitzen zu bleiben.

»Ich brauche noch ein bisschen Bewegung. Wir sehen uns dann zu Hause!« Dabei beugte sie sich zu Florian hinunter und gab ihm einen kurzen Abschiedskuss.

Sie schlenderte zum Campo San Stefano. Auch dort hatten alle Restaurants Hochbetrieb, und jede Menge Touristen saßen draußen bei Kerzenlicht und aßen zu Abend. Hinter der Kirche San Vidal entdeckte sie links eine schmale Gasse, die sie noch nicht kannte. Sie ging hinein und folgte dem Hauptgang, von dem andere kleinere Gässchen abzweigten. Er führte über eine Brücke und unter engen Durchgängen hindurch weiter in Richtung Palazzo Grassi. Sie war hier ganz allein. Die hohen Häuser wirkten abweisend, die meisten Fensterläden waren geschlossen. Vor ihr ging nur eine junge Frau, die jedoch nach hundert Metern eine Tür aufschloss und vom Hauseingang verschluckt wurde.

Antonias Schritte hallten in der engen Häuserschlucht, und sie wusste an einer Biegung nicht, ob sie nach links oder rechts weitergehen sollte. Sie drehte sich um und sah hinter sich über die kleine Brücke, die sie gerade überquert hatte, einen Mann kommen. Er ging durch den niedrigen Sottoportego, von dessen Balkendecke eine Glühlampe herabhing, dann blieb er stehen und zündete sich eine Zigarette an. Für einen Moment glaubte sie in der kleinen, gedrungenen Gestalt Marcello zu erkennen, den Mann vom Fußballplatz, den sie bei Ugo gesehen hatte.

Rasch nahm sie den Weg nach links und ging etwas schneller. Sollte sie warten und den Mann fragen, wie sie zurück zum Campo käme? Wenn er ihr gefolgt war, konnte er ihr hier, zwischen diesen vielen Häusern, gefährlich werden? Nein, sie könnte um Hilfe schreien. Außerdem hatte sie in Erinnerung, dass in der Nähe die Anlegestelle San Samuele sein musste. Wenn sie dort auf den Platz kam, konnte sie zur Haltestelle gehen und das Boot zur Accademia zurücknehmen. Die Häuschen der Haltestellen waren gut beleuchtet, und meist warteten dort andere Fahrgäste. Der Mann, so hörte sie jetzt, kam näher. Noch einmal bog sie nach links ab.

Als sie das Ende der engen Gasse erreichte, stand sie plötzlich am Canal Grande, und der Weg ging nicht weiter. Panisch sah sie sich um. Bis zur Ecke, an der drei Gassen zusammenliefen, waren es etwa hundert Meter. Wenn sie sich beeilte, konnte sie den Mann vielleicht noch abhängen, indem sie zurück und geradeaus weiterlief. Er war noch nicht in ihre Gasse abgebogen. Sie horchte. Nichts. Vielleicht wartete er hinter der Ecke auf sie. Sie sah sich um. Die Paläste auf der Kanalseite gegenüber schienen viel weiter entfernt als am Tag. Zwei Vaporetti fuhren in Richtung Bahnhof, aber sie waren schon zu weit weg. Niemand würde sie rufen hören. Das Tuckern der Dieselmotoren entfernte sich.

Sie war in der Falle. Auf den letzten zwanzig Metern hatte sie keine Haustüren mehr gesehen. Wenn sie irgendwo klingeln wollte, müsste sie ein Stück zurückgehen. Es war zu spät. Unter ihr leckte nur das Wasser an den Mauern, sonst war es still. Eine heiße Woge Angst schoss in ihr hoch, als sie sich noch einmal umsah.

Links von ihr hatte die Fassade eines Palazzos einen schmalen Marmorvorsprung, der etwas über das Wasser des Kanals ragte. Sie kletterte auf den Absatz und klammerte sich in den Schründen der Ziegelmauer fest. Zentimeter um Zentimeter schob sie sich weiter an der Hauswand entlang. Wenn sie es bis zum Wassertor schaffte, war sie vielleicht gerettet. Man konnte sie aus der Gasse nicht sehen, und an der Bootsanlegestelle könnte sie ihr Handy herausholen und mit dem Notruf die Polizei verständigen.

Dann stockte ihr der Atem. Sie hörte Schritte näher kommen. Also hatte der Mann tatsächlich weiter hinten in der Gasse auf sie gewartet? Sie drückte sich fest an die modrig riechende Mauer. Er musste jetzt an der Stelle sein, an der sie selbst eben noch gestanden hatte. Antonia roch den Rauch seiner Zigarette. Es war der bittere Geruch von schwarzem Tabak. Jetzt schien er etwas zu murmeln und leise zu fluchen. Dann hörte sie, wie der Mann in den Kanal pinkelte und zurückging. Ihre Knie zitterten. Sie bewegte sich noch etwas vorwärts zu einem Pfahl, der vor ihr aus dem Wasser ragte, umarmte das Holz wie einen guten Freund und atmete auf. Weshalb war der Kerl ihr gefolgt? Kannte er sie? War es Zufall? Sie wartete noch eine ganze Weile und kletterte dann vorsichtig über den Mauerabsatz in die dunkle Gasse zurück. Von da aus lief sie immer geradeaus, bis sie auf die Calle delle Botteghe kam, die zum Campo San Stefano zurückführte. Benommen mischte sie sich unter die abendlichen Spaziergänger, bis sie wieder den belebten Campo erreichte.

Als sie das Apartment betrat, waren Florian und Rita noch nicht wieder zurück. Mit zitternden Fingern suchte sie nach der Flasche Brandy, die Florian im Duty-Free-Shop gekauft hatte. Auf ihrer Mailbox war ein Anruf von Jana, die mit den beiden anderen noch in die Sky-Bar des Hilton hinübergefahren war. Ob sie Lust habe, auch noch auf die Giudecca zu kommen? Antonia rief nicht zurück, nahm stattdessen einen kräftigen Schluck aus der Brandy-Flasche, um sich zu beruhigen, und schaltete ihren Laptop ein.

Sie hatte Aram Singer morgens eine weitere E-Mail geschickt, weil er bisher nicht geantwortet hatte. Er musste längst in Israel sein. Sie hatte ihr Bedauern über den Tod seiner Tochter ausgedrückt und ihn gebeten, ihr zu helfen. Es sei sehr wichtig, denn die Familie Falieri sei in großen Schwierigkeiten. Jetzt fand sie eine lange E-Mail von ihm vor.

Liebe Antonia Babe,
wie Sie mir schrieben, haben Sie vom traurigen Schicksal meiner einzigen Tochter gelesen. Ich bin zweimal nach Italien geflogen, um die Herausgabe eines Bildes zu veranlassen, das unserer Familie gehört.
Bevor meine Schwiegereltern 1942 in die USA emigrierten, haben sie dem Vater des Conte ein kostbares Gemälde, einen mutmaßlich echten Tizian, anvertraut. Er sollte das Bild für sie aufbewahren, damit sie nach dem Krieg eine Existenzsicherung hätten, falls sie nach Italien zurückkehrten. Sie sind schließlich in den USA gestorben, ohne Venedig noch einmal gesehen zu haben. Sie haben meiner Frau früher jedoch immer wieder von Mauro Falieri und dem Bild erzählt. Meine Frau hat es nicht ernst genommen, aber als unsere Tochter so krank wurde und wir das Geld für die Operation nicht aufbringen konnten, hat sie sich in ihrer Verzweiflung daran erinnert. Wir haben auch eine Art Empfangsbestätigung vom Vater des Conte. Ein kleiner vergilbter Zettel, auf dem er in handschriftlicher Form den Erhalt des Bildes quittiert und die Eltern meiner Frau als seine Eigentümer benennt.

Ich bin nach Venedig gereist, um Mauro Falieri dieses Schreiben zu zeigen und ihn zur Herausgabe des Bildes zu bewegen. Dieser tat jedoch so, als wüsste er von nichts. Er wisse nur von einer Tizian-Kopie, die sein Vater seinerzeit von meinen Schwiegereltern überlassen bekommen habe. Er hat mir diese Kopie gezeigt, auf der eine Venus abgebildet war; sie hatte aber nichts mit dem Bild zu tun, das ich auf den Fotografien meiner Schwiegereltern gesehen habe. Ich musste daher unverrichteter Dinge wieder nach Baltimore zurückkehren. Der Zustand meiner Tochter hatte sich inzwischen verschlechtert. Wir haben das Interesse an dem Bild vollends verloren, als unsere Tochter schließlich starb. Das Bild bringt sie uns auch nicht wieder zurück.
Ich hoffe, ich konnte Ihnen helfen.
Beste Grüße, Aram Singer

10

Sie erzählte Florian nichts von dem Vorfall am Kanal, aus Sorge, dass er sie dann von ihrem weiteren Vorgehen abhielte, aber auch weil sie sich nicht sicher war, ob sie sich die Verfolgung nur eingebildet hatte. Stattdessen rief sie Jana an.

»Ich würde gerne diese Tizian-Kopie sehen, von der dein Großvater gesprochen hat. Kannst du ihn bitten, sie uns zu zeigen?«

Der Conte war einverstanden und ließ die beiden am Nachmittag nach oben in seine Sammlung kommen. Jana klopfte, wartete, bis er mit »Entrate« antwortete, und öffnete dann vorsichtig die Tür. Ohne sie anzusehen, winkte der Conte sie heran. Er saß in dem Ledersessel mit dem Drehmechanismus, der es ihm möglich machte, sich in alle Richtungen zu bewegen und alle Bilder rundum anzusehen.

»Guardate! An diesem Bild kann man etwas über das Verhältnis von Original und Fälschung lernen. Es ist die Kopie eines Tizian-Gemäldes, die technisch gesehen fast besser ist als das Original.«

Von seinem Sessel aus schaltete er mit einer Fernbedienung mehrere Deckenspots ein, die sich auf das Gemälde vor ihm richteten. Das Licht hob die weichen, runden Konturen einer halbnackten jungen Frau im Pelz hervor.

»Eine Venus. Das Original hängt im Ca' d'Oro. Die Kopie unterscheidet sich von ihm durch die Kraft der Farben. Dieses Bild ist eine Fälschung. Es hat keine Patina, obwohl es schon fast hundert Jahre alt ist.«

»Dann ist dieses Bild also nicht besonders wertvoll?«

»Nur ein paar tausend Euro. Singer hat mir mehr geboten. Dabei würde er auf jeder Auktion weniger bekommen. Aber er wollte partout dieses Bild, und darüber haben wir uns gestritten. Ich wollte es nicht hergeben. Dazu liebe ich es zu sehr!«

Antonia hörte zu, ohne sich etwas anmerken zu lassen. Wenn Singer die Wahrheit gesagt hatte, dann waren die Behauptungen des Conte gelogen. Singer hatte geschrieben, dass der Conte ihm gerade dieses Venus-Bild geben wollte. Ich brauche unbedingt das Foto, von dem Singer gesprochen hat, ging es ihr durch den Kopf.

Der Conte blickte weiterhin starr auf das Bild der Venus, als sei er durch unsichtbare Fäden mit dem Bild verbunden. Leise sprach er wie zu sich selbst: »Was würde ich dafür geben, das Original zu besitzen …«

Antonia erschrak, als sie die Gier in den Augen des alten Mannes sah. Seine Hände gruben sich tief in die Lehnen seines Drehsessels, sodass die Adern dunkel unter der weißen Haut hervortraten.

»Aber Sie können das Original doch im Ca' d'Oro besuchen und ansehen«, wandte sie ein.

Der Conte entspannte sich wieder, und das Leuchten kehrte in seine Augen zurück. »Das ist nicht dasselbe, Signorina Babe. All die vielen Augen, die das Bild jeden Tag abtasten und besitzen, die vielen Besucher, die vor ihm stehen, sie nehmen ihm seine Aura. Ich will es nur für mich allein. Aber so ist das Leben. Wir begehren das, was wir nicht haben können.«

»Buddha lehrt uns«, dozierte Jana, »dass wir uns vom Begehren befreien müssen. Ich meditiere täglich und versuche, alle meine Wünsche zu überwinden.«

Der Conte sah Jana zärtlich an. »Auch das ist ein Begehren, Principessa.«

Von unten hörte man den Gong, den Giovanna schlug, bevor sie das Essen auftrug.

»Diana, sag bitte deiner Mutter, dass ich heute hier oben bleibe. Ich habe keinen Appetit.« Dann lehnte sich der alte Mann in den Sessel zurück und schloss die Augen.

Antonia war schon vor der Tür, als sie noch einmal umkehrte. »Jana, bitte komm noch einmal zurück. Dein Großvater muss mir noch eine Frage beantworten.«

Als sie die Sammlung erneut betraten, stand der Conte dicht vor dem Bild mit der Venus. Seine linke Hand ruhte auf der Leinwand, seine Wange lehnte am Busen der Venus, und er schien an der Oberfläche des Bildes zu riechen. Dann sah Antonia, wie seine rechte Hand zwischen Rahmen und Wand herabglitt. Es machte den Eindruck, als wolle er das Bildnis der Venus streicheln.

»Großpapa, meine Freundin hat noch eine Frage.«

Der Conte drehte sich erschrocken um, zögerte kurz, dann

kehrte er zu seinem Sessel zurück. Schwerfällig ließ er sich nieder und hob auffordernd eine Hand.

»Conte Falieri, können Sie mir sagen, was es mit dem Gemälde der Familie Singer auf sich hat? Ich habe erfahren, dass die Eltern von Frau Singer Ihrem Vater ein Gemälde in Obhut gegeben haben, bevor sie in die USA emigrierten.«

Der Conte antwortete nicht, und Antonia hatte für einen Moment den Eindruck, er sei eingeschlafen. Seine blasse Haut wirkte wächsern, und er hielt die Augen geschlossen. Nur seine Hände hielten die Sessellehnen so umkrampft, als wolle er jeden Augenblick aufspringen. Antonia wollte ihre Frage gerade wiederholen, als er eine Hand hob und Jana heranwinkte. Er bat sie, sich zu ihm zu beugen, und begann ihr etwas ins Ohr zu raunen. Antonia fühlte sich für einen Augenblick an eine Filmszene aus »Der Pate« erinnert.

Als der Conte geendet hatte, bedeckte er sein Gesicht mit beiden Händen, als wolle er schlafen. Er hatte so leise gesprochen, dass Antonia ihn nicht verstanden hatte. »Was hat dein Großvater gesagt?«

»Er sagt, dass während der deutschen Okkupation immer wieder ein deutscher Offizier bei seinem Vater aufgetaucht sei, Kunsthistoriker und Tizian-Liebhaber, der keinen Hehl daraus machte, dass er die Gemäldesammlungen der Stadt nicht schonen würde. Sein Vater habe alles tun wollen, um ihn von seinen räuberischen Absichten abzubringen. Also hat er ihn mehrfach zum Essen eingeladen und ihm ein Bild aus seiner Sammlung versprochen. Einen echten Tizian!« Jana hatte vor Aufregung ein rotes Gesicht bekommen. »Stell dir das mal vor, wir hatten einen Tizian, hier im Palazzo …«

Antonia unterbrach sie ungeduldig: »Was hat er noch erzählt? Dann stimmt es also: Er hat von Familie Singer einen Tizian in Verwahrung genommen? War es das Bild, das er dem Offizier gegeben hat?«

»Ja. Großvater sagt, sein Vater wusste, dass er dem Offizier keine Fälschung unterjubeln konnte, denn er wollte Experten aus Deutschland und Italien hinzuziehen, um sicher zu sein, dass er ein echtes Bild bekam. Also hat mein Urgroßvater dem Offizier das Bild der jüdischen Familie überlassen. Der Deutsche ist später in einen Hinterhalt der Partisanen geraten und getötet worden. Wir haben nichts mehr von dem Bild gehört. Dann sind die Amerikaner gekommen, und unsere Sammlung war gerettet.«

Antonia war erstaunt über Janas Verwendung des »wir«. Sie schien sich ganz und gar mit ihrer Familie zu identifizieren, obwohl sie gerade erfahren hatte, wie ihr Urgroßvater mit dem ihm anvertrauten Bild verfahren war.

Antonia sah zu Conte Falieri hinüber, der in seinem Drehstuhl auf eine Art zusammengesunken war, die an Octavia erinnerte, wenn sie sich im Salon in ihren großen Sessel verkroch. Jana beugte sich ein Stück tiefer zu ihm hinab. Bevor er weitersprach, fragte Antonia ihn, ob er tatsächlich nicht wisse, wo das Bild geblieben sei. Sie wusste, dass ihr Benehmen ungehörig war, aber sie hatte keine Lust, den Conte länger mit Samthandschuhen anzufassen. Immerhin hatte er ihr eben noch eine ganz andere Geschichte über Singer aufgetischt.

Der Conte richtete sich wieder auf. Als er seine übliche unnahbare Haltung eingenommen hatte, antwortete er, wobei er nur seine Enkelin ansah. »Mein Vater hat mir in den fünfziger Jahren, kurz vor seinem Tod, von dieser Absprache mit dem Deutschen erzählt. Wir haben nie erfahren, wo das Bild geblieben ist. Vermutlich hat der Offizier es außer Landes gebracht.«

»Ist von diesen Vorgängen je etwas an die Öffentlichkeit gekommen?«, fragte Antonia.

Der Conte hatte seine Fassung wiedergewonnen und antwortete auf die Frage mit großer Ruhe: »Nein, niemals. Im Accademia-Museum wusste man Bescheid. Man hat es meinem Vater hoch angerechnet, dass er mit seinem Geschenk das Museum und andere Sammlungen geschützt hat. Es sollte ihm sogar die Ehrenbürgerschaft der Stadt verliehen werden. Bevor es jedoch dazu kam, ist er gestorben.«

Von unten erscholl jetzt erneut der Gong durchs Haus, lauter als beim ersten Mal. Antonia blieb hartnäckig.

»Standen Sie oder Ihr Vater in Verbindung zu den sieben Männern, den Sette Martiri, die von deutschen Soldaten im August 1944 aus Vergeltungsgründen umgebracht wurden?«

Der Conte schaute sie erstaunt an. Antonia hatte den Eindruck, dass sein Erstaunen echt war. »Wie kommen Sie darauf? Ich sagte

Ihnen doch schon, dass mein Vater sich für die politischen Oppositionellen eingesetzt hat und dafür von den Deutschen bedroht wurde!«

Unten ertönte wieder der Gong, und diesmal wurde er heftig und durchdringender geschlagen. Giovanna schien erbost, dass nicht alle bei Tisch erschienen. Antonia und Jana verabschiedeten sich von dem alten Mann; Jana, indem sie ihn auf die Wange küsste, und Antonia, indem sie sich für seine Auskunft bedankte.

Nach dem Essen, zu dem Octavia auch Rita eingeladen hatte, spielten Octavia und Florian nacheinander auf dem Flügel. Am Ende des Abends harmonierten die beiden sehr gut bei einem vierhändigen Stück, einem Menuett von Mozart, und Antonia sah den konzentrierten Ausdruck in Florians Gesicht, den sie so an ihm liebte. In Gedanken war sie jedoch bei den Widersprüchen, mit denen sie bei diesem Fall zu kämpfen hatte. Warum hatte der Conte nicht gleich gesagt, dass Singer ein Bild wollte, das er nicht mehr besaß? Wieso diese Lüge mit der Venus-Kopie, die er nicht herausgeben wollte?

In diesem Moment beendeten Octavia und Florian ihr Klavierspiel. Tante Alba, Jana und Rita klatschten Beifall, und selbst Ugo, der sich während der Darbietung meist über sein Smartphone gebeugt hatte, schien vom Spiel der beiden angetan. Florian machte eine Verbeugung und wies auf Octavia, als gebühre der Beifall ihr allein. Dann ergriff er die Hand seiner Gastgeberin und beugte sich zu einem Handkuss über sie. Antonia sah Octavia das erste Mal, seit sie angekommen waren, lächeln. Es verjüngte sie um Jahre, und für einen Moment hätte man meinen können, sie sei Janas ältere Schwester.

11

Rita hatte Antonia gebeten, sie an ihrem letzten Tag zur Insel Murano zu begleiten. Sie war guter Dinge, und obwohl sie immer noch über »kaputte Füße« klagte, ging sie unverdrossen voran. Zielstrebig betrat sie jeden Souvenirshop, um ausgiebig Preise für Leuchter, Gläser und Skulpturen zu vergleichen. Nach dem fünften Laden zog Antonia es vor, alleine weiterzugehen und sich die Basilika, die Don Orione ihr empfohlen hatte, anzusehen. Der Ziegelbau schimmerte rosafarben in der Sonne, und die eleganten, weiß getünchten Säulen erinnerten an Zuckerguss. Im Inneren der Kirche bewunderte sie das alte Fußbodenmosaik aus Marmor und farbigen Glaspasten. Aber überall, wo sie sich auch bewegte, ob in der Stadt oder hier auf Murano, gingen ihr der Conte, Aram Singer und die sieben Märtyrer nicht aus dem Sinn.

Sie traf Rita zum Essen auf der Terrasse der »Trattoria Da Lele« und erzählte ihr von ihrem Besuch im Bildersaal des Conte.

Rita schüttelte den Kopf. »Was ich nicht kapiere«, überlegte sie halblaut, »ist, warum dieser Singer noch mal wiedergekommen ist.«

Antonia nickte. »Und was mich noch mehr irritiert, ist die Tatsache, dass der Conte offenkundig gelogen hat. Er hat so getan, als sei das Bild der Schwiegereltern gar nicht Anlass für Singers Besuch gewesen. Er wollte mir weismachen, Singer sei Kunsthändler und habe ihm die Venus-Kopie abschwatzen wollen. Singer hingegen behauptet, der Conte habe ihm gerade die Venus-Kopie angeboten. Und gestern bestätigt mir der Conte, dass es tatsächlich einmal einen echten Tizian der jüdischen Familie gegeben haben soll, dieser aber an einen Nazi-Offizier abgetreten wurde. Was soll man denn nun glauben?«

Rita rollte eine große Portion Spaghetti Marinara sorgfältig auf ihrem Löffel zusammen. »Mhhmm, die sind sehr gut. Das Problem mit dem Conte ist auch, dass alte Leute manchmal selbst an die Geschichten glauben, die sie erfunden haben. Deshalb ist es wahrscheinlich zwecklos, ihn weiter auszuquetschen. Das Wichtigste ist jetzt, dass du herausbekommst, welches Bild das jüdische

Paar damals den Falieris zur Aufbewahrung gegeben hat. Eventuell ist es ja irgendwo aufgetaucht und hängt jetzt in einem Museum. Hast du schon nach der Fotografie gefragt?«

Aus der Arbeit in der Detektei wusste Antonia, dass Rita zu raschem Handeln neigte und bei Untersuchungen keinerlei Aufschub duldete.

»Ich werde Singers Frau bitten, mir das Foto per E-Mail zu schicken.«

Antonia, die sich nur eine Vorspeise bestellt hatte, sah jetzt zu, wie Rita den großen Teller Pasta systematisch leerte. Nach einigem Zögern erzählte sie der Kollegin von dem, was ihr gestern in der nächtlichen Gasse hinter dem Campo San Stefano passiert war.

»Kann sein – kann nicht sein«, war Ritas Kommentar, als Antonia daran zweifelte, ob der Mann sie bewusst verfolgt hatte.

»Vielleicht wollte er mich nur anmachen?«

»Oder er musste mal«, mutmaßte Rita. »Du kannst doch ein bisschen Judo. Wahrscheinlich hättest du den locker ins Wasser geworfen.«

»Ich hatte plötzlich panische Angst. Und wenn er nun eine Waffe bei sich gehabt hätte, ein Messer zum Beispiel, dann hätte mir das bisschen Judo auch nichts genützt.«

»Dann ist es das Beste, wenn du hier abends nicht weiter alleine herumläufst. Vielleicht hat jemand spitzgekriegt, dass du das mit den Briefen weißt. Vielleicht will man dir Angst machen. Sei also von jetzt an ein bisschen vorsichtiger«, sagte Rita pragmatisch.

Während der Rückfahrt von Murano nach Venedig schien sie angestrengt nachzudenken. Dann, kurz bevor der Vaporetto anlegte, fuhr sie aus ihren Grübeleien hoch, sah Antonia an und sagte noch einmal: »Du musst Singer unbedingt fragen, was auf dem Bild seiner Schwiegereltern drauf ist.« Dann drückte sie Antonia einen Teil ihrer Einkäufe in die Hand. »Ich muss noch mal zum Markusplatz, ich hab da gestern was Schönes in 'nem Schmuckladen gesehen. Bis später, Schätzchen. Und pass auf dich auf!«

Antonia hatte zu Hause gerade ihre Schuhe abgestreift und die Espressokanne aufgesetzt, als jemand heftig an die Tür der Gästewohnung klopfte. Draußen stand Octavia, völlig aufgelöst. Während sie auf den Küchenstuhl sank, berichtete sie, dass in ihrer Abwesenheit ein weiterer Drohbrief gekommen war. Diesmal hatte Flavia den Brief, den jemand an der Haustür abgegeben hatte, dem Conte gebracht. Dieses neue Schreiben enthielt nur die mit großen Ausrufezeichen versehenen Worte »Gemeiner Räuber« und »Dieb«, und es war nicht mit »7 M«, sondern mit »Die sieben Märtyrer« unterzeichnet. Ihr Vater hatte den Brief geöffnet und daraufhin einen Schwächeanfall erlitten.

Als Octavia und Tante Alba von ihren Einkäufen zurückgekommen waren, hatten sie ihn zusammengesunken, den Brief in der Hand, in seinem Schreibtischsessel gefunden. Flavia hatte sie an der Haustür mit den Worten »Dem Conte geht es nicht gut« empfangen. Octavia hatte vergeblich versucht, die Hausärztin zu erreichen.

»Ich habe die Ambulanz angerufen. Sie müssen jeden Augenblick kommen.«

Von Weitem hörte man tatsächlich das aufgeregte Hupen der Ambulanz auf dem Giudecca-Kanal. Einige Minuten später bog das Boot in den Kanal vor dem Palazzo ein, und der Conte wurde in einem Tragestuhl nach unten gebracht. Octavia und Tante Alba stiegen ebenfalls ins Boot, um ihn ins Ospedale zu begleiten.

Antonia und Jana lehnten im Fenster des Piano Nobile und sahen von oben zu, wie sich das Boot in Bewegung setzte. Jana war sichtlich mitgenommen; ihr Gesicht war blass, und ihre Hände zitterten.

Antonia hatte sich den neuen Brief angesehen und bat Jana, mit ihr zu Flavia zu gehen, der sie dringend ein paar Fragen stellen wollte. Sie fanden sie auf der Altana beim Abhängen der Wäsche. Flavia wirkte angespannter als sonst. Sie grüßte nur knapp, nahm den Korb auf und wollte den Dachbalkon verlassen. Aber Antonia versperrte ihr den Weg und fragte sie, wie der Bote ausgesehen habe, der den letzten Brief abgegeben hatte, und ob es derselbe gewesen sei, von dem sie die früheren Briefe in Empfang genommen habe. Flavia sah die beiden erstaunt an und antwortete ausweichend. Es seien immer andere Jungen gewesen, die diese unfrankierten Briefe gebracht hätten.

»Sie klingeln. Und wenn ich aufmache, drücken sie mir etwas in die Hand und verschwinden ganz schnell wieder.«

Antonia ließ jedoch nicht locker. Irgendetwas müsse sie doch an dem letzten Jungen wahrgenommen haben, die Haarfarbe, die Farbe seines T-Shirts, die Körpergröße. Aber Flavia blieb dabei, sie habe keine genaue Erinnerung. Der Junge sei etwa so groß wie Ugo gewesen und habe dunkles Haar gehabt. Sie müsse sich jetzt um die Einkäufe kümmern, die Signora habe ihr eine lange Liste gegeben.

Antonia ließ sie vorbei. Während Jana wieder an ihre Studien zurückging, tat Antonia so, als wolle sie auch ein paar Besorgungen machen. In Wirklichkeit hatte sie vor, Flavia zu beobachten.

Sie wartete im Treppenhaus, bis Flavia mit einer Einkaufstasche das Haus verließ. Dann ging auch sie leise nach unten, schloss behutsam die Haustür und folgte ihr.

Flavia nahm, wie sie erwartet hatte, nicht den Weg zum Supermarkt, sondern ging in Richtung Accademia-Brücke. Antonia blieb immer ein gutes Stück hinter ihr und achtete darauf, dass sie sich notfalls rasch in eine Nische oder einen Hauseingang zurückziehen konnte.

Flavia ging jetzt über die kleine Brücke vor der Weinbar »Già Schiavi«. Vor dem Laden blieb sie stehen. Antonia glaubte kurz, dass sie sich vielleicht doch geirrt hatte und Flavia Wein besorgen wollte. Dann sah sie, wie die Hausangestellte ein Handy herauszog und telefonierte. Sie ging, während sie sprach, weiter und bog in die Gasse ein, in der sich der kleine Palazzo des Conte befand. Im letzten Augenblick konnte Antonia noch sehen, wie Flavia dort klingelte und im Eingang verschwand.

Antonia rannte fast die Gassen zum Palast zurück. Sie fand Jana allein im Salon und fragte sie atemlos, ob sie einen Wohnungsschlüssel zur Wohnung der Massatos im kleinen Palast habe.

»Nein. Die Schlüssel zum Palazzo Piccolo hat Großvater. Wie kommst du denn jetzt auf den kleinen Palast?«

»Du hast dich doch neulich erst mit Guido dort getroffen, oder nicht?«

Jana wurde rot. »Ja, manchmal treffe ich ihn. Zum Plaudern. Aber ich habe keinen Schlüssel. Guido wartet meist in der Wohnung auf mich.«

»Und du triffst dich auch mit ihm in seiner Wohnung im Castello? Was ist, wenn dein Großvater das erfährt?«

»Wie soll er es erfahren? Der kleine Palazzo steht leer, und ins Castello hat mein Großvater sicher noch nie einen Fuß gesetzt. Das ist nicht seine Welt.«

»Hast du ein Verhältnis mit Guido?«

Jana war das Thema sichtlich peinlich. »Ja, wir treffen uns ab und an, aber unsere Situation ist nicht einfach. Manchmal küssen wir uns oder Guido hält meine Hand. Aber Großvater und Mama würden es nicht verstehen, wenn sie von dieser Verbindung wüssten. Ich muss ihn also heimlich treffen.«

Ihr Gespräch wurde unterbrochen, als Ugo den Salon betrat.

»Weiß man schon, wie es Großpapa geht?«

Die beiden Geschwister rückten auf dem Sofa zusammen, als sei mit dem Conte eine Art Schutz aus dem Haus gewichen und sie müssten sich nun gegen weiteres Unheil wappnen.

»Wir müssen warten, bis Mama zurückkommt«, sagte Jana. »Dann wissen wir mehr.«

»Es ist so ähnlich wie in Hamburg, als Papa gestorben ist, weißt du noch?«, fragte Ugo mit kleiner Stimme, und Jana legte den Arm um die Schulter ihres Bruders.

Für ihren letzten Abend hatte sich Rita gewünscht, noch einmal die Sky-Bar des Hilton zu besuchen.

»Von der Dachterrasse hat man einen so schönen Blick bis zum Dogenpalast. Den möchte ich unbedingt noch mal genießen.«

Florian war noch bei seinen Proben, und so fuhren die drei Frauen ohne ihn zur Giudecca hinüber und spazierten zu der ehemaligen Getreidefabrik, die man zur Nobelherberge umgebaut hatte. In der Halle nahmen sie den Aufzug in den neunten Stock. Lautes englisches Geplauder schlug ihnen entgegen.

»Hier sind ja wieder nur Amis«, wunderte sich Rita.

»Überall, wo es teuer ist in Venedig, sind Amerikaner«, erklärte Jana. Sie hatte sich wieder gefangen, nachdem ihre Mutter aus dem Krankenhaus zurückgekommen war und berichtet hatte, dass der Zustand ihres Großvaters stabil sei.

Sie suchten einen Stehtisch am Rand der Terrasse und bestellten sich den üblichen orangefarbenen Spritz. Rita knabberte pausenlos die Nussmischung, die man den Gästen gratis auf die eleganten Tischchen gestellt hatte, sodass die Schale im Nu leer war.

Als sich Jana nach einigen Minuten entschuldigte und zur Toilette ging, beugte sich Rita zu Antonia hinüber und fragte:

»Was ist eigentlich mit Jana und dem Onkel?«

Antonia bewunderte Ritas Beobachtungsgabe. Sie schien allein durch wenige Äußerungen Janas auf diesen Zusammenhang gekommen zu sein.

»Sie hat es nicht gerne, wenn man sie danach fragt. Aber sie sehen sich regelmäßig. Und dieser Guido scheint auch Flavia, die Hausangestellte, zu kennen. Jedenfalls meine ich, die beiden zusammen gesehen zu haben.«

Rita leerte ihr Glas und winkte einem Kellner.

»Un altro Spritz, per favore! Und noch ein paar Nüsse! Nuts please, noci, per favore!«

Damit schob sie dem verdutzten Kellner die leere Schale zu.

»Das klingt ja so, als habe dieser Guido seine Finger weiter im Palazzo, auch wenn er Hausverbot hat …«

Antonia sah aus dem Augenwinkel, dass Jana durch die Bar zurückkam, und wechselte das Thema. Der höfliche junge Kellner stellte eine neue Schale mit Knabbermischung vor sie auf den Tisch, und nach dem zweiten Spritz genoss Rita ein letztes Mal den Blick von oben auf die Kulisse der Stadt.

»Jetzt habe ich aber richtig Appetit bekommen. Wohin gehen wir denn zum Essen?«

Jana führte sie in ein versteckt liegendes Restaurant am anderen Ende der Giudecca, wo sie auf einer von wildem Wein überwucherten Terrasse über einem Seitenkanal Platz nahmen. Nach einem guten Risotto Nero hob Rita ihr Glas.

»Arrivederci amici, arrivederci Venezia. Bis zum nächsten Mal. Danke für alles. Morgen nehme ich in aller Frühe den Flieger, dann bin ich mittags pünktlich bei der Pressekonferenz. In Köln regnet es, hat man mir am Telefon gesagt. Ich werde euch und Venedig vermissen.«

12

Beim Frühstück atmete Florian auf und reckte sich. »Schön, dass wir die Wohnung wieder für uns haben.«

Antonia hörte nicht richtig hin. Sie hatte ihren Laptop aufgeklappt und eine weitere E-Mail von Aram Singer vorgefunden, die sie gespannt las.

Sehr geehrte Miss Babe,
auf Ihre Frage, warum ich den Conte noch einmal aufgesucht habe, will ich gerne antworten. Bei meinem ersten Besuch in Venedig hatte ich in einer Eisdiele an den Zattere nach Conte Mauro Falieri gefragt, weil ich den Palazzo nicht finden konnte. Der Inhaber verwies mich an eine Pizzeria in der Nähe mit dem Hinweis, dass der Schwiegersohn des Conte dort häufig zu Abend esse. Der könne mir weiterhelfen.
Ich habe dort gefragt und Mr Massato dann tatsächlich angetroffen. Wir kamen ins Gespräch, und ich habe ihm erzählt, dass der Conte im Besitz eines kostbaren Bildes sei, das meiner Schwiegermutter gehörte, und dass wir das Bild unbedingt brauchten, um vom Verkauf die Herzoperation unserer Tochter zu bezahlen. Mr Massato hat mir zugehört, und er hat mich vor Conte Falieri gewarnt: Er sei ein hartherziger, böser alter Mann. Ich habe den Conte dann am nächsten Tag in seinem Stammcafé angesprochen und einen Termin mit ihm vereinbart. Bei meinem Besuch im Palazzo hat der Conte mir versichert, dass er von einem solchen Bild nichts wisse. Sein Vater habe ihm, als er 1962 starb, die Sammlung hinterlassen und außer einer halbwegs wertvollen Tizian-Kopie habe er leider nichts von diesem Maler in seinem Besitz.
Als ich wieder in den USA war, hat Mr Massato mehrfach bei uns zu Hause angerufen und mich bedrängt, auf der Herausgabe des Gemäldes zu bestehen. Er wisse jetzt, dass das Bild tatsächlich im Palazzo sei. Ich war dann bei meiner Schwester in Israel zu Besuch und bekam dort einen weiteren Anruf von Mr Massato. Deshalb flog ich von Israel ein zweites Mal nach Venedig. Wieder erfolglos. Mr Massato hat mich anschließend noch ein paarmal

angerufen. Bei unserem letzten Telefonat war er sehr aufgeregt und sagte mir Unterstützung zu, falls der Conte den Besitz wieder abstreiten würde. Ich habe ihm gesagt, dass meine Tochter nicht mehr lebe und ich das Interesse an dem Bild verloren hätte. Auf weitere Anrufe von ihm bin ich nicht mehr eingegangen.
Ich hoffe, ich konnte Ihnen helfen.
Beste Grüße, Aram Singer

Antonia schrieb umgehend zurück und fragte Singer, ob er Guido auch bei seinem zweiten Besuch getroffen habe. Singer war online, denn ein paar Minuten später erhielt sie folgende Antwort:

Im Januar machte der Conte einen kranken Eindruck, und weil er auf mich so schwach wirkte, habe ich meinen Besuch kurz gehalten. Mr Massato habe ich bei diesem Aufenthalt nicht getroffen. Ich bin schon am nächsten Tag nach Israel zurückgeflogen.

Antonia stand auf und ging gedankenverloren auf und ab. Zwischen den beiden Besuchen waren die ersten Briefe an den Conte geschickt worden. Sie musste sich unbedingt Zugang zu der Wohnung im Palazzo Piccolo verschaffen, um herauszubekommen, ob es dort Hinweise auf die Drohbriefe und einen Zusammenhang mit Guido gab. Es bestanden kaum noch Zweifel daran, dass er in die Sache verwickelt war.

Sie klappte den Laptop zu, rief Florian, der unter der Dusche stand, ein »Ich bin mal eben weg« zu und ging hinunter, um nach dem Schlüssel zum Palazzo Piccolo zu fragen. Octavia war gerade aus dem Ospedale zurückgekommen und schien sehr erschöpft. Sie bat Jana, in die Küche zu gehen und einen Tee für sie zu kochen. Antonia nutzte die Abwesenheit Janas, um nach der Wohnung im Palazzo Piccolo zu fragen.

»Wissen Sie, dass Ihr Schwager Guido immer noch seine alte Wohnung nutzt? Wo bewahrt Ihr Vater die Schlüssel auf, ich muss unbedingt dorthin.«

»Aber warum?« Octavia war perplex. »Was hat Guido damit zu tun?«

»Das erkläre ich Ihnen später. Ich möchte mir die Wohnung vorher einmal genau ansehen.«

»Mein Vater bewahrt die Schlüssel in seinem Schreibtisch auf. Ich werde nachsehen.«

Als Octavia zurückkam, hielt sie Antonia einen kleinen Schlüsselbund entgegen.

»Ich glaube, mein Vater hat das Haus seit dem Tod meiner Schwester nicht mehr betreten. An diesem Bund sind wohl sämtliche Schlüssel, also auch für die anderen Wohnungen.«

Antonia nahm den Schlüsselbund an sich und machte sich, noch bevor Jana mit dem Tee zurückgekommen war, auf den Weg zum kleinen Palast. Als sie am »Già Schiavi« vorbeikam, wäre sie fast mit Luca zusammengestoßen, der aus der Tür trat, um zu telefonieren. Sie grüßte ihn kurz und ging rasch weiter.

Vor dem Palazzo Piccolo ging sie ein paarmal nervös auf und ab und inspizierte unauffällig die Fenster im Piano Nobile. Die meisten Läden waren geschlossen, das Hauptfenster mit weißen Stores verhüllt. Um sicher zu sein, dass niemand da war, schloss sie die Haustür erst auf, nachdem sie im Piano Nobile mehrfach ohne Erfolg geklingelt hatte.

Im Flur roch es modrig. Jana hatte ihr erzählt, dass das Parterre bei Hochwasser regelmäßig überflutet war. In einer Ecke standen grüne Gummistiefel, die wohl dazu dienten, das Haus in solchen Situationen trockenen Fußes zu verlassen. Antonia stieg langsam und auf jeder Stufe verweilend und horchend die Marmortreppe hoch. Vor dem Eingang der Wohnung im ersten Stock blieb sie stehen. Sie legte ihr Ohr an die Tür und horchte. Ihr Herz klopfte schnell. Was sollte sie sagen, wenn doch jemand in der Wohnung war?

Nervös probierte sie die verschiedenen Wohnungsschlüssel. Einmal fiel ihr der Schlüsselbund aus der Hand und fiel klirrend auf den Boden. Beim dritten Versuch hatte sie endlich Erfolg. Dunkelheit umfing sie, als sie die Tür öffnete. An der Wand rechts von ihr ertastete sie einen Lichtschalter; sie drückte ihn, und im nächsten Augenblick wurde der Flur durch einen kolossalen Leuchter aus rotem Muranoglas erhellt. Die Türen ringsum waren geschlossen. Leise öffnete sie die nächstgelegene, die in eine kleine Küche führte, dann zwei weitere, von denen eine die Tür zu einem Schlafzimmer war.

Sie machte Licht. Unter einem Alkoven stand auf einem Podest ein breites Bett. Kissen und Laken waren zerwühlt. Guido hatte offenbar mit jemandem das Bett geteilt: Auf einem Beistelltisch standen eine halbe Flasche Wein und zwei Gläser. An dem einen Glas befanden sich Lippenstiftspuren. Jana benutzt keinen Lippenstift, mit ihr hat er hier also nicht geturtelt, dachte Antonia.

Der Rest der Wohnung wirkte unbenutzt. Die Möbel im Salon waren mit hellen Schonbezügen abgedeckt. Im Bad war der Deckel der Toilette hochgeklappt, und jemand hatte das Bidet benutzt. Auf der Ablage des Waschtischs lag ein Päckchen Kondome. Dies war also eine Art Liebesnest. Und Jana säuselte er den schüchternen Liebhaber vor.

Noch einmal machte sie im Schlafzimmer Licht. An der linken Seite des Bettes lag etwas auf dem Boden, das sie eben übersehen hatte. Es war eine Haarspange aus schwarzem Strass. Antonia bückte sich, hob sie jedoch nicht auf. Sie machte ein Foto mit ihrem Handy und schob die Spange mit dem Fuß unter das Bett.

Im hinteren Teil der Wohnung befand sich ein kleinerer Salon mit ein paar Bücherregalen und einem Sekretär. Vielleicht hatte Cecilia hier früher ihre Korrespondenz erledigt. Die Regale waren überwiegend leer, nur einige alte Kataloge von Auktionshäusern in London und New York lagen dort neben wenigen vergilbten Taschenbüchern. Antonia war auf der Suche nach Briefpapier und Umschlägen, nach irgendetwas, das auf die Herkunft der Drohbriefe deutete. Der Sekretär wies jedoch nichts dergleichen auf. Seine Platte war leer. Fächer und Türen ließen sich leicht öffnen und waren ebenfalls vollkommen leer. Antonia löschte überall das Licht und ging rasch die Treppe hinunter. Sie wollte auf keinen Fall Janas Onkel begegnen.

Als Florian am Nachmittag nach Hause kam, lief Antonia aufgeregt in der Küche hin und her. Sie erzählte ihm, welche Schlüsse sie aus der E-Mail Singers und dem Besuch des kleinen Palazzos gezogen hatte.

»Vielleicht wollte Guido selbst an das Bild, das Singer zurückgefordert hat.«

»Glaubst du Singer denn mehr als dem Conte? Der Conte hat doch gesagt, Singer wollte ihm ein Bild abkaufen?«

»Ja, und zwar die Venus-Kopie. Ich habe heute Singers Frau

noch einmal angerufen, und Mrs Singer hat mir erzählt, dass sie ein altes Schwarz-Weiß-Foto vom Salon ihrer Eltern in Venedig besitzen, auf dem das Bild zu sehen ist. Sie hat es mir beschrieben. Es handelt sich um eine Madonnendarstellung. Das Bild zeige Maria mit dem Jesuskind im Arm. Sie haben das Foto einem Experten in den USA gezeigt. Der Experte meinte, er könne aufgrund des Fotos nicht viel sagen, er würde das Bild historisch aber der Zeit und der Schule Tizians zuordnen. Warum soll sie sich das alles ausdenken? Sie klang sehr überzeugend.«

»Hat der Conte nicht behauptet, dass dieses Bild einem deutschen Offizier gegeben wurde?«

»Richtig! Das hat er *mir* gesagt, aber nicht Singer! Warum verwickelt er sich so in Widersprüche?«

»Und warum sollte Guido so scharf auf das Bild sein?«

»Wenn es ein echter Tizian ist, dann ist es sehr wertvoll. Das erklärt natürlich auch, weshalb der Conte es nicht rausrücken will. Und Tante Alba und Octavia haben mir gegenüber erwähnt, dass Guido Spielschulden hat.«

Florian reckte sich und massierte die Finger seiner linken Hand mit seiner rechten.

»Octavia hat mir neulich sogar gebeichtet, dass Guido sich vor einiger Zeit von ihr Geld leihen wollte.«

»Wie ich Octavia einschätze, hat sie ihm wohl kaum etwas geliehen.«

»Das sagt sie, aber wir wissen es nicht.«

»Ach komm, Antonia, Octavia würde dich doch nicht anlügen!«

»Ich glaube erst einmal gar nichts. Alle hier halten immerzu mit etwas hinter dem Berg und lassen mich im Nebel herumstochern.«

Florian wiederholte seine Lockerungsübungen jetzt an der rechten Hand, indem er sie mit der linken massierte und ausstrich. Dabei machten seine Gelenke kleine Knackgeräusche, etwas, was Antonia nicht ausstehen konnte.

»Florian, bitte!«

»Ja, ich höre schon auf. Denkst du denn, Octavia trifft sich mit ihrem Schwager?«

Antonia rieb sich die Stirn. »Sie streitet es jedenfalls ab, aber immerhin telefonieren sie offenbar miteinander, wie sonst sollte er sich Geld von ihr leihen können. Und auf jeden Fall trifft Guido sich mit Jana *und* mit Flavia. Er ist aber auch wirklich ziemlich sexy …«

»Was? Davon hast du bisher gar nichts gesagt!«

»So nett wie Luca aus der Weinbar finde ich ihn aber nicht«, lächelte Antonia.

»Das wird ja immer schöner! Während ich meine ganze Energie in die Kunst stecke, amüsiert sich meine Braut, wie Don Orione sagen würde, mit halb Venedig!«

Antonia ging nicht weiter auf ihr kleines Spiel ein und dachte stattdessen laut nach.

»Hoffentlich schickt mir Mrs Singer bald die Datei mit dem Bild. Ich habe sie gebeten, das Foto zu scannen. Vielleicht kann ich ja mit Hilfe des Fotos das Gemälde in der Sammlung des Conte ausfindig machen.«

Eine halbe Stunde später klopfte Jana an die Tür des Apartments. Sie kam vom Krankenbett ihres Großvaters zurück und war verstört.

»Ich habe solche Angst um ihn. Er wirkt zwar immer sehr streng, aber er ist der netteste Großvater, den man sich denken kann. Er war heute so schwach, dass er kaum sprechen konnte. Ich fürchte, er stirbt!«

Florian schlug ihr vor, zur Ablenkung mit ihnen auf ein Glas ins »Già Schiavi« zu gehen. Auf dem Weg dorthin beruhigte sich Jana etwas. Es war wieder ein warmer Maiabend. Vor der Bar standen viele Gäste mit Häppchen und Wein, und auch innen herrschte das übliche Gedränge. Die Padrona hatte alle Hände voll zu tun, und ihre Söhne bedienten die Gäste mürrisch wie immer. Luca warf Antonia einen melancholischen Blick zu, als sie ihre Bestellung aufgab, worauf Florian demonstrativ seinen Arm um ihre Schulter legte. Antonia schüttelte ihn unwirsch ab.

»Flori, sei nicht albern, demnächst hebst du noch dein Bein!«

Florian verzog sich beleidigt nach draußen und fing ein Gespräch mit zwei deutschen Frauen an, die das erste Mal im »Già Schiavi« waren und von den Häppchen und den moderaten Preisen schwärmten. Jana, die neben Antonia stand, sah immer noch blass aus und wollte nichts essen. Dann verriet sie Antonia, dass ihr

Großvater ihr bei ihrem Besuch im Krankenhaus zugeflüstert habe, dass sie, wenn ihm etwas zustieße, sich wegen der Sammlung mit Nardo, dem Restaurator, in Verbindung setzen solle.

»Großpapa sagte mir, Nardo wisse etwas sehr Wichtiges über die Bilder im oberen Saal. Ich solle aber mit niemandem darüber sprechen.«

Antonia erschrak. »Und? Du hast doch hoffentlich Guido nichts davon erzählt?«

»Nein! Wann denn auch? Ich bin doch direkt nach dem Krankenhaus zu euch gekommen.«

»Und du hast auch nicht mit ihm telefoniert?«

»Nein. Ich hätte ihm auch nichts gesagt, nachdem Großvater mich darum gebeten hat.«

»Dann halte dich auch daran!«

13

Am nächsten Vormittag gegen zehn Uhr klopfte es an die Tür des Apartments. Antonia machte verschlafen auf. Florian lag noch im Bett, er gönnte sich heute einen freien Tag. Vor der Tür stand Jana und fiel ihr weinend um den Hals. Man hatte Octavia aus dem Krankenhaus angerufen. Der Conte sei in den frühen Morgenstunden gestorben.

Antonia führte die Freundin in die Küche und kochte Kaffee. Während sie Jana zu trösten versuchte, ging ihr gleichzeitig durch den Kopf, dass ihr wichtigster Informant jetzt nichts mehr sagen konnte, und sie spürte fast so etwas wie Erleichterung. Nach dem Tod des Conte würden keine weiteren Briefe mehr kommen. Damit war der Fall für sie abgeschlossen, und sie könnte endlich unbeschwert die Stadt genießen. Sie würde noch heute mit Octavia sprechen.

Sie begleitete Jana nach unten, wo sie Octavia und Tante Alba im Salon antrafen. Beide wirkten gefasst, aber als Antonia ihnen ihr Beileid ausgesprochen hatte und anmerkte, jetzt habe auch die Sache mit den Drohbriefen und ihre Untersuchung ein Ende, wurde sie von Octavia unterbrochen.

Die ewig unentschiedene Frau wirkte plötzlich kalt und entschlossen. »Diese Briefe haben meinen Vater umgebracht, und ich möchte wissen, wer dahintersteckt. Ich möchte, dass diese Leute bestraft werden.«

In diesem Moment erschien Flavia in der Tür und kündigte den Mitarbeiter des Beerdigungsinstituts an, der mit Octavia die Bestattung besprechen wollte. Der Conte sollte im Familiengrab auf San Michele beigesetzt werden. Antonia forschte in Flavias Miene nach Anzeichen, ob der Tod des Hausherrn irgendeine Regung in ihr hervorgerufen hatte. Flavias Verhalten war jedoch korrekt wie immer, ihre Miene unergründlich. Antonia konnte sich keinen Reim auf diese Frau machen. Sie war mit großer Wahrscheinlichkeit Guidos Geliebte, aber wusste sie auch etwas von dessen Verbindung zu Aram Singer oder seiner Beziehung mit Jana? Wenn ja, war es zu früh, sie danach zu fragen. Es war besser, sie in

Sicherheit zu wiegen und so zu tun, als wüsste sie nicht, dass sie und Guido sich kannten.

Bevor sie sich wieder nach oben begab, gab sie Octavia den Rat, sich nach der Beerdigung mit den Drohbriefen an die Polizei zu wenden.

Oben fand sie Florian am Frühstückstisch sitzen. Er war guter Dinge. Seine Proben waren am Vortag gut gelaufen, und er sah dem Konzert jetzt entspannter entgegen. Antonia setzte sich auf seinen Schoß und schlang ihre Arme um seinen Hals.

»Ich glaube, mein Fall ist mit dem Tod des Conte abgeschlossen.«

»Wir könnten heute, wenn auch bei dir nichts anliegt, endlich mal etwas ohne diese vermaledeite Familie machen«, murmelte Florian in ihr Haar. »Dass der Conte gestorben ist, tut mir leid. Aber wir beide sollten mal raus aus Venedig. Was hältst du von Padua?«

Zwei Stunden später schlenderten sie durch die Straßen von Padua, wichen Autos und Motorrädern aus, an deren Abwesenheit sie sich in Venedig gewöhnt hatten, gingen über den Markt und besuchten die Kirche mit den Giotto-Fresken. Antonia war hingerissen von den Fresken, besonders von der Darstellung des Teufels. Aber auch die Tugenden und Laster an den Seitenwänden der Kapelle hatten es ihr angetan. Sie wies auf die Verkörperung des Geizes und stieß Florian sanft in die Seite. »Der Geiz ist besonders unschön dargestellt. Ich finde, wir sollten heute mal teuer essen gehen …«

Später prosteten sie sich unter freiem Himmel zu, und die Drohbriefe, der Tod des Conte, Flavia und Guido rückten mit jedem Schluck Wein ein Stückchen weiter von Antonia weg. Über ihnen spannte sich ein heller Sternenhimmel, und um sie herum herrschte das lebhafte Kommen und Gehen von Menschen, die es gewohnt waren, spät zu essen.

»Auf die wunderbare Essenz des italienischen Lebens«, seufzte Florian. »Ich hätte gerne mehr davon!«

Müde und glücklich kehrten sie erst gegen Mitternacht mit dem Zug nach Venedig zurück.

Auch am nächsten Morgen klopfte es an der Tür des Apartments. Florian fluchte leise, er habe ja geahnt, dass sie hier keinerlei Privatleben hätten. Antonia sprang pflichtschuldig aus dem Bett und öffnete. Es war Jana, die Antonia bat, sie ins Ospedale zu begleiten. Sie wollte ihren Großvater noch einmal sehen, bevor man ihn in den Sarg legte.

Auf dem Platz vor dem Ospedale standen kleinere Gruppen von Touristen mit ihren Führern. Sie sahen zum Colleoni-Denkmal auf oder lauschten den Erläuterungen zur gegenüberliegenden Kirche Santi Giovanni e Paolo, einem gewaltigen Backsteinbau.

Jana schien sehr mitgenommen vom Tod des Conte. Sie hatte unterwegs fast die ganze Zeit geschwiegen, und als sie an der Pforte des Ospedale den Namen ihres Großvaters nannte, hörte Antonia, wie ihre Stimme zitterte. Der Pförtner wurde, als er den Namen Falieri hörte, sichtlich nervös. Er rief über das Haustelefon nach einem Arzt und bat die beiden zu warten. Dabei machte er ein sorgenvolles Gesicht. Es dauere eine Weile, bis der Arzt kommen könne, er sei in einer Untersuchung. Antonia und Jana wanderten die langen Flure entlang in einen Innenhof und dann weiter in einen nächsten Hof. Antonia bemerkte, dass im hinteren Teil des Ospedale ein Hof von einer Ziegelsteinmauer begrenzt wurde, in deren Mitte eine Tür eingelassen war. Besucher kamen und gingen, und sie fragte Jana, wohin die Pforte führe.

»Das ist der Ausgang zur Fondamenta Nuove. Viele Besucher kommen ja von dieser Seite. Sie liegt direkt der Vaporetto-Haltestelle gegenüber, von der die Boote nach Murano und zu den übrigen Inseln gehen.«

»Ich wusste gar nicht, dass das Krankenhaus auch von hierher zugänglich ist.«

»Doch, ja. Wenn man von dort kommt, kann man gleich durch diese Tür auf das Gelände und muss nicht erst um das ganze Gebäude herum. So kann man Patienten oder Verstorbene direkt zu den Booten bringen, ohne den belebten Vorplatz zu benutzen.«

Sie gingen zum Eingang zurück, aber der Arzt war immer noch nicht zu sprechen. Der Pförtner sah sie wieder mit seltsam ängstlichem Blick an und fragte dann noch einmal über das Haustelefon nach. In diesem Augenblick kam der Arzt mit zwei Carabinieri um die Ecke. Die beiden Uniformierten gingen weiter, während der Mann im weißen Kittel Antonia und Jana in ein Büro der Verwaltung bat. Dann sah er Jana mit ernstem Blick an.

»Es ist etwas passiert, was wir uns überhaupt nicht erklären können. Die Leiche Ihres Großvaters ist verschwunden …«

Jana starrte ihn verständnislos an. Dann weiteten sich ihre Augen vor Schreck, und sie sank auf einen Stuhl. Der Arzt wiederholte noch einmal seinen letzten Satz, als könnte er ihn selbst nicht glauben. Antonia fragte ihn, wann man das Verschwinden bemerkt habe.

»Der Exitus des Conte trat gestern in den frühen Morgenstunden ein. Man hat ihn dann hier unten in einen Raum verbracht, in dem die Verstorbenen bleiben, bis sie gewaschen werden. Gestern Abend, gegen neun Uhr, kam diese Dame, die ihn noch einmal sehen wollte. Und als heute Morgen die beiden Schwestern kamen, um den Leichnam zu waschen, war er verschwunden …«

Jana, die wie gelähmt dasaß, hob den Kopf. »Wer hat meinen Großvater sehen wollen? Meine Mutter und meine Tante wollten erst heute Nachmittag zu ihm. Wer war denn hier?«

Der Arzt zog ein Handy aus der Tasche und führte ein kurzes Telefonat.

»An der Pforte sagt man mir, eine Signora Massato sei hier gewesen. Sie sei die Schwester des Conte. Jedenfalls hat die Dame den Namen Maria Massato angegeben.«

Jana sah Antonia an. »Ich verstehe gar nichts mehr. Eine Verwandte von Guido?«

Der Arzt erläuterte indessen, dass man bereits die Polizei eingeschaltet habe. Die beiden Männer, die eben bei ihm gewesen waren, wollten jemanden zum Palazzo Falieri schicken, um Octavia vom Verschwinden des Leichnams in Kenntnis zu setzen.

Draußen vor dem Ospedale sackte Jana in sich zusammen.

»Ich muss unbedingt Guido anrufen. Wer soll denn das sein, Maria Massato? Seine Mutter kann es nicht sein, die heißt Gina, das weiß ich.«

Antonia steuerte einen der Tische an, die draußen vor der Konditorei »Rosa Salva« standen. Die Sonne schien warm. Zu Füßen des Denkmals von Bartolomeo Colleoni gurrten Tauben. Der Heerführer schaute herrisch über sie hinweg. Es war wieder ein schöner Tag mit leichtem Wind, und er stand in scharfem Kontrast zu der düsteren Nachricht vom Verschwinden des toten Conte.

Antonia bestellte einen Brandy für Jana, während diese mehrfach vergeblich versuchte, Guido zu erreichen.

»Wo steckt er denn bloß? Sonst hat er das Handy immer eingeschaltet.«

»Wir sollten so schnell wie möglich deine Mutter informieren, bevor sie es von der Polizei erfährt«, schlug Antonia vor.

Als sie im Palazzo ankamen, saßen Octavia und Tante Alba im Garten und berieten sich über den Text der Todesanzeigen, die sie per Post verschicken wollten. Die Carabinieri waren noch nicht da gewesen. Jana bat ihre Mutter unter einem Vorwand nach drinnen, um Tante Alba zu schonen.

Octavia hatte kaum Zeit, den Schrecken zu verarbeiten, den die Nachricht vom Verschwinden des Leichnams bei ihr auslöste, denn nur wenige Minuten später erfolgte ein Anruf der Polizei. Man bat Octavia in die Pathologie, um den Leichnam ihres Vaters zu identifizieren. Man habe den Körper des toten Conte in der Nähe der Giardini im Wasser liegend gefunden. Es habe jedoch bis eben gedauert, bis der behandelnde Arzt aus dem Ospedale kommen konnte, um zu bestätigen, dass der Leichnam der verstorbene Patient Mauro Falieri sei. Antonia und Jana machten sich erneut auf, um die aufgelöste Octavia zu begleiten.

Ein Mitarbeiter führte die drei Frauen nach einer längeren Wartezeit in den Untersuchungsraum der Pathologie. Der Conte lag auf einem Metalltisch. Ein Gehilfe hob vorsichtig das Leintuch vom Gesicht des Toten, deckte ihn jedoch nur bis zum Hals auf.

Mauro Falieri wirkte friedlich, nur die Haut hatte sich bläulich verfärbt, und die Haare klebten strähnig an seinem Schädel. Octavia schluchzte beim Anblick ihres toten Vaters laut auf und musste beim Hinausgehen von Jana gestützt werden.

Der Commissario bat die drei in einen Büroraum und erläuterte, der Tote sei vom Steuermann eines Vaporetto im Wasser gesichtet worden, neben der mächtigen Skulptur der gefallenen Partisanin, die vor den Giardini halb im Wasser lag. Der Commissario zog eine Plastikhülle aus seiner Mappe und hielt sie Octavia hin.

»Ihr Vater hatte dieses Stück Papier in seinen Händen. Sagt Ihnen das etwas?«

Er drehte die Hülle um und zeigte auf die Rückseite des Papierfetzens. Darauf standen das Wort »Rache« und noch zwei Zeichen, die sich nicht mehr richtig entziffern ließen, weil das Papier aufgeweicht war.

Antonia konnte mit einem Blick erkennen, dass es sich um die Ziffer 7 und ein M handelte.

»Aber unterzeichnet ist es mit einem A und einem S. Das haben wir erkennen können. Wissen Sie, was das bedeuten soll?«

Octavia schüttelte den Kopf. »Ich habe nicht die geringste Ahnung.«

Dann starrte sie wieder vor sich hin und schwieg. Offenbar hatte sie keine Kraft, von den Briefen zu erzählen, die der Conte zu seinen Lebzeiten erhalten hatte. Der Commissario gab ihr seine Karte.

»Wenn Ihnen noch etwas einfällt, Signora Bayer, melden Sie sich bei mir.«

Abends kamen Jana und Octavia zu Antonia ins Gästeapartment. Man wollte Tante Alba, die, in eine Rauchwolke gehüllt, im Salon vor sich hin brütete, Einzelheiten ersparen. Der Commissario hatte versucht, den drei Frauen das grausige Geschehen so schonend wie möglich beizubringen. Die Leiche des Conte sollte offenbar verstümmelt werden. Rund um das Herz hatte der Pathologe tiefe Schnittwunden gefunden. Jemand hatte anscheinend versucht, das Herz der Leiche herauszuschneiden, musste aber aufgeben und hatte das Messer stecken lassen. Es war nagelneu.

Am nächsten Tag war es in der Zeitung abgebildet, und man fragte, ob jemand in Venedig ein solches Messer in den letzten Tagen verkauft habe. Die Leichenschändung wurde erwähnt, der Name des Conte jedoch nicht. Octavia hatte den Commissario um Diskretion gebeten, und die Polizei hatte sich daran gehalten.

Octavia, die nachmittags nur noch mechanisch die Trauerpost erledigt hatte, war mit ihren Kräften am Ende.

»Wer soll das sein? A S? Es ist das erste Mal, dass eine Botschaft der ›7 M‹ mit Initialen versehen ist.« Hilfesuchend blickte sie Antonia an.

Antonia stand auf und holte ihr Laptop.

»Ich vermute, man will den Verdacht auf den Besucher Ihres Vaters, Aram Singer, den Mann aus Baltimore, lenken. Der es aber nicht gewesen sein kann.«

Antonia hatte mit so bestimmter Stimme gesprochen, dass Octavia und Jana sie erstaunt ansahen. Sie öffnete Aram Singers E-Mail und zeigte sie Octavia.

»Ich habe nach unserem Besuch in der Pathologie noch einmal in Baltimore angerufen. Singers Frau sagte mir, dass ihr Mann noch bei seiner Schwester in Israel sei. Ich habe mir die Telefonnummer geben lassen und dort angerufen. Er war tatsächlich in Tel Aviv.«

Antonia hatte Singer vom Tod des Conte unterrichtet. Es sei jetzt eine neue Situation entstanden. Ob er sich nicht noch einmal um das Bild kümmern wolle? Singer hatte ihr für die Information gedankt und erklärt, dass er noch ein paar Tage in Israel bleibe und dann entscheiden wolle, ob er noch einmal nach Venedig komme.

»Und wenn Singer für eine Nacht nach Venedig geflogen ist und dann wieder zurück nach Tel Aviv?«, gab Jana zu bedenken.

»Das ließe sich bestimmt überprüfen.«

Auch Octavia hatte ihre Zweifel. »Er könnte auch jemanden beauftragt haben. Vielleicht aus Rache an meinem Vater?«

Antonia widersprach. »Es wäre absurd, wenn er seine eigenen Initialen unter das Schreiben setzen ließe.«

14

Die Obduktion hatte erbracht, dass der Conte tatsächlich an Herzschwäche, also eines natürlichen Todes, gestorben war. Der Versuch, sein Herz herauszuschneiden, war erst Stunden später vorgenommen worden, als die Leichenstarre längst eingesetzt hatte.

Das Begräbnis fand schon wenige Tage später statt. Die Totenmesse wurde in San Trovaso gehalten, der Kirche, in der man den Conte getauft hatte. Antonia und Florian, die mit der Familie und Giovanna in den vorderen Bänken saßen, waren erstaunt darüber, wie voll die Kirche nach und nach wurde. Don Orione hielt einen bewegenden Nekrolog, den Antonia ihm gar nicht zugetraut hätte. Sie wusste, dass er den Conte persönlich nicht sonderlich geschätzt hatte, aber in seiner Rede hob er dessen Charakter als ehrenvoll, edel und typisch für den venezianischen Adel hervor. Mit dem Tod des Conte, so endete er, sei ein weiteres Stück des alten Venedig verschwunden. Die Menschen waren sichtlich gerührt, vor allem Giovanna schluchzte laut in ihr Taschentuch. Das halbe Dorsoduro-Viertel war zusammengekommen, und etliche folgten der Barke bei der Überfahrt zur Friedhofsinsel San Michele in eigenen Booten.

Es dauerte eine Weile, bis die Trauergäste am Familiengrab der Falieris vorbeidefiliert waren. Octavia stand mit Tante Alba und ihren beiden Kindern reglos da und nahm die Beileidsbezeugungen entgegen. Antonia fragte sich, ob Guido auch an der Beerdigung teilnahm, konnte ihn aber nirgendwo sehen.

Am Ausgang des Friedhofs trat Jana zu ihr und zeigte auf einen hochgewachsenen alten Mann, der einen Verband um den Kopf trug. Er unterhielt sich mit Giovanna und stützte sich dabei auf einen Stock. Dann humpelte er in Richtung Bootsanlegestelle.

»Das ist übrigens Nardo. Es scheint ihm nicht gut zu gehen. Ich möchte so bald wie möglich zu ihm nach Burano fahren. Kommst du mit?«

Ein Taxiboot brachte die Familie von der Friedhofsinsel nach San Marco zurück. Tante Alba wollte, dass sie alle im »Quadri« zu Mittag aßen, weil ihr Bruder hier ein halbes Jahrhundert seinen

Kaffee getrunken hatte. Sie setzte sich ans obere Ende der Tafel, als nehme sie jetzt den Platz des Conte ein. Ihr zur Rechten saß Don Orione. Antonia setzte sich neben Giovanna, um sie zu fragen, ob sie mit ihnen nach Burano kommen könne. Jana hatte ihr erzählt, dass die Köchin aus demselben Ort wie Nardo und seine Schwester stammte und die beiden gut kannte. Giovanna sah sie mit verheulten Augen an. Der Tod des Conte schien ihr wirklich nahezugehen. Sie holte ein Taschentuch hervor und schnäuzte sich mehrfach.

»Ich wollte sowieso hin. Nardo hat man kürzlich aufgelauert und ihn verprügelt. Einen uralten Mann, stellen Sie sich das vor! In welchen Zeiten leben wir bloß!« Dann schluchzte sie wieder herzzerreißend. »Neulich hat er noch gesagt, ich solle ihm seine Bigoli kochen ...«

Antonia war verwirrt. »Ich denke, seine Schwester versorgt ihn?«

»Wen?«

»Nardo.«

»Ich spreche doch vom Conte!«

»Weiß man denn, wer den alten Nardo verprügelt hat?«

»Nein. Wahrscheinlich junge Leute, die Drogen nehmen. Die schrecken vor nichts zurück. Nardo hat doch nichts, was man rauben könnte.«

Giovanna erklärte sich bereit, Jana und Antonia nach der Siesta nach Burano zu begleiten. Dann brach sie wieder in Tränen aus. Unter Schluchzen erzählte sie von den Lieblingsspeisen des Conte und wie gern sie für ihn gekocht habe. Junge Leute hätten keinen Sinn für Sarde Saor, die süß-sauer eingelegten Sardinen, für Suppe mit geräuchertem Hammelfleisch oder Polenta mit Kutteln, lauter Gerichte, für die der Conte geschwärmt habe. Sie wollten nur winzige Portionen und immerzu Salat. Sogar die Signora habe jetzt angefangen, das Abendessen auf zwei Gänge zu beschränken.

»Für wen soll ich denn noch kochen, wenn alle nur noch wie die Vögelchen essen?«

Antonia versuchte sie zu trösten, aber Giovanna mochte sich nicht beruhigen. Es schien fast, als genieße sie es, ungehindert die Tränen fließen zu lassen. Zwischendurch flüsterte sie etwas von einem Testament und dass der Conte sie in seiner großen Güte auch bedacht habe, um dann übergangslos wieder vom Überfall auf Nardo anzufangen.

»Der arme alte Mann. Er hat eine große Wunde am Kopf. Ein Auge ist noch ganz blau, und zwei Finger seiner Hand sind geschwollen. Der eine von den Strolchen hat ihn sogar getreten, als er am Boden lag. Ich gehe nach dem Essen zu Don Orione hinüber und stelle eine Kerze für ihn auf.«

Antonia war froh, als die Antipasti serviert wurden und Giovanna eine Zeit lang nicht mehr sprach.

Man verabredete sich mit der Köchin für die Fahrt nach Burano vor Don Oriones Kirche. Gegen vier Uhr trat Giovanna lächelnd aus dem Portal auf den Platz. Sie habe zwei Kerzen angezündet, eine für den Conte, die andere für Nardos Genesung. Florian hatte sich Jana und Antonia angeschlossen, da es inzwischen zu spät war, um noch zur Probe zu gehen. Giovanna fächelte sich fortwährend Luft zu. Dann senkte sie die Stimme und bekreuzigte sich.

»Seltsam, die Kerze für den Conte wollte sich zuerst nicht entzünden … Vielleicht ist das ein Zeichen? Man hat doch versucht, sein Herz herauszuschneiden, nicht wahr? Das Herz ist der Sitz der Seele. Vielleicht ist er dann auch noch nicht im Himmel!«

Florian verzog das Gesicht, als hätte er Zahnweh, während Antonia Verständnis dafür hatte, dass Giovanna den Vorfall unheimlich fand. Die Köchin hatte ihr den Zeitungsartikel über den Leichenfund gezeigt. Giovanna hatte ihn ausgeschnitten und auf der Küchenvitrine neben eine Madonnenfigur gelegt.

Sie gingen zu viert zu den Fondamente Nuove, von denen aus die Schiffe nach Burano ablegten. Am Campo vor Santi Giovanni e Paolo machte Giovanna jedoch plötzlich kehrt. Sie wolle im Café »Rosa Salva« Törtchen für Nardo und seine Schwester besorgen. Dabei nahm sie sich viel Zeit bei der Auswahl und hielt einen Plausch mit der Verkäuferin. Es ging um das Begräbnis des Conte, und Giovanna genoss es offensichtlich, dass die junge Frau sich für sie interessierte, als sie stolz erzählte, sie habe für den verstorbenen Conte, der in Venedig einen großen Namen hatte, gekocht.

Antonia, die sah, dass Florian vor dem Café von einem Fuß auf den anderen trat, ging zu ihm. Sie ärgerte sich, dass er sie mit seiner Nervosität unter Druck setzte.

»Jetzt komm mal runter und entspann dich! Genieße deinen freien Tag.«

»Entschuldige, dass ich so angespannt bin. Es ist nicht mehr lange bis zum Abschlusskonzert, und heute fallen für mich die Proben aus. Das macht mich einfach zappelig.«

Im Laden ließ sich Giovanna, die sich weiterhin im Glanz ihrer Prominenz sonnte, den Einkauf noch kunstvoll verpacken und mit einer goldenen Schleife verzieren. Auch Jana sah auf ihre Uhr.

»Wenn wir das nächste Boot bekommen wollen, müssen wir einen Schritt zulegen.«

Giovanna trat mit zufriedener Miene, in der Hand das Kuchenpaket, zu ihnen auf den Campo.

»Das wird die beiden freuen, sie haben auf der Insel keinen so guten Kuchen, wie ich ihn bei ›Rosa Salva‹ bekomme.«

Als sie den Campo überquerten und in die Nähe des Ospedale kamen, verlangsamte die Köchin allerdings wieder ihr Tempo, schaute sich angstvoll um und murmelte etwas auf Venezianisch.

»Was hat sie denn?«, fragte Antonia leise.

»Sie sagt, sie hat Angst vor Geistern«, übersetzte Jana.

Tatsächlich blieb Giovanna stehen und erzählte die Legende von einem jungen Mann, der hier in der Nähe jemanden ermordet hatte.

»… und dann irrte er mit dem Herzen seines Opfers in der Hand über die Brücke dort!«

Sie zeigte auf die Brücke über den Rio dei Mendicanti. Dann streckte sie einen Arm vor sich aus, als trüge sie ein Herz in der hohlen Hand.

»Er trägt es vor sich her. Und plötzlich stolpert er und stürzt, und da spricht das Herz zu ihm: ›Hast du dich verletzt?‹ – Da begreift er, dass er seine eigene Mutter ermordet hat, stürzt sich in die Lagune und ertrinkt. Und seitdem irrt sein Geist abends hier über den Campo, mit dem Herz der Mutter in der Hand.«

Antonia lächelte. »Das ist ja eine schauerliche Geschichte. Aber diese alten Legenden sind sehr interessant …«

Doch Giovanna hatte nur tief Luft geholt und setzte jetzt hinzu: »Und vielleicht gesellt sich jetzt abends der Conte dazu, denn sie haben ihn ja wohl hier im Ospedale umgebracht und verstümmelt.«

»Aber Giovanna, Sie glauben doch nicht an Geister, oder?«

Giovanna bekreuzigte sich. »Ich glaube an Gott und die heilige Jungfrau, aber es gibt Leute, die den Geist des jungen Mannes hier schon gesehen haben!«

Jana übersetzte, und Florian, der hinter Giovanna stand, verdrehte wieder die Augen.

»Aber der Conte ist nicht umgebracht worden …«, sagte Antonia, brach jedoch ab, als Giovanna aufschluchzte.

An der Fondamenta Nuove bestiegen sie das Schiff nach Burano. Bis Murano war es halbleer, dann jedoch füllte es sich schlagartig mit Touristen, die eine Tagestour zu beiden Inseln machten. Antonia, die große Menschenansammlungen nicht mochte, floh auf das Oberdeck und genoss die Sonne. Die Fahrt über die Lagune führte an vielen kleinen Inseln vorbei, auf denen keiner zu wohnen schien, und Antonia malte sich aus, wie es wäre, hier ein Haus zu haben. Als sie bei Burano anlegten, betrachtete sie entzückt die für die Insel typischen roten, gelben und hellblauen Häuser, die in der Sonne leuchteten.

Giovanna führte sie an zahlreichen Souvenirshops mit Spitzendeckchen aus Asien vorbei zu einem Haus in venezianischem Rot. Rechts davon standen ein paar schattenspendende Pinien und darunter Bänke, von denen aus man aufs Meer schauen konnte. Im Vorgarten des Hauses wuchsen Malven, Stockrosen und Kamelien.

Es gab eine herzliche Begrüßung zwischen Giovanna und Nardos Schwester Anna, einer drahtigen alten Frau mit sonnengegerbter Haut und einem resoluten Ausdruck in den hellen Augen. Die Freude wurde noch größer, als Giovannetta, wie Anna sie nannte, das Päckchen mit den Törtchen überreichte. Der alte Nardo, wegen dem man gekommen war, ließ sich nicht sehen.

»Er hat sich versteckt, der verrückte Kerl«, erklärte Anna. »Du weißt doch, Giovannetta, er hat Angst vor Fremden. Jetzt, nachdem man ihn verprügelt hat, noch mehr.«

»Kannte Ihr Bruder diese beiden Männer?«, fragte Antonia, als alle mit Espressotassen vor dem Haus saßen. »Was wollten sie von ihm?«

»Sie waren aus Venedig. Und sie wollten etwas über die Bilder des Conte wissen. Aber mehr hat er der Polizei auch nicht sagen können. Nardo hätte die Sache am liebsten ganz verheimlicht, aber ich habe die Polizei gerufen. Dieses Gesindel muss doch bestraft werden!«

Giovanna tätschelte zustimmend Annas Hand und lobte sie. Antonia bat die alte Frau, sie zu Nardo zu führen.

»Sie wissen, dass der Conte gestorben ist. Jemand interessiert sich für ein bestimmtes Bild aus seiner Sammlung, und wir wissen weder, um welches es sich handelt, noch wo es versteckt ist. Aber der Conte hat Jana gesagt, Ihr Bruder wisse alles über seine Sammlung.«

Anna leerte ihren Espresso und streckte ihr Kinn kämpferisch vor.

»Mein Bruder Nardo leidet noch sehr unter dem, was ihm passiert ist. Wenn es ihm wieder besser geht, kann er Janas Familie helfen, das Bild zu finden und zu verkaufen.«

Antonia räusperte sich. »Anna, es geht hier nicht um den Verkauf eines Bildes. Die Männer, die Ihren Bruder geschlagen haben, sind vielleicht dieselben Verbrecher, die ein bestimmtes Gemälde aus der Sammlung des Conte rauben wollen. Wenn dem so ist, dann ist Ihr Bruder in großer Gefahr. Wenn diese Kerle der Meinung sind, dass er der Einzige ist, der sie zu dem Bild führen kann, werden sie wiederkommen und ihn vielleicht entführen.«

Nardos Schwester riss vor Schreck die Augen auf. »Madonna, dann muss Nardo hier weg.«

Jetzt schaltete sich auch Jana in das Gespräch ein. »Nardo kommt am besten mit uns. Ich denke, in der Stadt ist er sicherer, und er kann uns vielleicht bei der Suche nach dem Bild behilflich sein.«

Giovanna, die sich bei Antonias Ausführungen zweimal bekreuzigt hatte, fiel jetzt mit einem Schwall Venezianisch über Anna her, sodass diese seufzend aufstand und ins Haus ging.

»Sie wird Zio Nardo überreden, mit uns zu kommen.«

Wenige Minuten später kam Anna in Begleitung ihres Bruders zurück. Der alte Mann wirkte tatsächlich sehr angeschlagen. Sein linkes Auge war noch immer stark geschwollen und die Haut violett und blau angelaufen. Der Verband um seinen Kopf saß ein wenig schief, und man sah, dass er über den Augen eine Prellung und an der Stirn eine tiefe Wunde hatte. An seinen Händen hatte er Schürfwunden, und zwei Finger seiner Rechten waren angeschwollen. Er grüßte in die Runde und brummte seiner Schwester zu, sie solle ihm einen Kaffee bringen. Dann erzählte er noch einmal die Geschichte, die er vor ein paar Tagen erlebt hatte.

Ein Mann sei am Kai an ihn herangetreten und habe mit ihm über das Wetter, den Fischbestand in der Lagune und die vielen Touristen gesprochen und ihn nach einer Weile zu einem Wein eingeladen. Später habe er ihn in die Trattoria an der Kirche zu einem Tisch geführt, an dem ein fein gekleideter jüngerer Herr gesessen habe. Dann habe man ihm dort viel Wein spendiert und ein gutes Abendessen, und irgendwann sei das Gespräch auf seine Arbeit beim Conte gekommen. Der feine Herr behauptete, er sei Kunsthändler und interessiere sich für ein bestimmtes Bild im Besitz des Conte. Er habe jedoch gehört, der Conte wolle es nicht veräußern.

»Ich habe immer wieder gesagt, *alle* Gemälde des Conte seien interessant, aber sie wollten nur etwas über ein ganz bestimmtes Bild wissen, das der Conte angeblich versteckt halte. Ich habe gesagt: ›Welches Bild meinen Sie?‹ Dann haben sie wieder Wein bestellt.«

Als Nardo begann, die Geschichte wieder von vorne zu erzählen, wurde Antonia ungeduldig.

»Frag ihn bitte, ob die Sammlung tatsächlich ein wertvolles Bild versteckt hält, und wenn ja, welches das ist.«

Jana stellte die Frage, aber Nardo schüttelte nur den Kopf und erzählte wieder seine Geschichte, dass die Männer etwas von ihm wissen wollten und nach dem Kaffee weiteren Wein geordert hätten. Am Ende des Abends hätten sie ihn dann untergefasst und gesagt, sie würden ihn jetzt nach Hause begleiten.

»Und dann, in der Nähe des Hauses, sind sie über mich hergefallen und haben mich geschlagen. Ich solle endlich reden. Der Kleinere von den beiden hat mich ins Gesicht geschlagen. Der feine Pinkel hielt sich zurück. Aber als ich am Boden lag, hat er mich an den Schultern gepackt und hochgerissen und wieder nach dem wertvollen Bild und seinem Versteck gefragt. Da habe ich ihm ins Gesicht gespuckt.«

Nardo standen jetzt Tränen in den Augen. »Daraufhin haben sie mich beide getreten und gerufen ›Wir kommen wieder‹. Dann sind sie davongelaufen und haben mich einfach liegen gelassen, diese Bastarde.« Anklagend hob er seine verletzte Hand hoch und wischte sich mit der anderen über die Augen.

Antonia bat Jana, ein Taxiboot zu bestellen. Dann wandte sie sich an Giovanna. »Bis das Boot hier ist, könnte Anna das Nötigste packen. Ich halte es für das Beste, wenn wir sie beide mitnehmen.«

Auf der Rückfahrt setzte sich Antonia neben Giovanna. »Ich kann es Ihnen jetzt noch nicht erklären«, sagte sie leise, »aber ich möchte auf keinen Fall, dass Flavia weiß, wo Nardo ist. Niemand soll wissen, dass er nicht mehr auf Burano ist. Glauben Sie, wir könnten seine Schwester und ihn eine Zeit lang in der Nachbarschaft unterbringen?«

Giovanna kramte ihr Handy hervor und wählte, ohne zu antworten, eine Nummer. Antonia hörte, wie sie mit Don Orione sprach. Nach einer Weile lächelte sie Antonia an.

»Sie können bei Don Orione im Gästetrakt wohnen. Im Moment geht Nardo ja sowieso kaum aus. Und Don Orione hat einen schönen Garten, der von außen nicht einsehbar ist. Seine Haushälterin wird sich um die beiden kümmern. Mit Flavia spreche ich sowieso kaum noch. Sie ist in der letzten Zeit nur noch unfreundlich zu mir. Sie hat den Tod des Conte überhaupt nicht bedauert, das nehme ich ihr sehr übel. Sie war nicht einmal auf seinem Begräbnis. Sie habe keine Zeit, war ihre Ausrede. Incredibile!«

15

Florian verließ am nächsten Morgen schon um acht Uhr die Wohnung. Er wollte den ganzen Tag proben und würde erst am Abend zurückkommen.

Ein warmer Tag kündigte sich an, und Antonia setzte den Ventilator in Gang, der von der Küchendecke hing. Dann begann sie, ihre Notizen zu ordnen, konnte jedoch keinen klaren Gedanken fassen, weil auf dem Dachboden nebenan ununterbrochen gehämmert wurde. Sie ging hinüber und traf auf die beiden Arbeiter, die offenbar erneut einen Teil des Dachs reparierten. Einer der beiden war Andrea, Flavias jüngster Bruder, der sie schüchtern anlächelte. Sie fragte die zwei, ob sie einen Espresso wollten, und Andrea nickte.

Während das Wasser heiß wurde, rief sie Octavia an, um zu fragen, weshalb die Dacharbeiten wieder aufgenommen worden seien.

»Die Arbeiter haben doch neulich erst das Dach gedeckt und all ihre Sachen mitgenommen. Warum sind sie jetzt wieder da?«

Octavia erzählte ihr, dass sich Flavia gestern beklagt habe, es regne auf dem Speicher immer noch herein, und sie darum gebeten hatte, die Handwerker noch einmal zu bestellen. Antonia legte auf. Es hatte die ganzen letzten Tage nicht ein einziges Mal geregnet. Sie stellte die Espressokanne, zwei Tässchen, die Zuckerschale und zwei Gläser Wasser auf ein Tablett und brachte es den beiden Handwerkern. Andrea nahm es in Empfang und dankte, wobei er scheu zur Seite blickte. Während die jungen Männer den Espresso tranken, besah Antonia sich die Stelle, an der sie arbeiteten, genauer. Offenbar hatten sie dasselbe Loch wieder geöffnet, das sie in der letzten Woche geschlossen hatten.

»Wo ist das Regenwasser?«, fragte sie, und Andrea wies auf einen feuchten Fleck am Boden. Antonia tat so, als ob sie verstanden hätte und der Erklärung Glauben schenkte. Sie machte eine Bemerkung über das warme Wetter – »Fa caldo, vero?« –, wünschte einen schönen Tag und verließ den Dachboden. Neben der Tür zum Flur stand ein leerer Putzeimer. Antonia ließ eine Hand hineingleiten. Sie konnte fühlen, dass die Wände des blauen Plastikeimers noch feucht waren.

Als sie zum Apartment hinüberging, kam ihr Flavia entgegen. Sie war blass, grüßte kaum und rauschte an ihr vorbei. Antonia hörte noch, wie sie die beiden Männer mit scharfer Stimme etwas fragte.

Drinnen setzte sie sich wieder an den Küchentisch und öffnete ihren Laptop. In ihrer Mailbox fand sie eine E-Mail von Aram Singers Frau. Gespannt öffnete sie den Anhang mit dem eingescannten Foto. Es zeigte einen venezianischen Salon mit der typischen Balkendecke, schweren Möbeln und Deckenleuchtern. An einer Wand hing ein Gobelin, über einem großen Sofa ein Gemälde in geschnitztem Rahmen, auf dem eine Madonna mit Kind zu sehen war. Antonias Herz klopfte schneller. Zumindest weiß ich jetzt, wie das Bild aussieht, dachte sie und bedauerte im gleichen Moment, dass sie den Conte nicht mehr mit dem Foto konfrontieren konnte.

Sie machte sich eine Kopie auf ihren USB-Stick und ließ das Foto im Copyshop an der Universität so vergrößern, dass man das Gemälde besser erkennen konnte. Mit der Kopie kehrte sie rasch zum Palazzo zurück, um Octavia und Jana das Bild zu zeigen. Sie traf die beiden im Salon, wo sie darüber beratschlagten, ob die Familie den Sommer bei Tante Alba in der Schweiz verbringen sollte. Antonia zog die Fotokopie aus der Tasche.

»Das ist das Gemälde, das Aram Singer sucht. Haben Sie es hier schon einmal gesehen, Octavia? Oder kennst du es, Jana?«

Aber weder Mutter noch Tochter hatten ein solches Bild je im Haus hängen sehen. Antonia ging unruhig auf und ab und fragte sie noch einmal, ob sie sich ganz sicher wären. Octavia sah sich das Foto ein zweites Mal an und schüttelte den Kopf.

»Mein Vater hat fast nie etwas veräußert. Wenn dieses Bild hier wäre, dann wüsste ich es. Er hat zweimal Bilder verschenkt, einmal zur Hochzeit meiner Kusine, ein anderes Mal einem alten Freund zum achtzigsten Geburtstag. Aber immer hat er uns vorher darüber informiert und das Bild gezeigt, und wir mussten uns dann davon verabschieden. In dieser Hinsicht war mein Vater sehr konservativ. Er sah in uns auch so etwas wie die Hüter seiner Sammlung.«

Auch Jana sah sich die Kopie noch einmal an.

»Das soll ein Tizian sein?«, fragte sie skeptisch.

»Für was hältst *du* es denn?«

»Tizian hat Madonnen immer mit einem Ausdruck der Entrücktheit gemalt. Sie schauen seitwärts. Diese hier sieht den Betrachter direkt an, wie eine Venus. Für eine Madonna wäre das sehr ungewöhnlich.«

»Und Tante Alba? Vielleicht hat sie dieses Gemälde schon einmal gesehen?«

Alba hielt im Garten auf einer breiten Korbliege ihren Mittagsschlaf. Jana und Antonia rüttelten die alte Dame, die laut schnarchte, sanft an der Schulter. Sie schreckte hoch. Jana entschuldigte sich.

»Tut mir leid, dass wir dich wecken mussten. Aber wir haben eine wichtige Frage.«

Alba kniff die Augen zusammen und behauptete, sie fände schon seit Tagen keinen Schlaf mehr, sie habe nur gedöst. Dann besah sie sich das Foto und schüttelte den Kopf.

»Ich war in den vierziger Jahren im Internat, und mein Bruder Mauro studierte in Bologna. Wenn mein Vater damals ein solches Bild in Obhut genommen hat, dann hat er es uns jedenfalls nicht gezeigt.«

Keine der Frauen aus der Familie zeigte weiteres Interesse an einem Bild, das für sie irgendwann in den vierziger Jahren während des Krieges verschwunden war. Sie waren alle noch zu sehr mit dem Tod des Conte beschäftigt. Antonia war die Einzige, die einen Zusammenhang zwischen den Drohbriefen, diesem Bild und dem Anschlag auf den Restaurator sah. Sie steckte die Kopie in ihre Tasche zurück.

»Ich gehe jetzt zu Nardo hinüber und frage ihn, ob *er* dieses Bild schon einmal gesehen hat. Kommst du bitte mit?«, sagte sie zu Jana.

Die Haushälterin Don Oriones empfing sie freundlich und führte sie in den verwunschenen Garten hinter dem Pfarramt. Antonia war hingerissen von der grünen Oase inmitten der hohen Mauern. Sie hatte schon von den geheimnisvollen Gärten der Lagunenstadt gehört, die – vollkommen abgeschottet vor neugierigen Augen – für ihre Besitzer einen Rückzugsort angesichts der Millionen Besucher der Stadt darstellten. Am Ende des Gartens, unter einem Baldachin aus rosa und weiß blühendem Oleander, saßen Anna und Nardo an einem steinernen Tisch. Anna stickte, und Nardo starrte trübsinnig auf die Reklamebeilage der Tageszeitung. Er trug keinen Verband mehr, stattdessen zog sich jetzt von der Mitte des Kopfes ein Pflaster bis in seine Stirn. Er schien nicht besonders erfreut über den Besuch der beiden jungen Frauen, wohingegen seine Schwester sofort das Stickzeug weglegte und fragte, ob sie ihnen etwas zu trinken bringen könne. Jana dankte und setzte sich neben Nardo.

Nach den üblichen Bemerkungen über das viel zu warme Wetter zog Antonia das Foto aus der Tasche, und Jana erklärte dem Restaurator, dass ein Besucher ihres Großvaters nach dem Bild gefragt habe, das man auf dem Foto sehe.

»Können Sie sich erinnern, ob es sich je in der Sammlung meines Großvaters befand?«

Nardo zögerte, kniff die Augen zusammen und besah sich die Kopie.

»Das ist ein Foto!«

Es dauerte etwas, bis er begriff, dass es um das Bild im Bild ging. Seine Schwester lieh ihm ihre Brille, und Nardo sah sich das Foto noch einmal an. Antonia beobachtete ihn genau. Als seine Augen auf die Mitte des Fotos fokussierten, zuckte sein Kopf plötzlich erschrocken zurück.

»Nein, nein. Dieses Bild war nicht in der Sammlung.«

Antonia tippte noch einmal mit dem Zeigefinger auf das Gemälde und wiederholte Janas Frage. »Sind Sie ganz sicher, dass Sie das Bild noch nie gesehen haben?«

Aber Nardo hatte die Brille schon abgelegt und presste die Lippen aufeinander, als wolle er nie mehr sprechen. Antonia versuchte es noch einmal.

»Es handelt sich um ein Madonnenbild, es ist vielleicht ein Tizian.«

Der alte Restaurator machte eine wegwerfende Handbewegung. »Es gab nie einen echten Tizian in der Sammlung des Conte. Das hätte ich gewusst.«

Dann stand er auf, ging langsam auf das Haus zu und verschwand im Flur. Anna entschuldigte sich für das schroffe Verhalten ihres Bruders.

»Nardo hat immer noch Probleme mit seinem Kopf. Er ist im Moment sehr schwierig.« Seufzend griff sie wieder nach ihrem Stickzeug. »Es ist schön hier, aber wir würden gerne auf unsere Insel zurück. Wir vermissen das Wasser. Aber Don Orione meint, wir sollten vorsichtig sein und tagsüber im Garten bleiben. Nardo hat hier nichts zu tun, ihm fehlt seine Werkstatt.«

Jana nickte. »Das verstehe ich, aber Sie müssen tatsächlich noch eine Zeit lang hierbleiben. Sie wollen doch nicht, dass sich dieser Überfall wiederholt. Wenn Sie möchten, bringe ich Nardo ein paar kleinere Bilder aus dem unteren Flur zur Auffrischung. Dann ist er beschäftigt.«

Anna nickte erfreut. »Das wäre wunderbar. Wenn er eine Aufgabe hat, bessert sich auch seine Laune.«

Antonia spürte, dass Nardo mehr wusste, als er zugab. Schweigend ging sie mit Jana zum Palazzo Falieri zurück. Plötzlich blieb sie wütend stehen.

»Ich hätte diesen Fall nie annehmen sollen. Überall stoße ich nur auf Hindernisse. Und deinen Großvater kann ich nicht mehr fragen, er wäre der Einzige gewesen, der mir etwas zu diesem Bild hätte sagen können!«, brach es aus ihr heraus.

Jana legte beschwichtigend eine Hand auf ihren Arm. »Was hältst du davon, wenn ich einen Termin mit Marconi, meinem Doktorvater, mache. Er ist Tizian-Spezialist. Er soll sich das Foto einmal ansehen, vielleicht kann er uns weiterhelfen. Einverstanden?«

Antonia nickte und schlug den Weg zur Zattere-Promenade ein. »Entschuldige mich, Jana, ich muss jetzt allein sein. Ich werde eine Weile spazieren gehen.«

Antonia kannte diesen Zustand. Ein solches Gefühl der Leere stellte sich manchmal bei ihr ein, bevor sich eine Art Knoten löste und der Fall sich in einem anderen Licht zeigte.

16

Als sie um die Ecke an den Zattere bog, atmete sie tief durch. Ein leichter Wind war aufgekommen und kräuselte das Wasser auf dem Giudecca-Kanal. Der Fähre, die zum Lido fuhr, folgte kreischend ein Schwarm Möwen. Für einen kurzen Moment stellte sich wieder das Feriengefühl ein, das sie zu Beginn ihres Aufenthalts so sehr genossen hatte. Sie bekam Lust auf ein Eis und ging zur Gelateria »Da Nico«. Sämtliche Tische vor der Eisdiele waren besetzt. An der Außentheke hatte sich eine kleine Schlange gebildet, und Antonia wartete geduldig, bis sie an die Reihe kam. Sie bestellte sich gerade eine doppelte Portion Schokoladeneis, als sie neben sich von einem der kleinen Tische eine angenehme Stimme hörte.

»Antonia, wie schön, Sie wiederzusehen!«

Es war Guido, der dort saß, vor sich einen Espresso und ein Glas Wasser, daneben den »Gazzettino«. Er sah blass aus, wirkte in seinem hellen Jackett, dem zartblauen Hemd und einer teuren Sonnenbrille jedoch sehr elegant.

»Wollen Sie sich nicht einen Augenblick zu mir setzen? Ich bin ein einsamer Mann!«

Dabei lächelte er sein gewinnendes Lächeln. Antonia ließ sich überrascht neben ihm nieder.

»Hallo, Guido«, nickte sie, wobei ein großer Klecks Eis auf ihre weiße Jeans fiel. »Oh nein!« Antonia hielt das tropfende Eis erschrocken von sich weg.

»Kein Problem! Un momento!«

Guido rief nach einem Kellner und befahl gebieterisch, eine Serviette und etwas warmes Wasser zu bringen. »Und einen Espresso für die Signorina!«

Er war hier offenbar Stammkunde und genoss gewisse Privilegien. Nachdem der Kellner ihr einen Becher für das Eis gebracht und sie den Fleck bearbeitet hatte, beantwortete sie leichthin Guidos Fragen nach ihren Unternehmungen in der Stadt und lenkte dann das Gespräch auf den Tod des Conte.

»Ich habe Sie gar nicht bei der Beerdigung gesehen. Wollten Sie dem Conte nicht die letzte Ehre erweisen?«

»Ich war leider verhindert. Ich war die ganze Woche geschäftlich in Rom.«

Wieder lächelte er sie so an, dass Antonia für einen Augenblick fast verwirrt war. Er hatte wirklich einen umwerfenden Charme und ausgezeichnete Manieren. Ganz beiläufig fragte er jetzt, ob sie die Sonne nicht störe, bot ihr an, den Platz zu wechseln, und erkundigte sich, ob sie noch etwas zu trinken wünsche. Antonia merkte, wie geschickt er ihr das Gefühl gab, ein verehrungswürdiges Geschöpf zu sein. Dass sein Verhalten nur eingeübt und routiniert war, merkte sie daran, dass Guido sich plötzlich vorbeugte und sie unvermittelt fragte, was sie denn über die Drohbriefe wisse, von denen sie bei ihrem ersten Treffen gesprochen habe.

Sie winkte ab und tat arglos. »Jana und ich haben im Zeitungsarchiv die Geschichte der sieben Märtyrer recherchiert. Aber wir wissen nicht, ob es irgendetwas mit dem Conte und den Briefen zu tun hat.«

Guido griff ihre Bemerkung lebhaft auf. »Doch, doch! Das ist sehr gut möglich. Meines Erachtens hat sich die Familie Falieri damals unehrenhaft verhalten. Mauro und sein Vater waren Opportunisten, die sich arrangiert haben mit der Macht, auch mit den Deutschen. Meine Großmutter hat mir das erzählt. Einer der erschossenen Partisanen war ihr Bruder, und sie hat mich im Hass auf Mauro Falieri und seinen Vater erzogen.«

»Wie hieß denn der Mann, mit dem Ihre Großmutter verwandt war?«, fragte Antonia erstaunt. »Ich habe mir eine Liste der Namen gemacht.«

Guidos Stimme wurde schroff. »Was tut das zur Sache? Ich möchte nicht darüber sprechen. Ich musste mir diese Geschichte immer wieder anhören, meine ganze Kindheit lang. Ich will davon endlich loskommen.«

»Weshalb haben Sie dann davon erzählt?«

»Weil dies der Grund war, weswegen mein Schwiegervater mich verachtet hat.« Guidos Gesicht verzog sich bei der Erinnerung an den Conte.

»Ich dachte, die Abneigung des Conte hinge mit dem Selbstmord Ihrer Frau zusammen?«, wandte Antonia ein.

»Das denken Octavia und Jana. Aber ich kenne den wahren Grund. Ich erinnere ihn an die Vorfälle in den vierziger Jahren und wie sich sein Vater damals verhalten hat. Außerdem war er selbst hinter Jana her, so wie er hinter Cecilia her war.«

Antonia nahm an, dass Guido den Conte nur schlechtmachen wollte, und ging nicht weiter auf seine Anschuldigungen ein. Sie nahm einen Schluck Espresso und sah ihrem Gegenüber fest in die Augen.

»Und Ihre Großmutter lebt in Venedig?«

»Nein, wieso? Sie ist lange tot.«

»Haben Sie denn eine Verwandte namens Maria?«

Guido hatte seine Fassung wiedererlangt. »Nein, wie kommen Sie darauf?«, fragte er lächelnd.

»Weil eine Maria Massato den toten Conte im Ospedale spätabends noch einmal sehen wollte. Und am nächsten Morgen fand man die Leiche mit einem Messer im Herzen an den Giardini. Neben der Statue der Partigiana!«

Antonia sah, wie Guidos Lider ein paar Sekunden flatterten. Dann hatte er sich wieder im Griff.

»Dabei muss es sich um eine zufällige Namensgleichheit handeln. Ich habe keine Verwandte dieses Namens. Diese Totenschändung ist grauenvoll. Man hat mir davon erzählt, als ich aus Rom zurückkam. Auch wenn ich kein Freund des Conte war, bedauere ich diesen Vorfall sehr, schon wegen Octavia und Jana.«

Diesmal klang er so ehrlich, dass Antonia ihm Glauben schenkte. Einen Moment lang war sie versucht, ihn nach seinem Kontakt zu Aram Singer zu fragen, hielt sich dann jedoch zurück. Stattdessen fragte sie ihn nach Flavia.

»Kennen Sie eigentlich die neue Haushaltshilfe der Falieris?«

Guido zündete sich eine Zigarette an. Seine Stimme klang jetzt kühl. »Ich wusste gar nicht, dass der Alte jemanden eingestellt hat. Er war sehr misstrauisch und hat immer Angst um seine Bilder gehabt. Nein, die Hausangestellten des Conte interessieren mich nicht.«

»Bedauern Sie denn den Tod Ihres Schwiegervaters?«

Guidos Lider flatterten wieder ein wenig. Dann rieb er sich mit der Hand durchs Gesicht.

»Diese Familie hat mir kein Glück gebracht. Ausgenommen Jana, sie ist die Einzige, die mich mag. Mauro hat mich immer abgelehnt, wie sollte ich da traurig sein über seinen Tod?«

Zu Antonias Erstaunen zog er einen Geldschein aus der Tasche, legte ihn neben seine Tasse und stand auf.

»Ich lade Sie ein, aber leider muss ich jetzt los. Es hat mich gefreut, Antonia. Ich muss heute Abend noch einmal nach Rom. Ich wünsche Ihnen noch schöne Tage in unserer Stadt.«

Antonia sah ihm nach. Seine Gehbehinderung schien stärker geworden zu sein. Seine Schritte wirkten abgehackter als noch vor einer Woche, und er hielt seine Schultern merkwürdig hochgezogen. Fast tat er ihr ein wenig leid.

Sie machte nach dieser Begegnung einen langen Spaziergang und kehrte erst nach zwei Stunden in den Palazzo zurück. Jana hatte ihr eine Nachricht auf dem Handy hinterlassen. Sie hatte ihren Professor erreicht und bat Antonia, zusammen mit ihr um achtzehn Uhr in die Uni zu gehen.

»Er will uns nach seiner Vorlesung treffen.«

Lustlos trottete sie mit Jana zum Kunsthistorischen Institut der Universität. Das Foto war klein und nicht besonders scharf. Jemand hatte es Anfang der vierziger Jahre gemacht, die Lichtverhältnisse nicht richtig berücksichtigt und auch ein wenig gewackelt. Die Vergrößerung hatte das Bild noch unschärfer gemacht. Antonia konnte sich nicht vorstellen, dass jemand daraus Schlüsse ziehen konnte, selbst wenn er Tizian-Spezialist war.

Sie schöpfte jedoch Hoffnung, als Jana ihr auf dem Weg zur Universität erzählte, dass ihr Großvater sie seinerzeit mit Professor Marconi in Kontakt gebracht hatte. Marconi war häufig zum Abendessen im Palazzo gewesen und hatte mit dem Conte über seine Sammlung gesprochen, ihn auch bei einigen Anschaffungen beraten.

»Er ist sogar für ihn zu Händlern nach London und New York gereist. Ich glaube, niemand, außer Nardo natürlich, kennt Großvaters Sammlung besser als Marconi.«

Der Kunsthistoriker, ein sympathischer Endvierziger mit Bauch, Bart und Brille, empfing sie in seinem Büro. Er wirkte erschöpft, und Antonia nahm an, dass er nach seiner Vorlesung jetzt lieber etwas Ruhe gehabt hätte. Aber er griff gutmütig zu einer Lupe, als Jana das Foto der Singers vor ihm auf den Schreibtisch legte. Marconi schien Jana sehr zu mögen. Immer wieder ruhte sein Blick wohlgefällig auf seiner Doktorandin, und er lächelte, wenn sie mit ihm sprach.

Er betrachtete das Foto ein paar Minuten lang, schien sich aber nicht schlüssig zu sein.

»Vom Stil her stammt es vermutlich aus der Spätrenaissance, aber man kann auf dem Schwarz-Weiß-Foto natürlich nicht erkennen, ob es tatsächlich in dieser Zeit entstanden ist oder ob es sich um eine Imitation des Stils handelt. Das Wenige, was ich erkennen kann, ist, dass der Maler sich eng an die Linienführung von Tizian anlehnt, sehr eng sogar. Man müsste die Farbverteilung kennen. Bei den großen Venezianern ist das die wichtigste Komponente ihrer Malerei. Für eine Madonna schaut sie den Betrachter etwas kokett an, ihr Kopf erinnert an ein anderes Bild Tizians, die berühmte Venus von Urbino, das Jesuskind hier mithin eher an einen Amor ohne Flügel ... Also, ich weiß es nicht. Vielleicht ist das Bild eher aus seiner Schule als von Tizian selbst.«

An dieser Stelle mischte sich Jana ein. »Genau das mit der Venus-Ähnlichkeit habe ich auch gesagt, Professore. Und aus den Hell-Dunkel-Kontrasten können Sie nichts ablesen?«

»Wenig. Ich müsste die Komposition der verwendeten Farben sehen. Und über die Echtheit könnte ich ohnehin nur anhand des Originals etwas sagen.«

Antonia brannte darauf, die entscheidende Frage zu stellen. Aber auch Professor Marconi hatte dieses Bild noch nie in der Sammlung des Conte gesehen.

»Im Palazzo kann das Gemälde nicht gewesen sein. Ich kenne so ziemlich alles, was dort hängt. Zu den meisten Bildern habe ich Gutachten erstellt. Der Conte wollte das, damit seine Tochter und die Enkel einen Überblick über den Wert der Sammlung bekommen.«

Antonia hätte gerne etwas über diesen Wert gewusst, traute sich aber nicht, danach zu fragen. Der Kunsthistoriker sah sich das Foto noch einmal an. Dann murmelte er mehr für sich: »Die Abgebildete ist betörend. Selbst wenn das Bild nicht von Tizian ist, dann ist es doch ein sehr exquisites Gemälde, und ich glaube, dass es auch so einen hohen Preis auf dem Kunstmarkt erzielen könnte.«

Nach diesem weiteren erfolglosen Versuch, mehr über das verschollene Gemälde zu erfahren, hatte Antonia erneut schlechte Laune. Um sie aufzuheitern, wollte Jana sie zum Essen einladen. Antonia sagte widerstrebend zu, und sie wählten eine Terrasse an den Zattere, wo ein leichter Wind ein wenig Kühle brachte. Zwischen den hohen Palazzi war die Luft in den Gassen heute unerträglich stickig gewesen. Befreit ließen sich die beiden unter einem großen Sonnenschirm nieder.

Bevor die Pasta serviert wurde, warf Jana Antonia einen seltsamen Blick zu. Langsam zerpflückte sie ein Stück Brot, ohne es zu essen.

»Du hast heute Guido getroffen, stimmt's? Er hat es mir gesagt. Wir haben telefoniert, weil er wieder ein paar Tage nach Rom muss.«

Antonia nickte. »Es war Zufall. Er saß vor der Gelateria, bei der ich mir ein Eis geholt hatte, und lud mich an seinen Tisch ein.«

Da Jana schwieg, fügte sie hinzu: »Was verbindet dich eigentlich mit Guido? Er ist doch viel älter als du, fast im Alter deiner Mutter.«

Janas Blick verlor sich über dem Wasser des Kanals, glitt an den Fassaden der gegenüberliegenden Giudecca entlang und kehrte dann zu Antonia zurück. Es war kein glücklicher Blick.

»Ich war vierzehn, und wir waren in den Osterferien bei meinem Großvater in Venedig, da ist Guido mir nachgestiegen auf die Altana und hat mich dort oben geküsst. Es war mein erster Kuss, und er war … sehr zärtlich. Ich habe immer an ihn denken müssen, als ich wieder zu Hause war, und dann habe ich ihm geschrieben. Im Herbst darauf sind Tante Cecilia, Großpapa und Guido zu uns nach Hamburg gekommen, und Guido hat mich in unserer Küche geküsst. Großpapa hat uns wohl dabei beobachtet. Jedenfalls gab es abends einen Riesenstreit zwischen ihm und Guido, und Tante Cecilia und Guido sind am nächsten Morgen abgereist.«

»Und seitdem hängst du an Guido?«

Jana wirkte jetzt sehr bedrückt.

»Ich habe während des Studiums auch andere Freunde gehabt, aber nie etwas Ernstes.«

»Und wie ging es dann mit euch weiter?«, fragte Antonia mit

Widerwillen. Diese halbinzestuöse Geschichte fing an, ihr die Vorfreude auf das Essen zu verderben.

»Zwei Jahre später fuhren wir mit den beiden in den Weihnachtsferien nach Cortina zum Skifahren. An einem Abend ist Guido dann in mein Zimmer gekommen. Ugo schlief bei meinen Eltern, und ich hatte ein Zimmer für mich. Da ist es dann passiert. Er hat mit mir geschlafen. Aber es war nur das eine Mal. Ich habe es nie wieder zugelassen, wegen Tante Cecilia. Sie hat mir so leidgetan. Sie hatte Fehlgeburten und hat getrunken. Außerdem hat sie Mama erzählt, dass Guido sie schlug, wenn sie betrunken war. Aber Guido bestreitet das.«

Der Kellner stellte die Teller mit der dampfenden Pasta vor sie hin. Antonia, die den ganzen Tag noch nichts gegessen hatte, stocherte in den Tagliatelle mit Steinpilzsauce, konnte sich jedoch nicht so recht zum Essen entschließen. Jana erzählte mit tonloser Stimme weiter.

»Vier Jahre später ist Tante Cecilia dann gestorben, an einer Mischung aus Alkohol und Tabletten. Großvater hat es Guido nie verziehen. Noch auf der Beerdigung hat er Guido verboten, jemals wieder einen Fuß in sein Haus zu setzen.«

Eine Pause entstand. Als Jana schließlich weitersprach, war ihre Stimme noch leiser.

»Und dann hat er mich neulich gebeten, seine Frau zu werden.«

Antonia legte ihre Gabel abrupt nieder. »Was? Jana, das glaubst du doch selber nicht!«, sagte sie aufgebracht. »Er ist ein Spieler und braucht Geld. Er will an dein Erbe, das ist alles!«

Jana blickte traurig aufs Wasser. »Ich glaube daran, dass er mich liebt. Er ist sehr krank. Parkinson, das habe ich dir ja erzählt. Aber er sagt, er liebt mich. Er könne die Nacht mit mir nicht vergessen.«

Antonia schüttelte verständnislos den Kopf. »Und was ist mit deinem Professor? Marconi scheint sich auch für dich zu interessieren. Es sah aus, als könntest du ihn um den Finger wickeln.«

»Marconi ist mein Doktorvater«, sagte Jana fast empört. »Er schätzt meine Arbeit als Kunsthistorikerin! Und ich liebe Guido«, setzte sie fast trotzig hinzu.

Dann orderte sie die Rechnung. Keine von beiden aß noch etwas, und der Kellner fragte bedauernd, ob es den Signorine nicht geschmeckt habe. Jana hatte ihre Pasta nicht angerührt, und Antonia ließ ihr Gericht zur Hälfte abräumen. Nach diesem misslungenen Abendessen trennten sich ihre Wege. Jana hatte vor, zu Hause noch für die Universität zu arbeiten, Antonia wollte sich mit einem Besuch im »Già Schiavi« trösten.

Schon beim Eintreten sah sie Luca in der hinteren Ecke stehen. Er räumte eine Kiste mit Weinflaschen in die Regale. Seine beiden Brüder machten den Ausschank, Luca sprach angeregt mit einem Mädchen aus dem Viertel, das immer wieder dramatisch seine dunkle Mähne nach hinten warf, während es lebhaft gestikulierend auf ihn einredete. Er hatte heute keinen Blick für sie. Antonia trank rasch ihr Glas Weißwein aus und verließ den Schankraum. Sie war froh, wieder draußen zu sein, und bahnte sich einen Weg durch die Gäste, die wie jeden Abend fröhlich plaudernd vor der Tür standen. Ihre Stimmung hatte sich durch den Besuch der Bar nicht verbessert. Der kleine Flirt mit Luca hatte sie bisher immer aufgemuntert. Es war, als fehle ihr jetzt etwas. Vielleicht würde ein längerer Spaziergang die ersehnte Ruhe bringen. Sie wollte zum Markusplatz gehen und dann nach Hause zurückkehren, um Florian den neuesten Stand der Dinge zu berichten.

Ein paar hundert Meter vom »Già Schiavi« entfernt gab es eine Trattoria, deren Fenster auf die Fondamenta gingen. Als Antonia dort vorbeikam, bemerkte sie plötzlich Florian, der an einem der hinteren Tische des Restaurants saß. Er war in Begleitung einer Frau, die sich, als sie näher ans Fenster trat, als Octavia herausstellte.

Antonia trat noch näher heran und prallte erschrocken zurück, als sie sah, wie Florian in diesem Moment sanft Octavias Arm streichelte. Octavia hielt den Kopf gesenkt, als ob sie weine. Verstört ging Antonia weiter. Sie überquerte die kleine Brücke, die zum Campo San Barnaba führte, und bog rasch wieder nach links ab, um zum Palazzo zurückzukommen. Die Lust auf einen Abendspaziergang war ihr vergangen. Was hatte das zu bedeuten? Seit wann war Florian Octavias Vertrauter, und weshalb streichelte er ihren Arm? Ihre Stimmung sank auf den Nullpunkt, als sie auf dem Küchentisch des Apartments eine Notiz von Florian vorfand.

»Hatte bis eben Probe. Bin noch einmal weg. Dringend! Sehe dich später hier!«

Antonia setzte sich im Wohnzimmer vor den Fernsehapparat. Es lief eine italienische Spielshow, in der ein alter Mann bestimmte Kartons öffnen ließ, um zu sehen, ob Geld darin war oder nicht. Das Programm deprimierte sie noch mehr, und sie schaltete um auf einen amerikanischen Serienkrimi in italienischer Synchronisation. Nach einer Weile ging die Tür, und Florian betrat das Wohnzimmer. Antonia sah stumm vor sich auf den Bildschirm und grüßte kaum. Florian ließ sich neben sie auf das Sofa fallen.

»Puh, dieser Aufenthalt hier artet mehr und mehr in Sozialarbeit aus.«

Antonia antwortete nicht.

»Octavia steht kurz vor einem Nervenzusammenbruch. Sie hat dich nicht erreicht und stattdessen mich angerufen. Ich hatte noch Probe. Aber weil sie am Telefon so geheult hat, bin ich mit ihr in eine Trattoria gegangen. Antonia, was ist? Hörst du mir überhaupt zu?«

»Was ist denn passiert?«

Antonia tat so, als sei sie in Gedanken gewesen. In Wirklichkeit war sie enorm erleichtert, dass Florian Octavia nur helfen wollte. Für zwei bange Stunden hatte sie fast geglaubt, sie habe den Freund an die ältere Frau verloren. Florian erzählte, dass unter den vielen verspäteten Beileidsbezeugungen für den Conte auch ein weiterer Drohbrief gewesen sei, unterzeichnet von den »7 M« und mit nur einem einzigen Wort versehen.

»›DIEBE‹ stand in Großbuchstaben auf dem weißen Blatt. Octavia weiß sich nicht mehr zu helfen. Sie hat Angst um ihre Familie und will jetzt doch die Polizei einschalten. Offenbar scheuen diese Leute ja weder vor Leichenschändung zurück noch davor, jemanden halb tot zu prügeln.«

»Und? Was hast du ihr geraten?«

»Ich konnte nicht viel sagen. Ich habe ihr vorgeschlagen, mit Jana und Ugo eine Zeit lang zu Alba in die Schweiz zu gehen. Vielleicht geben diese Typen auf, wenn niemand mehr in diesem Palazzo hockt.«

Florian gähnte laut und anhaltend.

»Gott, bin ich müde. Diese ewigen Proben … Aber die Idee

mit der Polizei fand ich gut. Die Sache wächst dir doch eindeutig über den Kopf.«

»Danke, Florian. Das kann ich jetzt gut gebrauchen.«

Antonia stand verärgert auf und ging in Richtung Tür. Kurz vorher drehte sie sich noch einmal um.

»Und außerdem finde ich, muss dein Beistand nicht so weit gehen, dass du sie streichelst. Ich habe euch gesehen!«

»Du meine Güte, Antonia, mir geht es doch nur darum, dass du heil aus dieser Sache herauskommst. Ich spiele am Sonntag mein Abschlusskonzert, dann haben wir noch ein paar Tage Urlaub, und dann brechen wir unsere Zelte hier ab.«

»Ja, und weißt du, wie ich mich fühle? Wie eine Versagerin, wenn ich den Fall aufgebe. Was würdest du sagen, wenn jemand käme und statt dir am Sonntag die Orgel übernehmen wollte?«

Damit verließ sie wütend das Zimmer und ging ins Bett. Florian folgte ihr, legte sich neben sie und murmelte noch: »Nicht böse sein!« Kurze Zeit später war sie eingeschlafen.

Antonia lag noch lange wach. Sie ärgerte sich, dass sie so viel Zeit und Energie in den Fall investiert hatte und ihre Bemühungen bisher zu nichts geführt hatten. Irgendwann fiel sie in einen unruhigen Schlaf, nur um nach kurzer Zeit wieder zu erwachen. Draußen hatte ein heftiges Gewitter eingesetzt. Vor dem offenen Fenster rauschte der Regen, und sie stand auf, um es zu schließen. Als sie sich wieder hinlegen wollte, fiel ihr die Öffnung im Dach ein. Wenn es dort jetzt hereinregnete? Sie zögerte. Das warme Bett noch einmal zu verlassen schien ihr wenig verlockend. Dann griff sie pflichtbewusst nach ihrer Taschenlampe und tastete sich leise, um Florian nicht zu wecken, zur Tür des Apartments.

Das Flurlicht erhellte den langen Gang bloß bis zur Mitte, aber sie konnte sehen, dass die Tür zum Dachboden nur angelehnt war. Sie ging barfuß den Gang hinunter und drückte die Tür auf. Sie wusste nicht, wo sich innen ein Lichtschalter befand, und so durchquerte sie den Boden, indem sie dem Lichtkegel der Lampe folgte. Sie erschrak, als etwas zwischen leeren Weidenkörben und Kartons davonhuschte. Als sie in die Ecke leuchtete, sprang eine Maus von einem Korb, eine zweite folgte, blieb sitzen und schaute sie mit glänzend schwarzen Stecknadelkopfaugen an. Antonia tastete sich weiter vor und kam zu der Öffnung im Dach. Andrea und sein Kollege hatten das Loch abgedeckt, die Plane hatte sich jedoch an einer Seite gelöst und bauschte sich im Wind. Regenwasser drang herein und bildete eine große Lache. Das kalte Wasser machte sich unangenehm an ihren nackten Fußsohlen bemerkbar. Sie trat vorsichtig an die Öffnung heran und zuckte zurück, als es heftig blitzte. Dann steckte sie den Kopf nach draußen und leuchtete mit der Taschenlampe das Dach ab, konnte aber wegen des starken Regens kaum etwas sehen. Schemenhaft erkannte sie, dass an der Wand zum Haus nebenan eine Leiter lehnte, die zur Altana der Nachbarn führte. Ob die Arbeiter von da aus aufs Dach gestiegen waren? Sie musste unbedingt Octavia fragen.

Antonia fröstelte und befestigte die Plane, so gut es ging. Auf Zehenspitzen umging sie die Pfütze und trippelte über den staubigen Speicherboden zurück zum Flur. Der blaue Putzeimer, den sie gestern gesehen hatte, war verschwunden. Sie war froh, als sie wieder neben Florian lag, der leise schnarchte.

17

Beim Frühstück ging Florian nicht auf den Streit vom Vorabend ein. Stattdessen legte er Antonia einen Zeitungsausschnitt hin, den ihm Davide, ein Kollege aus der Meisterklasse, mitgebracht hatte.

»Lies mal. Ist das nicht komisch?«

Die Zeitung brachte einen Leserbrief zu dem Bericht über die Leichenschändung, bei der man den Namen des Verstorbenen nicht genannt hatte. Der Inhaber eines Haushaltswarengeschäfts in Mestre hatte sich gemeldet und erklärt, dass er schon immer mit viel Erfolg Messer von der Art, die man im Herzen des Verstorbenen gefunden habe, verkaufe. Es sei unverständlich, wie das Messer im Körper des Leichnams stecken bleiben konnte. Noch nie habe es eine Reklamation gegeben. Die Metzger von Mestre arbeiteten seit Jahren damit und seien mit der Qualität bisher immer sehr zufrieden gewesen. Antonia brach in ein Kichern aus und entspannte sich. Florian verabschiedete sich diesmal besonders zärtlich von ihr.

»Heute Vormittag muss ich noch mal wie wild üben. Mittags treffe ich Ugo am Bahnhof und fahre mit ihm wie versprochen zum Fußballrückspiel nach Triest. Wir sind gegen halb elf Uhr abends wieder zurück. Morgen, nach dem Konzert, gehöre ich dann ganz dir …«

Antonia ging mit ihm hinunter und begleitete ihn ein Stück durch die regenfrische Stadt. Als sie am »Già Schiavi« vorbeikam, fiel ihr ein Traum ein, den sie nach ihrem Ausflug auf den Dachboden gehabt hatte. Sie lag in einem riesigen Himmelbett, wie das der heiligen Ursula auf dem Bild von Carpaccio. Neben ihr war ein Abdruck im Bett, aber niemand lag da. Ein Mann mit Flügeln trat an den Fuß des Bettes und hielt etwas in der Hand. Sie konnte nicht erkennen, was es war. Der Mann sah aus wie Luca aus der Weinbar, und er sprach mit ihr, aber sie konnte nicht verstehen, was er sagte. Als sie sich aufrichtete, um ihn besser verstehen zu können, verschwand er. Es fing an, im Zimmer zu regnen, und Antonia versuchte verzweifelt, ein Loch im Baldachin abzudichten.

Für Traumdeutung blieb keine Zeit, denn sie musste zum Palazzo zurück und sich den neuesten Drohbrief ansehen, den Octavia bekommen hatte. Ihre Gastgeberin saß im Salon und hatte ihn vor sich liegen. Sie war blass, wirkte jedoch gefasst. Der Brief war nicht weiter aufschlussreich, bis auf die Tatsache, dass er diesmal wieder nur mit »7 M« unterzeichnet war. Die Buchstaben des Wortes »DIEBE« waren übergroß mit Kugelschreiber auf ein kleines Stück Pappe geschrieben. Der Brief war mit der Post gekommen, sein Umschlag in Mestre abgestempelt.

»Haben Sie sich Florians Vorschlag überlegt? Ich fände es auch gut, wenn Sie für eine Weile in die Schweiz gingen.«

Octavia schüttelte unwillig den Kopf. »Nein, das ist keine Lösung. Offenbar sind ja jetzt *wir* die Zielscheibe dieses Gesindels. Mein Vater ist tot, und jetzt will man mich einschüchtern. Wenn wir zurückkommen, geht es womöglich weiter. Nein, ich bleibe so lange, bis man diese Leute gefunden hat, die mir das antun.«

Antonia nickte. »Ich vermute, die Sette Martiri werden vom Verfasser der Drohbriefe nur vorgeschoben. Der historische Vorfall hat nichts mit dem zu tun, was diese Leute wollen. Ihr Schwager Guido wollte mir gestern allerdings das Gegenteil weismachen. Er hat angedeutet, dass Ihr Großvater in das Geschehen um die Erschießungen involviert war. Guido sprach von seiner Großmutter, die ihm das immer wieder erzählt habe. Ihr Bruder sei einer der Partisanen gewesen.«

Octavia sah erstaunt hoch. »Das wäre mir neu. Guido hat keine Verwandten. Er ist im Waisenhaus aufgewachsen. Eine Frau aus dem Castello hat ihn adoptiert, als er zwölf Jahre alt war. Mein Vater war auch deswegen gegen eine Verbindung mit meiner Schwester, weil man nicht wusste, woher er eigentlich stammte.«

»Sie meinen, er hat mir eine faustdicke Lüge aufgetischt?«

»Dafür ist Guido bekannt. Er lügt wie gedruckt, aber zweifellos sehr charmant.«

Antonia dachte an die bedauernswerte Jana, sagte aber nichts. Sie wollte Octavia nicht noch mehr Sorgen bereiten.

»Ich hätte da noch eine Frage. Werden die Arbeiten auf dem Dach vom Nachbarhaus aus gemacht?«

»Ich verstehe nicht, was Sie meinen. Was ist mit dem Dach?«

»Ich wollte nur wissen, ob die Arbeiter durch das Nachbarhaus zum Speicher gehen. Im Treppenhaus sehe ich sie nie.«

Octavia schüttelte den Kopf. »Warum sollten sie über das Nachbarhaus kommen? Dort stehen die beiden oberen Etagen leer. Sie werden zum Verkauf angeboten. Flavias Bruder Andrea und sein Kollege kommen morgens um acht Uhr. Giovanna lässt sie herein.«

Antonia wollte Octavia nicht weiter beunruhigen und behielt ihre nächtliche Beobachtung für sich.

»Haben Sie schon die Polizei verständigt?«, fragte sie stattdessen.

Octavia verneinte. »Ich bin wieder unsicher geworden, ob ich das tun soll. Sie glauben nicht, wie langsam solche Dinge hier bearbeitet werden. Wenn ich keinen bestimmten Verdacht äußern kann, liegen diese Briefe bei der Polizei monatelang herum, und es passiert nichts. Das hilft mir auch nicht weiter. Vielleicht ist es das Beste, wenn ich Professor Marconi bitte, die Sammlung meines Vaters zum Verkauf anzubieten. Ich hätte dann so viel Geld, dass ich Venedig ohne Weiteres verlassen könnte. Dann hätte diese Sache hier ein Ende.«

Antonia musste zugeben, dass dies eine mögliche Lösung für Octavias Probleme war. Aber die Erpresser, die schon gezeigt hatten, wie rabiat sie beim Verfolgen ihrer Ziele sein konnten, würden jetzt vielleicht nicht mehr so lange warten.

Zurück im Apartment entdeckte sie auf ihrer Handy-Mailbox einen Anruf aus Köln.

»Schätzchen, hier ist Rita. Ich wollte nur mal hören, wie es euch so geht. Und was macht dein Fall?«

Antonia rief zurück und erreichte die Kollegin im Büro.

»Der Fall ist für mich nicht zu lösen. Ich kann Singer nicht zu seinem Bild verhelfen, der Conte ist tot, und es ist trotzdem ein neuer Drohbrief an die Falieris gekommen. Ich denke, ich gebe auf.«

Rita sah das anders. »Wenn Schwierigkeiten auftauchen, wird es doch erst richtig interessant. Ich kenn dich doch, du hast den langen Atem!«

Antonia freute sich über das Kompliment, blieb aber, was ihre Erfolgschancen anging, weiterhin skeptisch.

Gegen halb zwei rief Florian vom Bahnhof aus an. Er habe am verabredeten Bahnsteig auf Ugo gewartet, aber der Junge sei bisher nicht aufgetaucht. Der Dreizehn-Uhr-zwanzig-Zug nach Triest sei jetzt ohne sie abgefahren, damit hätten sie das Rückspiel schon verpasst. Antonia versprach, im Haus nachzusehen.

»Vielleicht hat Ugo die Verabredung vergessen.«

Sie bat Florian, am Bahnhof zu warten. »Womöglich ist er aufgehalten worden und taucht noch auf.«

Tante Alba und Octavia saßen noch bei Tisch. Die beiden sahen erstaunt von ihrem Dessert hoch, als Antonia an der Tür des Speisezimmers klopfte und nach Ugo fragte.

»Ugo ist heute mit Florian nach Triest gefahren. Er wollte gleich nach der Schule zum Bahnhof, um sich mit ihm zu treffen«, sagte Octavia.

Als Antonia den Kopf schüttelte, ließ Octavia klirrend den Löffel auf den Dessertteller fallen und sprang auf.

»Was ist mit Ugo? Ist etwas passiert?«

»Er ist noch nicht am Bahnhof aufgetaucht, aber vielleicht kommt er ja noch.«

Sie wählte Florians Nummer und hielt Octavia ihr Handy hin. Florian wartete immer noch am Bahnsteig auf den Jungen.

Um fünf Uhr, nachdem man in Ugos Schule und bei allen seinen Freunden vergeblich angerufen hatte, war Octavia außer sich und schaltete die Polizei ein. Ein Commissario und zwei Carabinieri saßen am Abend mit der Familie und den beiden deutschen Gästen im Salon und gingen den Tagesablauf von Ugo durch. Um acht Uhr dreißig war er in die Schule gegangen. Nach der vierten Stunde hatte er sich aus der Schule zur Zattere-Promenade begeben, um dort jemanden zu treffen. Wen, hatte er seinen Freunden nicht gesagt. Ein Mitschüler hatte gesehen, wie er kurz vorher einen Anruf auf seinem Handy bekommen hatte. Dann verlor sich seine Spur.

Antonia rief noch am Abend in Köln an, um Rita die neueste Entwicklung mitzuteilen. Rita war sehr betroffen, denn auch sie hatte Ugo während ihres kurzen Aufenthalts ins Herz geschlossen.

»Das wird ja immer schöner! Was ist denn das für eine Sorte Mensch? Du musst der Polizei alles sagen, was du weißt, hörst du? Auch die Geschichte mit dem Singer. Die sollen unbedingt bei den Fluggesellschaften prüfen lassen, ob er wieder nach Italien eingereist ist. Vielleicht trifft der sich ja mit diesem Guido in Rom? Vielleicht haben sie den Jungen dorthin gebracht? So ein Mist, dass ich nicht da bin. Antonia, die Sache wird jetzt wirklich heiß. Pass auf dich auf!«

18

Antonia war schon am Vormittag zur Questura gegangen und hatte dem Commissario alles erzählt, was sie wusste, angefangen bei den Drohbriefen über Aram Singer bis zu dem Mann, den Ugo Marcello nannte und der ihn im Stadion angesprochen hatte.

Eine Frau hatte sich inzwischen telefonisch bei der Polizei gemeldet und ausgesagt, sie habe den in den regionalen Abendnachrichten gezeigten Jungen am Bahnsteig gesehen. Er sei mit einem Mann am Vortag gegen zwölf Uhr dreißig in einen Zug nach Mestre gestiegen und davongefahren. Der Mann sei klein und untersetzt gewesen und habe eine rötlichbraune Lederjacke getragen. Antonia erinnerte sich, dass der Mann, den sie mit Ugo im Fußballstadion und mit Guido im Café gesehen hatte, eine rotbraune Lederjacke bei sich gehabt hatte, und zeigte den Polizeibeamten das Foto auf ihrem Handy. Man glich es mit einigen Datenbanken ab, konnte den Mann jedoch nicht identifizieren. Offenbar war er nicht vorbestraft. Der Commissario verabschiedete sie höflich.

»Wir werden ein internes Fahndungsfoto herausgeben. An die Presse können wir jetzt noch nicht gehen. Die Entführer sollen sich in Sicherheit wiegen.«

Antonia fragte ihn, ob er glaube, Ugo sei noch in der Stadt. Der Commissario antwortete müde: »Venedig ist ein idealer Ort, um einen Menschen zu verstecken. Wie wollen Sie in diesem Labyrinth von Gassen und Gässchen jemanden finden? Oder Sie fliehen übers Meer. Dann gibt es noch die Lagune mit ihren vielen kleinen Inseln. Anscheinend ist der Junge mit dem Fremden aber aufs Festland gefahren, wenn die Aussage der Zeugin stimmt. Sie wollte übrigens ihren Namen nicht nennen. Ich hoffe nicht, dass sie mit den Entführern unter einer Decke steckt und uns nur an der Nase herumführt.«

Am Abend rief Antonia unter einem Vorwand noch einmal in Israel an und sprach mit Aram Singer. Wenn dieser Mann tatsächlich Aram Singer war, dann hatte er mit den Vorfällen in Venedig nichts zu tun.

Antonia ging zusammen mit Don Orione zum Abschlusskonzert der Orgelklasse im Festsaal des Konservatoriums. Tante Alba, Octavia und Jana waren wegen Ugos Verschwinden zu verstört und kamen nicht mit. Das Konzert wurde ein großer Erfolg für die Orgelklasse. Florian spielte im Wechsel mit einem venezianischen und einem spanischen Künstler, und alle drei bekamen anhaltenden Applaus. Die Vertreter zweier Produktionsfirmen waren anwesend und boten Florian an, in Rom Aufnahmen von Orgelstücken zu machen.

Florian war selig. Antonia freute sich aufrichtig für ihn, war jedoch die meiste Zeit während des Konzerts und der Gespräche danach gedanklich abwesend. Immer wieder musste sie an Ugo denken. Hoffentlich ging es ihm gut. Bei der anschließenden Feier trank sie nur ein Glas Saft, dann entschuldigte sie sich bei Florian und ging mit Don Orione nach Hause.

»Sie sind sehr niedergeschlagen, nicht wahr?«, sagte der Priester auf dem Heimweg. »Ich werde für Ugo beten. Vielleicht ist er nur ausgerissen. Jungs in diesem Alter machen so etwas manchmal. Vielleicht ist ihm Venedig zu eng geworden, und er hat auf einem Schiff angeheuert. Ich hatte als Junge auch solche Träume, aber meine Mutter und meine Schwestern haben aufgepasst und dafür gesorgt, dass ich nach der Schule zum Priesterseminar ging.«

Antonia hörte nur mit halbem Ohr hin.

19

Am Morgen nach Ugos Verschwinden kam ein Schreiben mit der Post, das nur aus einer Zeile in Großbuchstaben bestand: »DAS BILD VON ARAM SINGER«. Etwas später erhielt Octavia einen Anruf. Eine männliche Stimme erklärte ihr, man halte Ugo gefangen und würde ihn erst wieder herausgeben, wenn man im Gegenzug das Bild bekäme, das die Familie Falieri von einem jüdischen Ehepaar namens Singer erhalten habe. Man werde Octavia weitere Nachrichten zukommen lassen. Octavia schrie ins Telefon, sie wolle mit ihrem Sohn sprechen, aber der Mann hatte schon aufgelegt.

»Und wenn ich die Polizei verständige, dann würde ich Ugo niemals wiedersehen!«

Octavia brach in Tränen aus. Antonia bat sie, Ruhe zu bewahren, und empfahl ihr, ein Beruhigungsmittel zu nehmen.

»Es wird Ugo nichts geschehen, solange sie das Bild nicht haben. Unser Problem ist, dass wir das Bild nicht finden können, das die Erpresser wollen. Die Fotografie, die ich von den Singers bekommen habe, stimmt mit nichts überein, was in der Sammlung Ihres Vaters hängt. Jana und ich haben alles abgesucht, auch hier unten im Flur.«

Die Familie saß mit Antonia und Florian im Salon, um die nächsten Schritte zu beraten.

»Es ist wichtig, dass wir jetzt besonnen handeln. Wenn der Mann noch einmal anruft, halten Sie ihn hin und achten Sie auf seine Stimme und den Dialekt«, sagte Antonia.

Dann berichtete sie der Familie von ihrem Besuch bei Nardo und dass sie den Eindruck gewonnen hätte, der Restaurator, der mit seiner Schwester bei Don Orione untergekommen sei, wisse mehr, als er zugebe.

»Ich habe Nardo das Foto mit dem Bild der Singers gezeigt, und er war sehr erschrocken, das habe ich deutlich gesehen. Aber er hat abgestritten, das Bild jemals gesehen zu haben. Daraufhin haben Jana und ich jedes einzelne Bild der Sammlung des Conte angeschaut. Das Madonnenbild ist nicht dabei.«

Tante Alba, die ihren Großneffen Ugo über alles liebte und bisher in eine traurige Starre versunken war, straffte sich plötzlich und klingelte nach Flavia.

»Holen Sie mir Don Orione und Nardo. Sie möchten sofort kommen.«

Selbst Flavia, die mit eisigem Gesicht in der Tür erschienen war, schrumpfte unter Tante Albas autoritärem Ton. »Subito!«, scholl es noch in Megafon-Lautstärke hinter ihr her, und man hörte ihre Absätze schneller auf der Treppe klappern.

»Was hast du vor, Tante Alba?«

Alba klopfte mit ihrem schwarzen Gehstock energisch auf das Parkett. »Diesen Nardo werde ich mir jetzt einmal vorknöpfen!«

Octavia ging ins Arbeitszimmer ihres Vaters, um den Commissario anzurufen und ihn zu bitten, ihr Telefon zu überwachen, falls sich der Entführer wieder meldete. Dann traf Don Orione mit Nardo im Schlepptau ein. Der Priester war außer Atem. Er hatte sich offenbar beeilt. Der alte Restaurator hielt sich ein Stück hinter ihm und sah sich unbehaglich im Salon um. Die Schwester des Conte grüßte Don Orione mit einem Kopfnicken und wandte sich dann an den Mann aus Burano.

»Salve, Nardo. Hast du davon gehört, dass man Ugo entführt hat?«

Nardo hielt den Blick nach unten gerichtet. Er antwortete nicht, sondern nickte nur. Etwas wie Trotz lag in seiner Miene.

Tante Alba klopfte dreimal heftig mit ihrem Gehstock auf den Boden. »Unser kleiner Ugo ist in der Hand von Verbrechern! Und diese Verbrecher wollen ein Bild!«

Der letzte Satz ertönte in einer Lautstärke, wie sie die Nebelhörner der Kreuzfahrtschiffe erschallen ließen, wenn sie in die Adria ausliefen. Antonia sah, wie Florian, der sich hinter sie auf einen Stuhl an der Wand gesetzt hatte, die Hände über die Ohren legte.

»Komm hier hin, Nardo. Setz dich.«

Tante Alba hieb den Stock wieder gebieterisch auf den Boden. Nardo folgte ihrer Aufforderung zögernd und setzte sich neben sie.

»Antonia, geben Sie mir das Foto!«

Dann hielt Tante Alba dem alten Restaurator das Foto unter die Nase und schlug ein paarmal mit der Hand darauf.

»Kennst du das Bild? Du kennst es, oder? Wenn meinem Neffen auch nur ein Haar gekrümmt wird und du gelogen hast, wirst du das nicht überleben!«

Es folgte ein Schwall venezianischer Flüche.

Antonia sah ratlos zu Jana hinüber. »Wenn sie ihn beschimpft, wird er bestimmt nicht reden …«

Jana schüttelte den Kopf und flüsterte: »Sie beschimpft die Entführer!«

Nardo sah noch immer auf seine Schuhspitzen und schwieg. Alba sprach jetzt in normaler Lautstärke weiter und verlegte sich aufs Bitten. Wenn er es nicht ihr sagen wolle, solle er sich wenigstens Don Orione anvertrauen. Es würde ihm auch im Himmel vergolten. Es ginge um das Leben eines Kindes. Eine Weile herrschte vollkommene Stille im Salon. Alle hielten den Atem an. Dann fing Nardo an zu zittern, erst kaum sichtbar, dann immer stärker, schließlich brach er zusammen und weinte.

»Ich kann es nicht sagen, ich kann es nicht sagen. Ich habe es bei der Madonna dei Miracoli geschworen!«

Florian beugte sich zu Antonia nach vorne und fragte sie flüsternd: »Wer ist denn das schon wieder?«

»Erklär ich dir später!«

Dann begann Nardo stockend zu erzählen. Er hatte seinerzeit seinem früheren Auftraggeber, dem Vater des Conte, bei der Madonna dei Miracoli schwören müssen, niemandem von dem Bild des jüdischen Ehepaares zu erzählen. Der Vater des Conte hatte ihm eingebläut, dass er, wenn er seinen Schwur breche, auf der Stelle tot umfalle. Alle sahen sich betroffen an. Tante Albas Miene verfinsterte sich, aber sie schwieg. Offenbar kam auch sie hier an ihre Grenzen. In diesem Augenblick hatte Antonia einen Einfall. Sie zog instinktiv ihr Handy hervor und suchte nach dem Foto von dem Mann, den sie mit Ugo auf dem Fußballplatz gesehen hatte. Dann stand sie auf und hielt es Nardo hin.

»Nardo, haben Sie diesen Mann schon einmal gesehen?«

Der alte Mann kniff die Augen zusammen, nur um sie gleich wieder weit aufzureißen. Er schien auch ohne Brille erkannt zu haben, um wen es sich handelte. Immer wieder tippte er erregt mit seinem knochigen Finger auf das Display.

»Das ist er! Dieser Gauner, diese Schweineschnauze von einem Gauner! Das war der, der mich geschlagen hat!«

»Es ist derselbe, der jetzt Ugo, den Enkel des Conte, in seiner Gewalt hat«, sagte Antonia.

Daraufhin passierte etwas Erstaunliches. Der Alte sprang auf, hastete zur Tür und winkte ihnen, nachzukommen. Alle bis auf Tante Alba folgten ihm die Treppe hoch zum Saal und drängten sich hinter ihn in den hellen Raum. Der Drehstuhl stand in der Position, in die Conte Falieri ihn zuletzt vor seinem Tod gebracht hatte: genau gegenüber den Bildern an der rechten Wand und speziell gegenüber der gefälschten Tizian-Venus.

Nardo schritt langsam und leise vor sich hin murmelnd alle Seiten des Saales ab. An der rechten Seite hielt er inne. Sein Blick blieb an der Venus-Kopie hängen, die der Conte neulich noch Jana und Antonia gezeigt hatte.

»Eccola, das war es!«

Antonia sah Jana an. Die beiden schüttelten den Kopf.

»Die Venus ist eine Kopie. Das Original hängt im Ca' d'Oro.«

Aber Nardo beachtete sie gar nicht. Er strich am Rahmen entlang und tastete mit den Fingern dessen Rückseite ab. Antonia erinnerte sich, dass sie Flavia schon einmal bei etwas ganz Ähnlichem beobachtet hatte. Und hatte nicht auch der Conte einmal seltsam nahe an diesem Bild gestanden? Nach einer Weile gab der Restaurator auf. Erschöpft ließ er sich in den Drehsessel des Conte sinken.

»Ich schaffe es nicht! Es war ein spezieller Mechanismus …«

Unruhig stand er auf und ließ seine Finger erneut hinter dem Rahmen auf und ab gleiten.

»Was suchen Sie, Nardo?« Jana wurde allmählich ungeduldig.

»Es ist ein kleiner Knopf, den man nach innen drückt, dann öffnen sich vier Klappen, hinter denen Riegel verborgen sind. Wenn man sie verschiebt, kann man den Rahmen öffnen. Das Gemälde des Americano muss sich dahinter befinden, wenn es niemand inzwischen entfernt hat.«

Florian schlug vor, das Bild abzuhängen und auf den Boden zu legen, um die Suche nach dem Knopf zu erleichtern. Aber als Don Orione und er versuchten, das Bild von der Wand zu nehmen, ging ein gellendes Getöse los. Die Alarmanlage hatte sich eingeschaltet, und ein Höllenlärm erfüllte das Haus, bis Florian auf die Idee kam, die Sicherung für die Etage auszuschalten. Er lief mit

Jana und Antonia zu den Kästen im Hausflur, probierte die Sicherungen und fand schließlich die richtige. Die Sirene schaltete sich ab.

Giovanna kam alarmiert nach oben geeilt.

»Was ist passiert?«

Die Köchin begrüßte Nardo und Don Orione und sah fragend in die Runde. Jana beruhigte sie.

»Alles in Ordnung. Mama hat ein Bild von der Wand nehmen wollen, und dann ging die Alarmanlage los …«

Antonia fragte die Köchin nach Flavia. Sie wollte auf keinen Fall, dass die Hausangestellte zu ihnen in den Saal kam. Giovanna machte eine abfällige Handbewegung.

»Sie ist einkaufen. Sie fühle sich nicht gut, da habe ich sie an die frische Luft geschickt. Dauernd hat sie etwas in der letzten Zeit!«

Neugierig blieb sie stehen und sah alle erwartungsvoll an, doch Octavia schickte sie mit strenger Stimme wieder an ihre Arbeit.

»Giovanna, bringen Sie meiner Tante den Kaffee. Sie ist im Salon.«

Florian verschloss hinter ihr die Tür. Dann hoben er und Don Orione das Bild vorsichtig von der Wand und legten es auf den Boden. Alle kauerten neben dem Rahmen nieder, um mit Nardo nach dem Knopf zu suchen. Aber Nardo verscheuchte sie. Seine langen Finger glitten wieder und wieder an der Seite des Rahmens entlang. Plötzlich entspannte sich sein Gesicht, er schien gefunden zu haben, was er suchte. Tatsächlich sprangen seitlich, oben und unten am Rahmen Klappen heraus, hinter denen je ein Riegel sichtbar wurde. Nardo öffnete alle vier Riegel und hielt inne.

»Ich habe sie jetzt fast sechzig Jahre nicht gesehen, und vielleicht ist es das Letzte, was ich in meinem Leben tue, aber ich bin alt, und der Junge muss gerettet werden. Helfen Sie mir!«

Don Orione kam ihm zu Hilfe, und gemeinsam stellten sie das Bild aufrecht an die Wand. Nardo griff an den hinteren Teil des offensichtlich doppelten Rahmens und schob ihn langsam zur Seite.

Allen stockte der Atem.

Sichtbar wurde das Bildnis einer jungen Frau. Sie trug ein hochrotes Gewand, ihr langes rötliches Haar wurde nur zur Hälfte von einem hellen Schleier bedeckt. Auf ihrem rechten Arm saß ein kräftiges Kind, das sich an sie schmiegte. Ihr Kopf war etwas nach rechts geneigt, und sie sah den Betrachter aus schrägen, lächelnden Augen an. Sie schien das Kind, indem sie sich halb von der Bildachse wegdrehte, mit ihrem Arm beschützen zu wollen. Ihr Blick schlug den Betrachter so in seinen Bann, dass man kaum die Augen von ihr abwenden konnte. Die Farben von Kleid, Haar und Teint waren außerordentlich lebhaft und verbreiteten eine warme, gelöste Stimmung. Professor Marconi hatte recht gehabt. Das Gesicht der jungen Frau ähnelte dem Gesicht von Tizians »Venus von Urbino«.

Nardo murmelte etwas vor sich hin und bekreuzigte sich, Don Orione pfiff leise durch die Zähne.

»Es ist wunderbar. Ich kann verstehen, dass der Conte dieses Bild mit niemandem teilen wollte.«

Antonia und Jana sahen sich an. Es gab keinen Zweifel, das war das Bild der Singers. Auf dem Foto hing es über dem Diwan der früheren Besitzer, und hier hatte es seit den vierziger Jahren in einem doppelten Rahmen im Saal zweier fanatischer Sammler eine verborgene Existenz gefristet.

Antonia trat vor das Bild und unterbrach die allgemeine aufgeregte Unterhaltung. »Das ist das Bild vom Foto der Singers. Das ist auch das Gemälde, das die Entführer meinen. Ich kann Ihnen jetzt nicht alles erklären, aber ich nehme an, dass im Moment außer uns nur einer, nämlich der rechtmäßige Besitzer, weiß, wie dieses Bild aussieht. Ich bin mir fast sicher, dass er nicht zum Kreis der Entführer gehört.«

Octavia, Don Orione und Nardo redeten gleichzeitig auf sie ein und fragten, wie sie zu dieser Annahme komme.

»Das tut im Moment nichts zur Sache. Ich gehe aber davon aus, dass Ugos Entführer nicht wissen, wie das Bild aussieht. Ich würde Sie alle bitte, über das, was Sie hier gesehen haben, zu schweigen, bis wir Ugo wieder zurückhaben. Nardo, verschließen Sie den Rahmen und hängen Sie das Bild an seinen alten Platz.«

Antonia bat alle, sich zu gedulden und mit nach unten in den Salon zu kommen. Bedeutungsvoll setzte sie hinzu: »Dieses Haus hat Augen und Ohren!«

Giovanna stellte gerade ein Tablett mit Kaffee und Gebäck auf den Tisch. Alle schwiegen angespannt. Die Köchin sah erstaunt auf, bis ihr ein ungeduldiges Klopfen von Holz auf Holz und Tante Albas lautes »Danke, Giovanna!« zu Bewusstsein brachten, dass ihre Anwesenheit auch hier nicht länger erwünscht war. Beleidigt hob sie den Kopf und rauschte hinaus. Als sie gegangen war, erzählte Jana der Tante von dem eben gemachten Fund.

Don Orione wiegte nachdenklich den Kopf hin und her. »Ich denke, das ist eine ganz große Entdeckung. Ich verstehe nicht viel von Kunst, aber es könnte tatsächlich ein Tizian sein.«

Jana pflichtete ihm bei. »Das Bild hat alle Merkmale eines frühen Tizian. Der Kopf der Jungfrau ähnelt der Venus von Urbino, auch der schräge Blick. Das Gewand und das Kind hat er auch in anderen Madonnendarstellungen so gemalt. Natürlich kann uns erst eine professionelle Analyse mehr über das Alter und …«

»Es ist ein Tizian!«, ließ sich Nardo dumpf vernehmen. Er kippte seinen Espresso in einem Schluck hinunter und schnäuzte sich. Dann bat er um einen Grappa. Tante Alba schloss sich der Bitte an, und Jana holte die Flasche und Gläser aus der Anrichte. Jetzt ließ sich auch Octavia, die klein und verängstigt in ihrem großen Samtsessel kauerte, vernehmen.

»Es ist mir egal, von wem das Bild stammt, sie sollen es haben!« Dann, nach einem lauten Aufschluchzen, brach es aus ihr heraus: »Sie können alle Bilder haben, alle, die ganze verfluchte Sammlung, wenn Sie dafür mein Kind freilassen …«

Jana setzte sich neben sie auf die Sessellehne und legte ihr einen Arm um die Schulter. »Beruhige dich, Mama. Ugo kommt zu uns zurück, ganz bestimmt.«

Man hörte nur noch Octavias leises Weinen, als Antonia alle Anwesenden noch einmal beschwor, ihr Wissen für sich zu behalten.

»Nichts, aber auch gar nichts darf davon an die Öffentlichkeit kommen. Die Entführer dürfen von der Existenz dieses Bildes nichts erfahren …«

Florian goss dem alten Nardo noch einen Grappa nach. Als Don Orione und der Restaurator schließlich aufstanden, um nach Hause zu gehen, sagte er:

»Nardo, wenn Sie morgen doch noch leben sollten, dann kommen Sie doch so gegen neun in die Sammlung des Conte. Ich habe da eine Idee!«

20

Als Tante Alba sich zurückgezogen hatte, setzte sich Antonia neben Octavia und zeigte ihr das Foto, das sie von Guido und seinem Begleiter in der Kaffeebar gemacht hatte.

»Hier sehen Sie Guido im Gespräch mit dem Mann, den Ugo im Stadion getroffen hat. Er heißt Marcello, und Guido kennt diesen Mann. Dieses Foto ist der Beweis.«

Zu Jana gewandt fuhr sie fort: »Wenn es der ist, mit dem Ugo weggefahren ist, dann kennt Guido den Entführer deines Bruders, Jana. Du musst ihn unbedingt fragen, wer das ist und was ihn mit Ugo verbindet. Bei der Polizei ist dieser Mann nicht bekannt, aber Guido hat sich mit ihm getroffen.«

Jana sah ängstlich zu ihrer Mutter hinüber, der sie bisher ihre Verbindung mit Guido verschwiegen hatte. Aber Octavia reagierte sehr ruhig und zog ein Schreiben aus der Tasche ihrer Leinenjacke.

»Wegen der ganzen Vorfälle der letzten Tage habe ich das hier vergessen. Guido hat mir geschrieben. Er bittet mich um deine Hand!«

Jana errötete. »Mama, ich hätte es dir sagen sollen, aber …«

Antonia unterbrach sie. »Los, Jana, ruf ihn an! Wir haben keine Zeit zu verlieren!«

Jana zog ihr Handy aus der Tasche und wählte Guidos Nummer.

»Guido ist in Rom. Er hat seine Mailbox eingeschaltet«, sagte sie nach einigen Sekunden.

Antonia fluchte leise. »Dann müssen wir Flavia fragen.«

»Flavia? Was hat sie damit zu tun?«, fragte Jana verwundert.

Antonia wurde es allmählich zu bunt. Janas Naivität ihrem Liebhaber gegenüber ärgerte sie, und sie entschloss sich, die Freundin mit der Realität zu konfrontieren.

»Guido und Flavia kennen sich. Ich habe es dir bisher nicht erzählt, aber Tatsache ist, dass ich die beiden zusammen auf der Giudecca gesehen habe. Und Flavia war auch im kleinen Palazzo. Sie haben sich dort getroffen.«

Jana wurde blass. »Das kann nicht sein. Onkel Guido kennt Flavia nicht. Das hätte er mir doch erzählt.«

Octavia war aufgesprungen und ging unruhig im Salon hin und her.

»Sie meinen wirklich, mein Schwager kennt diesen Mann, mit dem Ugo im Stadion gesprochen hat?«

»Ich habe gesehen, wie er sich sowohl mit ihm als auch mit Flavia getroffen hat.«

Octavia ging zum Haustelefon und bat Flavia in den Salon. Als Flavia eintrat, war ihr Gesicht kalkweiß. Es schien ihr nicht gut zu gehen.

»Sie wünschen, Signora?«

»Flavia, Sie kennen meinen Schwager. Sie brauchen nicht zu leugnen, ich weiß es. Hat Guido Massato etwas mit dem Verschwinden meines Sohnes zu tun?«

Flavia richtete sich zu ihrer vollen Größe auf und sah Octavia kalt an. »Ich möchte mit Ihnen nicht über meinen Verlobten sprechen!«

Antonia sah Janas entgeistertes Gesicht und machte ihr hinter Flavias Rücken ein Zeichen zu schweigen. Octavia zitterte jetzt am ganzen Körper.

»Flavia, wenn Sie etwas über Ugos Verbleib wissen und Sie verschweigen es, machen Sie sich strafbar.« Sie streckte Flavia Guidos Brief entgegen. »Ich weiß nicht, was Guido Ihnen versprochen hat, aber in diesem Brief bittet er mich um die Hand meiner Tochter!«

»Impossibile – unmöglich!« Das Wort entwich Flavias zusammengepressten Lippen mit einem scharfen Zischlaut. »È impossibile …«, wiederholte sie tonlos.

Octavia hielt ihr weiterhin den Brief entgegen, und Flavia nahm ihn.

»Jetzt, da Mauro tot ist«, musste sie lesen, *»gibt es die Chance, dass sich die Familie wieder versöhnt. Auch im Andenken an Deine verstorbene Schwester möchte ich Dich bitten, Jana und mir Deinen Segen zu geben und unserem Glück nicht im Wege zu stehen.«*

Flavia starrte auf das Papier in ihrer Hand, als käme es aus der Hölle. Sie wankte ein wenig, und für ein paar Sekunden schien sie ihre Beherrschung zu verlieren. Dann hatte sie sich wieder unter Kontrolle und gab Octavia den Brief zurück.

»Das hat mein Verlobter nicht geschrieben. Das würde er niemals tun. Das ist eine Fälschung!«

Octavia riss ihr den Brief aus der Hand. »Das ist die Handschrift meines Schwagers Guido. Ich bitte Sie noch einmal, uns zu helfen und alles zu tun, dass Ugo wieder nach Hause kommt.«

Antonia hatte den Eindruck, dass sich Flavias frostige Beherrschtheit nach diesem Gespräch in eine Art Leichenstarre verwandelt hatte.

»Ich weiß nichts, Signora. Ich muss wieder an meine Arbeit. Wenn Sie mich entschuldigen wollen.«

Ihre Stimme klang mechanisch wie die eines Roboters. Mit eckigen Bewegungen ging sie zur Tür und warf sie mit lautem Knall hinter sich zu.

Im nächsten Augenblick sprang Jana auf und herrschte Antonia an: »Was soll das heißen? Was meint sie mit ihrem Verlobten? Was hat sie mit Guido zu tun?«

Antonia, die keine Lust hatte, Jana weiter zu schonen, erzählte, wie sie Flavia zum Palast, in dem Guido noch immer seine Wohnung hatte, gefolgt war.

»Es tut mir leid, Jana, dass ich so deutlich werden muss. Ich denke, Guido hat auch Flavia Versprechungen gemacht.«

Jana war außer sich. Hilflos warf sie sich auf das Sofa und brach in ein hysterisches Schluchzen aus. Antonia ging zu ihr und berührte sie behutsam an der Schulter.

»Jana, so schwer es für dich ist, aber deine Affäre ist jetzt zweitrangig. Dein Bruder ist vielleicht in Lebensgefahr.«

Bei dieser Bemerkung sank Octavia in ihrem Sessel zusammen und schluchzte ebenfalls laut auf. Antonia blieb gelassen und wartete, bis sich die beiden wieder beruhigten. Jana fasste sich als Erste und versuchte, ihre Mutter zu trösten.

»Wir finden Ugo, das verspreche ich dir. Er wird bald wieder bei uns sein!«

Antonia war aufgestanden und fragte Octavia, ob sie einen Blick in Ugos Zimmer werfen dürfe. »Vielleicht hat die Polizei dort etwas übersehen. Vielleicht finden wir einen Hinweis auf den Entführer oder darauf, wohin Ugo nach der Schule wollte oder mit wem er sich am Bahnhof getroffen hat.«

Jana trottete mit hängendem Kopf hinter ihr her.

»Ich glaube nicht, dass das viel Sinn hat. Die Polizei geht gerade alle seine Facebook-Freunde durch. Jeder wird überprüft und gefragt, wann er Ugo zuletzt gesehen hat.«

In Ugos Zimmer herrschte pubertäres Chaos. Der Schreibtisch war übersät mit Prospekten, Zeitschriften, Comics und Computerspielen. Aus den halb offenen Schubladen quollen ebenfalls alle möglichen Papiere und Zeitschriften. Antonia suchte nach einer Adresse oder Telefonnummer, die irgendwo notiert sein könnte, aber Jana sagte, Ugo notiere sich keine Nummern, sondern speichere sie nur in seinem Handy. Und das hatte Ugo offenbar bei sich.

Antonia schaltete Ugos PC ein. »Lass uns mal sehen, was er zuletzt gemacht hat.«

Sie suchte in der Chronik nach dem Pfad, der ihr zeigte, welche Internetseite Ugo zuletzt besucht hatte.

Die letzten vier Einträge waren sämtlich dem Online-Spiel »World of Warcraft« gewidmet. Davor hatte Ugo eine Datei für seinen Geschichtsunterricht und eine weitere mit dem Titel »Sette« angelegt.

»Wir wissen nicht, unter welchem Namen und mit welchem Passwort er in WOW mitgespielt hat. Das führt uns nicht weiter.«

Antonia wollte schon aufgeben, als Jana sie bat, die Datei mit dem Namen »Sette« zu öffnen. Antonia doppelklickte auf den File und zuckte zurück. In dem Ordner befanden sich Informationen und Artikel zu den »Sette Martiri«, den sieben Märtyrern.

»Wie kann Ugo von den Sette Martiri wissen?«

»Er hat natürlich davon gehört, wenn wir darüber gesprochen haben. Ugo ist sehr gut in Geschichte. Er hat sich immer schon mit dem Faschismus in Italien beschäftigt. Wahrscheinlich hat es ihn interessiert, oder er schreibt eine Hausarbeit zur venezianischen Geschichte.«

»Ja, so wird es sein.« Antonia wollte die Freundin nicht beunruhigen.

Zurück in der Gästewohnung versuchte sie klar zu denken. Steckte Ugo mit den Erpressern unter einer Decke? Er konnte Informationen für sie besorgt haben. Oder war womöglich er der Verfasser der Briefe? Sein Verhältnis zu seinem Großvater war nicht allzu gut gewesen. In seiner Trauer um den verlorenen Vater widersetzte er sich allen Anordnungen und Regeln, die der Conte aufgestellt hatte. Octavia hatte neulich erst bemerkt, wie schwierig die Erziehung des Jungen geworden war. Oder hatte er, wie Jana meinte, lediglich Informationen gesammelt?

War Ugo vielleicht freiwillig untergetaucht? Der Commissario hatte Octavia gefragt, ob es zwischen Mutter und Sohn vor seinem Verschwinden einen Streit gegeben habe, aber Octavia hatte nur kummervoll den Kopf geschüttelt. Trotz aller Schwierigkeiten habe sie sich in der letzten Zeit gut mit Ugo verstanden.

Florian, der schon unmittelbar nach seinem Konzert damit begonnen hatte, seinen Koffer zu packen, war gerade dabei, seine Reiseunterlagen zu suchen. Er war trüber Stimmung. Die Sorge um Ugo war ihm anzusehen. Antonia wollte ihn auf andere Gedanken bringen und schlug einen Spaziergang vor.

Eine Viertelstunde später fuhren sie zum Lido hinüber, nahmen den Bus zum Strand und machten einen langen Spaziergang entlang der müde auf den Sand auslaufenden Adriawellen. Als Florian eine Plastikflasche wegkickte, dachten beide an Ugo, mit dem sie noch vor Kurzem hier gewesen waren.

»Hoffentlich geht es dem Jungen gut …«, sagte Florian bedrückt.

»Das hoffe ich auch. Wir müssen diesen Kerlen geben, was sie wollen …«

Antonia zog ihre Schuhe aus und ging barfuß weiter. Florian warf einen flachen Stein in die ölig schimmernde Adria.

»Warum war Nardo eigentlich so eingeschüchtert? Bei wem musste er schwören, dass er mit keinem über das Bild sprechen würde?«

Antonia blieb stehen und vergrub ihre Zehen im warmen Sand. »Bei der Madonna dei Miracoli. Wie ihr Name sagt, gilt sie als wundertätig. Schon seit dem 15. Jahrhundert haben Venezianer zu ihrem Bild gebetet. Man hat dann eine Kirche extra für dieses Gemälde gebaut. Die an die Wunderkraft glauben, vertrauen ihr ihre Wünsche an. Ziemlich clever von Mauros Vater, ihn auf die Madonna schwören zu lassen.«

»Was soll an diesem Hokuspokus clever sein?«

Florians norddeutsche Skepsis rieb sich immer wieder am »katholischen Aberglauben«, wie er es nannte, auf den er hier, wie er häufig betonte, überall traf. Antonia blieb gelassen.

»Hätte Nardo zum Beispiel wie üblich beim Leben seiner Mutter geschworen, wäre er nach deren Tod von seinem Eid entbunden gewesen. Aber dieser Schwur, den Mauros Vater ihn schwören ließ, galt quasi lebenslänglich.«

Die Polizei war inzwischen Hinweisen aus der Bevölkerung gefolgt und hatte eine leer stehende Wohnung in Mestre durchsucht. In einem kleinen Verschlag hinter der Küche hatte man Ugos Baseballmütze gefunden. Als man Octavia zur Identifikation der Mütze in die Questura lud, hatte man ihr auch ein Feuerzeug gezeigt, das in der ansonsten nur mit einer Matratze möblierten Wohnung auf einer Fensterbank gelegen hatte. Das Feuerzeug trug die Initialen CF, und Octavia konnte bestätigen, dass es aus dem Besitz ihrer verstorbenen Schwester stammte und nun Guido gehörte.

Die Polizei suchte nun auch nach Guido, doch er war an seinen gewohnten Plätzen, den Cafés oder der Pizzeria an den Zattere, seit Tagen nicht aufgetaucht. Sein Handy war immer ausgeschaltet, sodass Jana ihn nicht sprechen konnte. Stattdessen rief er Jana an, um ihr mitzuteilen, dass er noch in Rom sei, sie aber bald in Venedig treffen wolle. Er hoffe, Octavia würde seinem Antrag zustimmen. Antonia hatte Jana eingeschärft, kein Wort über Flavia zu sagen. Jana hatte ihn nur hastig nach Marcello gefragt. Aber die Verbindung wurde, als sie diesen Namen nannte, plötzlich unterbrochen. Guido hatte sich lediglich mit ihr nach seiner Rückkehr im kleinen Palazzo verabredet.

Am anderen Morgen erschien Nardo tatsächlich und ging mit Florian, Jana und Antonia in den Saal. Vorsichtshalber hatte Octavia sowohl Giovanna als auch Flavia vorher zu Besorgungen nach Mestre geschickt. Als sie die Tür hinter sich geschlossen und verriegelt hatten, bat Florian den Restaurator, das Tizian-Bild aus dem zweiten Rahmen zu entfernen und ein wertloses Bild einzufügen.

»Die Erpresser kennen womöglich nur die Beschreibung von Aram Singer, dem Schwiegersohn der früheren Eigentümer. Daher könnten wir den Tizian durch ein anderes Madonnengemälde ersetzen.«

Nardo versicherte ihnen, dass dies technisch kein Problem sei, man müsse nur einen Ersatz finden, der von der Größe passe. Jana winkte ab. Sie kannte die Sammlung ihres Großvaters sehr genau.

»Das gibt es hier im Palazzo nicht. Wir haben zwar Bilder in dieser Größe, aber keine Madonnenbilder. Die Madonnenbilder unten im Flur und im Magazin des Museums sind alle viel kleiner als dieses hier.«

Nardo machte sich daran, die Leinwand vorsichtig aus dem Rahmen zu lösen. Dabei murmelte er vor sich hin, dass ihnen vielleicht Don Orione weiterhelfen könne. Sowohl in der Kirche als auch im Pfarrhaus gäbe es einige alte Madonnenbilder.

Tatsächlich stellte sich heraus, dass Don Orione in einem kleinen Raum hinter der Sakristei ein paar alte Leinwände mit Heiligen- und Madonnendarstellungen aufbewahrte. Antonia setzte ihm den Plan auseinander, und Don Orione suchte zwei Bilder aus, die ihm von der Größe her für einen Austausch geeignet schienen.

Jana war allerdings von der ganzen Aktion wenig angetan.

»Und wenn sie erkennen, dass es kein Tizian ist? Vielleicht bringen sie jemanden mit, der sich auskennt, und tun Ugo etwas an, wenn sie merken, dass wir sie reinlegen wollen …«

Florian versuchte sie zu beschwichtigen. »Wenn sie die Venus-Kopie mit dem doppelten Rahmen bekommen, und man zeigt ihnen, wie sie den Rahmen öffnen können, dann wird sie die Raffinesse des Verstecks überzeugen.«

Antonia fügte hinzu: »Und die Venus-Kopie bekommen sie nur, wenn sie Ugo freigeben, das ist unsere Chance.«

Sie wunderte sich im Stillen über Florian, der plötzlich mit ganzem Engagement bei der Sache war. Während er mit Jana überlegte, welches Gemälde aus Don Oriones Kirche sie als den Tizian ausgeben sollten, bemerkte sie, wie Don Orione ihr ein Zeichen gab und sie zu sich winkte. Er ging mit ihr bis zum anderen Ende des Mittelschiffs und schaute, ob Jana und Florian außer Hörweite waren.

»Antonia, ich muss Ihnen etwas Wichtiges sagen. Andrea, der Bruder Flavias, der bald heiraten will, war gestern bei mir. Er bestand auf der Ohrenbeichte. Etwas bedrücke ihn schwer, er habe Schuld auf sich geladen und einer Mutter das Herz schwer gemacht, aber er wollte nicht mit der Sprache heraus. Er habe bei allem seiner Schwester Flavia gehorcht. Da wurde ich natürlich hellhörig.«

»Und Sie haben ihn so gehen lassen?«

»Mein liebes Kind! Sie scheinen keine hohe Meinung von mir zu haben. Ich nehme seit vierzig Jahren die Beichte ab, und wenn ich etwas herausbekommen will, weiß ich inzwischen, wie ich es anstellen muss.«

»Und? Was hat er gesagt?«, fragte Antonia ungeduldig.

»Leider nichts Genaues. Immer wieder beteuerte er: ›Ich kann es nicht sagen, aber es geht um ein Menschenleben!‹ Dann ist er in Tränen ausgebrochen und fragte mich: ›Don Orione, was soll ich tun?‹«

Don Orione zögerte. Antonia fasste ihn aufgeregt beim Arm.

»Und? Was haben Sie gesagt?«

Don Orione sah hinab auf seine schwarzen Schuhe. Er zögerte ein wenig, bevor er antwortete.

»Ich habe ihm gesagt, er könne mir vertrauen, und ihn gefragt, ob es um Ugo ginge. Da ist er aufgesprungen und wollte weglaufen … Ich bin also hinter ihm her und habe auf ihn eingeredet, zur Polizei zu gehen und dort auszusagen. Er hat es versprochen.«

»Und er hat nichts Konkretes gesagt? Wo der Junge ist oder ob er selbst etwas mit der Entführung zu tun hat?« Antonia sprach jetzt so laut, dass es durch die Kirche hallte.

»Piano! Piano!« Don Orione wies erschrocken auf einige Gläubige, die in den Bänken saßen oder betend vor den Seitenaltären knieten. Dann flüsterte er: »Nein! Er schien es nicht zu wissen. Ich habe ihm gesagt, er solle trotzdem umgehend zur Polizei gehen. Er hat mir sein Wort gegeben.«

Don Oriones Gesicht hatte sich vor Aufregung gerötet.

»Ich habe dann den Commissario angerufen, der für den Fall zuständig ist. Aber Andrea ist nicht bei der Polizei erschienen. Und heute Morgen war seine Verlobte bei mir, Claudia. Sie war außer sich. Andrea ist gestern Abend nicht nach Hause gekommen. Sie wusste, dass er zu mir wollte, aber er ist danach nicht zurückgekommen. Sie macht sich Sorgen.«

Antonia dankte Don Orione für die Information und ging eilig auf den Vorplatz der Kirche. Dort wählte sie die Nummer der

Questura und fragte, ob sich inzwischen ein gewisser Andrea Rossi in der Entführungssache Ugo Bayer-Falieri gemeldet habe. Der Commissario verneinte und fragte, woher sie die Information habe. Nachdem Antonia ihm den Zusammenhang erklärt hatte, versicherte er ihr, dass man nach Andrea suchen werde.

21

»Permesso!«

Antonia stand auf dem Vaporetto zur Giudecca, wo sie einen Spaziergang zum Jachthafen machen wollte.

»Permesso!«, sagte die harte Frauenstimme wieder. Antonia sah sich um. Es war Flavia, die sich den Weg durch die dicht stehenden Menschen zum Ausgang der Haltestelle Palanca bahnte. Antonia folgte ihr instinktiv. Flavia war vermutlich auf dem Weg nach Hause. Dort wäre sie mit Sicherheit zugänglicher als im Palazzo. Vielleicht konnte sie die Frau dazu bewegen, ihre Verbindung zu den Entführern preiszugeben, wenn sie ihr noch einmal vor Augen führte, dass sie nur eine Schachfigur auf Guidos Spielbrett war.

Flavia lief jetzt mit großen Schritten die Promenade der Giudecca hinunter. Antonia folgte ihr in einem Abstand von hundert Metern und blieb immer wieder an den Fenstern der kleinen Geschäfte stehen, um jederzeit in einem Laden verschwinden zu können, falls Flavia umkehrte. Auf keinen Fall durfte Flavia merken, dass sie verfolgt wurde. Sie würde ihr einen Besuch abstatten, so als sei sie zufällig in der Gegend gewesen. Flavia würde gleich in das Gässchen einbiegen, an dessen Ende in einem Abzweig ihre Wohnung lag. Antonia konnte sich an den Weg erinnern. Vorsichtig folgte sie der hohen Gestalt, die die anderen Spaziergänger der Promenade um Kopflänge überragte.

Flavia ging jedoch nicht zu ihrer Gasse, sondern steuerte ein kleines Café an, das ein paar Tische am Rand des Kanals aufgestellt hatte. An einem davon saß Guido; Antonia erkannte ihn von hinten. Sie sprang in einen Hauseingang und versuchte, sich so schmal wie möglich zu machen. Als sie sich vorsichtig nach vorne beugte, sah sie, wie Guido aufstand. Flavia machte keine Anstalten, sich zu setzen. Sie schien sehr laut zu sprechen, denn die Gäste an den beiden anderen Tischen schauten zu ihnen herüber. Guido fasste, offenbar um sie zu beruhigen, ihren Arm und versuchte sie fortzuziehen. Antonia sah, wie Flavia sich losriss, ihn beschimpfte und dann in Richtung ihrer Wohnung davonrannte.

Antonia beeilte sich, so rasch wie möglich in das Wartehaus der Haltestelle zurückzukommen. Das war kein guter Augenblick, um mit Flavia zu sprechen. Sie war viel zu aufgebracht. Und Guido durfte sie hier nicht sehen. An der Haltestelle zog sie ihr Handy heraus und rief in der Questura an, um mitzuteilen, dass sie den gesuchten Guido Massato gefunden habe. Zu ihrer Überraschung teilte ihr der Commissario mit, dass Guido Massato sich bereits von sich aus gemeldet habe und zu einer Aussage in die Questura kommen wollte.

Sie war froh, als sie kurze Zeit später im Inneren des Vaporetto verschwinden konnte. Für einen Spaziergang war sie zu unruhig. Sie wollte so schnell wie möglich zum Palazzo zurück. Vielleicht gab es neue Nachrichten von Ugo. Vielleicht, eine winzige Hoffnung keimte in ihr auf, war er sogar zurück. Für einen Moment hatte sie die Phantasie, Ugo sei seinen Entführern entkommen und säße schon wieder fröhlich bei seiner Mutter im Salon.

Im Palazzo kam ihr Jana auf der Treppe entgegen.

»Guido ist wieder da. Er hat mich eben angerufen. Ich soll ihn treffen. Ich wusste, dass er nichts mit der Entführung zu tun hat.«

Sie klang nicht froh. Ihr Gesicht war vor Aufregung kalkweiß. »Wir sollen sofort zu Mama kommen. Sie hat einen Brief mit Anweisungen für die Übergabe des Bildes erhalten.«

Sie gingen in den Salon, in dem Tante Alba und Octavia saßen und sich mit einem Kartenspiel von ihren Sorgen abzulenken versuchten. Octavia sprang auf, als sie das bleiche Gesicht ihrer Tochter sah.

»Was ist mit dir? Hast du etwas von Ugo erfahren? Ist ihm etwas zugestoßen?«

Jana sank auf das Sofa neben sie und legte den Arm um sie. »Nein, nein. Guido ist wieder in der Stadt. Er hat mir eine Nachricht hinterlassen. Ich soll heute gegen fünf Uhr zum kleinen Palazzo kommen. Er wartet dort auf mich. Er weiß, wo Ugo ist! Er will uns helfen!«

Octavia seufzte erleichtert auf. »Wir haben Guido Unrecht getan. Er ist labil, aber kein schlechter Mensch.«

Dann gab sie Antonia den Brief der Entführer, in dem der Zeitpunkt und der Übergabeort für das Bild genannt waren. Es war eine unbeholfene Skizze, auf der man einen Ort auf dem Festland in der Nähe von Vicenza eingezeichnet hatte. Der Überbringer sollte sich dort um neun Uhr morgens in der Nähe eines verlassenen Bauernhauses einfinden, das Auto am Straßenrand gut sichtbar parken und mit dem Gemälde zu Fuß in einen Feldweg einbiegen. Dort würde man auf ihn warten. Im Gegenzug sollte Ugo übergeben werden.

Octavia hatte Nardo angewiesen, die Venus-Kopie mit dem doppelten Rahmen zu verpacken. Der Restaurator hatte das Tizian-Gemälde vorher durch ein der Größe nach passendes, aber unspektakuläres Madonnenporträt aus Don Oriones Sakristei ersetzt.

Jana und Antonia beschlossen, das Bild per Boot zum Tronchetto-Parkhaus zu bringen, wo der Wagen der Familie stand, damit sie am anderen Morgen in aller Frühe aufbrechen konnten. Don Orione hatte sich bereit erklärt, die Entführer zu treffen und das Gemälde im Austausch gegen Ugo zu übergeben. Als sie vom Parkhaus im Boot zurückfuhren, hatten die beiden Frauen jedoch beschlossen, dass sie das Bild selbst zum verabredeten Ort bringen wollten. Janas Mutter wies diesen Vorschlag zurück. Sie wolle nicht auch noch Jana und Antonia gefährden. Aber Jana konnte sie überzeugen.

»Ich möchte bei Ugo sein, wenn sie ihn freilassen. Er wird mich brauchen. Und einer allein kann dieses große Bild sowieso nicht schleppen. Falls diese Gangster noch einmal anrufen, sag ihnen, dass zwei Frauen kommen!«

Octavia schaute immer wieder nervös auf die Uhr und erinnerte Jana an ihre Verabredung mit Guido im kleinen Palazzo. »Wenn Guido weiß, wo Ugo ist, können wir ihn vielleicht schon heute Abend wiedersehen.« Sie brach in Tränen aus. Die Strapazen der letzten Tage hatten ihr schwer zugesetzt. Sie hatte abgenommen und war totenblass.

»Wir gehen alle drei zu Guido«, sagte Antonia entschlossen. »Er ist Ihnen eine Erklärung schuldig, und ich hätte auch noch ein paar Fragen an ihn.«

Auf dem Weg zum kleinen Palazzo wuchs die Anspannung der drei Frauen. Octavia trieb ihre Tochter zur Eile an.

»Vielleicht ist Ugo ja schon bei ihm«, murmelte sie hoffnungsvoll, als sie vor dem Haus standen. Antonia schloss die Eingangstür auf, und alle drei stiegen beklommen die steinernen Stufen zum Piano Nobile hoch. Jana klopfte an die Wohnungstür, auf der immer noch ein großes Messingschild mit den Initialen G & C und dem Namen Massato befestigt war.

Nichts rührte sich auf der anderen Seite der Tür. Jana rief mehrmals laut Guidos Namen. Drinnen blieb alles still. Antonia schaute auf ihre Armbanduhr. Es war fünf Minuten nach fünf. Jana war mit Guido um fünf Uhr verabredet. Vielleicht würde er jeden Augenblick eintreffen. Wenn er sich verspätet hatte, wäre es besser, wenn sie ihn in der Wohnung erwarteten. Als Jana den Wohnungsschlüssel ins Schloss schob, öffnete sich die Tür von selbst. Sie war nur angelehnt gewesen. Also war Guido doch schon da. Für Sekundenbruchteile blieben sie erstaunt stehen. Dann betraten sie den dämmrigen Flur.

Küche und Wohnzimmer machten auf Antonia den gleichen unbewohnten Eindruck wie bei ihrem letzten Besuch. Aber in der Luft hing Kaffeeduft, so als habe jemand noch vor Kurzem Espresso gekocht. Antonia bemerkte auf einem Beistelltisch am Fenster zwei leere Tassen mit Kaffeeresten.

»Sie sind offenbar gerade weg!«

»Guido! Ugo! Guido!«

Die Verzweiflung hatte wieder nach Octavia gegriffen. Kopflos lief sie zwischen Salon und Küche hin und her, immer wieder nach Ugo und Guido rufend. Jana war inzwischen allein den langen Flur hinuntergegangen, und Antonia sah, wie sie an der Tür zum Schlafzimmer zögerte. Sie folgte der Freundin. Die Tür war nur angelehnt, und Jana rührte sich zunächst nicht von der Stelle. Dann gab sie der Tür einen kleinen Stoß. Ihre Augen weiteten sich, und sie hielt die Hand vor den geöffneten Mund.

Auf dem Bett mit den zerwühlten Laken lag Guido in einer riesigen Blutlache. Antonia, die Jana über die Schulter geschaut hatte, wich entsetzt zurück. Jana rannte zum Badezimmer, und Antonia hörte, wie sie sich laut würgend übergab.

Antonia betrat das abgedunkelte Zimmer. Sonnenlicht drang durch eine Jalousie und warf waagerechte Streifen auf den Leichnam. Als sie näher trat, sah sie, dass Guidos Kopf merkwürdig schief dalag. Offenbar hatte jemand seine Halsschlagader und eine Sehne durchtrennt. Auch die Pulsadern seines linken Arms waren geöffnet. Der Arm hing schlaff über der Bettkante. Auf dem hellen Teppich darunter hatte sich eine große rote Pfütze gebildet. Vieles war von dem hohen Flor bereits aufgesaugt worden. Er musste eine Unmenge Blut verloren haben. Antonia wunderte sich einen Moment lang, dass sein weißes Gesicht so friedlich aussah. Dann lief sie in den Flur und bat Octavia, die Polizei zu verständigen.

Kurz bevor die Carabinieri eintrafen, fiel Antonia etwas ein. Sie ging noch einmal zurück ins Schlafzimmer. Bei ihrem ersten Besuch hatte sie neben dem Bett eine schwarze Haarspange aus Strass entdeckt. Sie erinnerte sich, dass sie diese mit dem Fuß unter das Bett geschoben hatte. Vorsichtig bückte sie sich und sah nach. Die Spange lag nicht mehr da.

Von der Tür aus warf sie einen letzten Blick auf Guidos schönes Gesicht, das durch den Blutverlust fast durchsichtig schien. Eines seiner Lider war nicht ganz geschlossen, und für einen Augenblick hatte sie den Eindruck, als sehe er sie an.

22

Über dem Wasser schwebten kleine Nebelschwaden, als Antonia und Jana am nächsten Morgen das Boot bestiegen. Es war erst sechs Uhr, und die Stadt lag noch morgenstill da. Florian und Don Orione verabschiedeten sie vom Bootssteg aus. Don Orione hatte sie beide auf die Stirn geküsst und ihnen versichert, dass er für sie bete. Florian hatte cool getan, aber Antonia spürte seine Anspannung. Jana, die seit dem Verschwinden ihres Bruders fast nichts mehr gegessen hatte, war seit dem Tod ihres Liebhabers verstört. Sie erledigte alle Handgriffe auf dem Boot rein mechanisch, und Antonia fragte sich, ob es klug war, sie zu dieser Unternehmung mitzunehmen.

»Das Wichtigste ist, dass ihr Ruhe bewahrt. Bloß niemanden provozieren!«, schärfte ihnen Florian noch einmal ein. Vor einer halben Stunde war er plötzlich dagegen gewesen, dass Antonia die Übergabe machte.

»Lasst Don Orione hinfahren, er kann besser mit den Leuten reden …«

Aber das war jetzt unmöglich. Die Entführer hatten sich noch einmal gemeldet, und Octavia hatte ihnen gesagt, dass zwei Frauen, eine davon Ugos Schwester, das Bild zum verabredeten Ort bringen würden.

Sie fuhren zum Parkhaus, nahmen Octavias Wagen und gelangten über den Damm aufs Festland. An der Autostrada nach Padua tranken sie in einer Bar schweigend einen Kaffee. Zehn Kilometer vor Vicenza hielten sie an. Die Skizze der Entführer zeigte eine Abzweigung auf eine kleinere Landstraße, die in die Nähe der Brenta führte. An der rechten Straßenseite lag ein verlassenes Bauernhaus. Die Fensterläden waren geschlossen. In der Nähe des Hauses sollten sie der Skizze zufolge parken, um das Haus herumgehen und in den Weg einbiegen, der sich rechts zwischen Büschen und Bäumen ins Feld zog. Sie waren zu früh, es war erst halb acht, und Jana schlug vor, an den nahen Fluss zu fahren.

Wenn der Anlass ihrer Fahrt nicht so bedrückend gewesen wäre, sie hätten kein schöneres Ziel für einen Ausflug wählen können.

Die Brenta floss ruhig dahin, links und rechts war das Ufer von Weiden gesäumt, deren Kronen sich bis zum Wasser neigten. Eine kräftige Sonne beschien die idyllische Flusslandschaft. Es roch nach Gras und Wiesenkräutern. Am Ufer lagen ein paar kleinere Boote, und ab und an flog ein Wasservogel auf. Jana und Antonia blieben im Auto sitzen und schauten schweigend auf den friedlichen Fluss. Dann drehte sich Jana plötzlich abrupt zu Antonia um und starrte sie mit schreckerfüllten Augen an.

»Was tun wir, wenn sie bewaffnet sind, und Ugo ist gar nicht da?«

Antonia, die diese Möglichkeit schon mit Florian erörtert hatte, gab sich gelassen.

»Ich denke, wir haben es mit Dieben zu tun, so wie die bisher vorgegangen sind. Sie haben den Jungen bestimmt dabei. Sie wollen das Bild, nicht Ugos Leben.«

Aber Jana beruhigte sich nicht. »Wenn sie Ugo nun doch etwas angetan haben?«

»Das haben sie nicht. Solange sie das Bild nicht haben, ist Ugo ihr Druckmittel …«

Antonia konnte ihre eigene Nervosität kaum noch verbergen. Zum Glück schwieg Jana für eine Minute, um dann jedoch umso heftiger zu jammern. Sie hätte sich nie mit Guido einlassen dürfen, ihr kleiner Bruder sei in Lebensgefahr, und sie sei vielleicht an allem schuld.

Antonia verlor die Geduld. »Dein Wehklagen hilft uns jetzt auch nicht weiter. Wir müssen Ruhe bewahren, wenn wir Ugo helfen wollen.«

Um zehn vor neun startete Jana den Motor, und sie fuhren zurück. Sie parkten in der Nähe des verlassenen Bauernhauses und holten das verpackte Bild aus dem Kofferraum. Es war groß, aber nicht allzu schwer. Langsam trugen sie es in ihrer Mitte den Weg hinunter, der wegen der vielen Bäume, die ihn säumten, unübersichtlich war. Nach etwa einem halben Kilometer sahen sie unter einer Eiche das Heck eines Wagens. Als sie näher kamen, erkannten sie Ugo, der auf dem Rücksitz saß. Er drehte sich jetzt zu ihnen um und winkte. Jana hätte, als sie ihn sah, vor Freude und Aufregung fast das Bild fallen gelassen. In diesem Moment stieg ein Mann aus dem Wagen. Er hatte hinter dem Steuer gesessen und trug eine Mütze, die er tief in die Augen gezogen hatte. Ein anderer, ebenfalls vermummt, trat hinter der Eiche hervor. In der Hand hielt er ein Messer. Von der Statur her könnte das Marcello, der Mann aus dem Fußballstadion, sein, dachte Antonia. Er wies sie stumm an, das Bild auf den Boden zu setzen. Dann machte er sich mit dem Messer daran, die Verpackung zu lösen. Jana erklärte ihm, dass das Bild der Familie Singer hinter dem Gemälde der Venus versteckt sei, man müsse nur den Rahmen lösen. Er solle ihr Ugo schicken, dann würde sie ihm den Mechanismus erklären.

Der Kleinere der beiden wies seinen Kumpan an, Ugo aus dem Wagen zu holen. Der Junge stieg aus. Er war blass und wankte ein wenig, aber er schien wohlauf. Jana rannte auf ihn zu und umarmte ihn. Dann, Sekunden später, versank die gesamte Szene in einem ohrenbetäubenden Lärm und Durcheinander. Schreie waren zu hören, Schüsse krachten, und ein Megafon ertönte.

»Hier spricht die Polizei. Ergeben Sie sich!«

Die beiden Frauen und die Entführer waren einen Moment lang vor Schreck wie gelähmt, aber dann ging alles in einem irrsinnigen Tumult unter. Jana zerrte Ugo an der Hand mit sich fort und schrie: »Komm! Lauf!«, dann rannten die Geschwister in Richtung des Bauernhauses, aus dem jetzt etwa fünfzehn schwer bewaffnete Carabinieri auf sie zustürmten.

Antonia sah noch, wie Jana stolperte, hinfiel und Ugo mit zu Boden riss. Im gleichen Moment spürte sie, wie sich ein Arm von hinten um ihren Hals legte und jemand ein Messer an ihre Kehle drückte. Schüsse krachten, und der Mann zerrte sie fort in Richtung Auto. Er schrie seinem Kumpanen etwas zu, und Antonia hörte, wie er ihn Andrea nannte. Obwohl sie starr war vor Entsetzen, hatte sie für den Bruchteil einer Sekunde das Bild von Andreas scheuem Gesichtsausdruck vor Augen, als er sich auf dem Dachboden des Palazzos bei ihr für den Espresso bedankte. Flavias Bruder also, dachte sie. Wieder fielen Schüsse. Dann sah sie noch, wie Andrea plötzlich vor der offenen Wagentür zusammensackte. Blut schoss in einer hellen Fontäne aus seinem Mund. Im nächsten Augenblick stieß der Mann mit dem Messer sie ins Auto und sprang hinters Steuer. Etwas prallte auf ihren Hinterkopf, und sie verlor das Bewusstsein.

Sie bewegte sich mit rasender Geschwindigkeit durch einen langen, dunklen Tunnel und wünschte, sie könnte anhalten und ausruhen. Aber die Geschwindigkeit blieb unvermindert, sie wurde wie in einem riesigen Windkanal nach vorne gesogen. Ein heftiger Schmerz hämmerte in ihrem Kopf. Als sie erwachte, tastete sie mit der Linken nach Florian. Sie wollte ihn bitten, ihr ein Glas Wasser und ein Schmerzmittel zu holen. Der Schmerz in ihrem Kopf war fast übermächtig, und ihr war übel. Aber Florian war nicht da, sie berührte nur eine Wand. Mit Mühe öffnete sie die Augen und gewahrte, dass sie in einer Art Schrank lag. Als sie sich umdrehte, sah sie, dass der Schrank zur anderen Seite hin offen war und in einen winzigen Raum mündete.

Sie versuchte, sich aufzurichten, sank aber sofort wieder zurück. Der Raum bewegte sich auf und ab. An einer Seite fiel spärliches Licht durch ein rundes Glasfenster herein. Nach einer Weile, als sie ganz still dalag und ihr Lager weiter auf und ab schwankte, begriff sie, dass sie auf einem Schiff sein musste. Vorsichtig setzte sie die Beine auf den Boden und tastete sich durch die Kajüte. Neben der Tür gab es einen Lichtschalter. Eine trübe Lampe beleuchtete einen Tisch mit leeren Colaflaschen, Pizzakartons und Chipstüten. Unter dem Tisch lehnte eine große Umhängetasche. Sie beugte sich nach vorne und sah auf das Namensschild. Es war Ugos Tasche. Offenbar war sie dort, wo man bis vor Kurzem Ugo versteckt hatte. Vielleicht war er ganz in der Nähe. Dann fiel ihr ein, dass Jana mit ihm weggelaufen war. Sie sah die beiden wieder auf dem Boden liegen. Hoffentlich war ihnen bei der Schießerei nichts geschehen.

Antonia wankte zur Koje zurück. Sie hatte großen Durst. Neben der Koje stand eine Plastikflasche mit einem Rest Wasser. Gierig trank sie. Das Wasser war warm und schmeckte abgestanden. Die Übelkeit erlaubte es nicht, dass sie sich länger aufrecht hielt. Ihre Armbanduhr zeigte fünf Uhr morgens. Der Schmerz pochte in ihrem Kopf, und nach einer Weile versank sie in erlösendem Schlaf.

Als sie wieder erwachte, fiel helles Tageslicht durch das Bullauge. Es ging ihr etwas besser, aber der Durst war schlimmer geworden. In der Kajüte war es warm, und sie sehnte sich nach einem Schluck Wasser. Das Schiff schien jetzt ruhig zu liegen, denn die schwankende Bewegung hatte aufgehört. Von außen drang Motorengeräusch in die Kabine. Sie hörte Stimmen, die sich etwas zuriefen. Es schien, als ob ein anderes Boot anlegte und jemand an Deck kam. Ihr Durst wurde immer unerträglicher. Sie tappte zur Tür und drückte die Klinke herunter.

Vor ihr lag ein kleiner Flur, an dessen Ende eine Treppe nach oben führte. Die Stimmen an Deck waren jetzt deutlicher zu hören. Sie stand still und horchte. Eine erregte Frauenstimme, die sie als die Stimme Flavias erkannte, wechselte sich ab mit der gutturalen Stimme eines Mannes. Der Kerl mit dem Messer, dachte Antonia. Sie verstand nichts, denn die Unterhaltung wurde auf Venezianisch geführt. Allerdings konnte sie die Namen Ugo und Andrea heraushören. Flavia schien nach ihnen zu fragen. Vielleicht wusste sie nichts von der gescheiterten Übergabe, denn sie fragte auch nach dem Gemälde. Das Wort »dipinto« fiel mehrfach, so viel konnte Antonia verstehen. Es war Andreas Kumpan also offenbar nicht gelungen, das Gemälde mitzunehmen.

Sie konnte sich allmählich einen Reim auf die Geschehnisse nach der Schießerei machen. Anscheinend hatte Andreas glatzköpfiger Kumpan Marcello sie als Geisel mitgenommen, und es war ihm gelungen, der Polizei zu entkommen und sie auf ein Schiff zu bringen. Flavia war wohl eben erst aufgetaucht und wollte jetzt offenbar wissen, wo ihr Bruder und das Bild des Conte waren. Antonia konnte hören, wie der Mann mit jeder Antwort unwirscher, die Stimme Flavias mit jeder Frage gellender wurde. Langsam zog sie sich am Handlauf der Treppe hoch, bis sie das Deck überblicken konnte. Die beiden standen sich gegenüber und stritten; Flavia stand so, dass sie in Antonias Richtung schaute. Als Flavia sie an der Treppe bemerkte, klappte ihr für ein paar Sekunden der Mund auf. Dann zeigte sie auf Antonia und schrie:

»Was soll das? Was tut sie hier?«

Der Mann, der Antonia mit dem Messer bedroht hatte, drehte sich um. Es war tatsächlich Marcello. Hasserfüllt kam er auf sie zu und brüllte, sie solle verschwinden. Antonia sprang zur Seite, um seiner erhobenen Faust auszuweichen, und schrie vor Angst auf. Dabei stolperte sie über ein zusammengerolltes Tau am Boden. Marcello stürzte sich auf sie, hielt ihr den Mund zu und zerrte sie zum Rand, wo er versuchte, sie über Bord zu werfen. Antonia klammerte sich mit aller Kraft an der Reling fest. Marcello ließ sie einen Augenblick los, um ein Ruder aus dem Beiboot zu ziehen. Sie stolperte am Geländer entlang in Richtung Flavia und schrie ihr zu, dass ihr Bruder tot sei.

»È morto il tuo fratello, Andrea è morto!«

Dann sauste das Ruder auf ihren Arm nieder. Sie schrie vor Schmerz laut auf und sackte auf dem Geländer zusammen. Im nächsten Augenblick riss Marcello ihre Beine hoch und stieß sie über Bord. Antonia stürzte ins kalte Wasser. Als sie wieder an der Oberfläche auftauchte, stand Marcello über ihr, das Ruder mit beiden Händen haltend, und schlug wütend nach ihr. Antonia versuchte auszuweichen, schnappte nach Luft, tauchte und schwamm ein Stück vom Boot weg. Als sie wieder auftauchte, krachte ein Schuss. Marcello machte ein seltsam erstauntes Gesicht, kippte nach vorne und fiel über Bord. Das Wasser um ihn herum färbte sich rot.

Oben trat Flavia an die Reling, in der Hand einen Revolver. Antonia schwamm panisch vom Boot weg. Sie fürchtete, Flavia würde sie nun ebenfalls erschießen, aber als sie zurückschaute, war die Frau verschwunden. Dann, während sie mit aller Kraft versuchte, von Marcellos Leiche, die in ihre Richtung trieb, wegzuschwimmen, hörte sie ein Motorengeräusch. Sie schrie um Hilfe.

Flavia bog um das Heck des Schiffs und näherte sich ihr langsam in einem kleinen Motorboot. Als sie nah genug bei ihr war, reichte sie Antonia die Hand und zog sie ins Boot. Antonia blieb um Atem ringend am Boden liegen und hörte, wie Flavia telefonierte. Sie umklammerte den Rand des Bootes, richtete sich auf und stützte das Kinn auf die Bordwand. Keine fünf Meter von ihnen trieb der Leichnam ihres Entführers in den Wellen. Sie war so erschöpft, dass sie nur leise »Danke« in Flavias Richtung sagen konnte. Die seltsame Frau reagierte nicht. Sie schaute düster aufs Wasser und rauchte eine Zigarette. Nach einer halben Ewigkeit hörte Antonia, wie sich von ferne ein Schnellboot näherte. Es war die venezianische Polizei, mit an Bord befanden sich Florian und Don Orione.

23

Eine Woche später saßen Antonia und Florian mit Rita im Brauhaus Früh am Dom und klärten sie über das auf, was die Verhöre mit Flavia ergeben hatten.

Guido Massato wusste von seiner verstorbenen Frau Cecilia, dass sein Schwiegervater ein einzelnes kostbares Gemälde unter Verschluss hielt, das während der deutschen Besatzung in die Obhut seines Vaters gegeben worden war. Cecilia war die Einzige aus der Familie, der sich der Conte anvertraut hatte, weil er wollte, dass sie nach seinem Tod diejenige war, die das Bild sehen und erben sollte. Cecilia hatte sich darüber lustig gemacht, dass sie den Tizian erst nach dem Tod des Conte sehen sollte, und Guido von dem Bild erzählt. Guido wusste allerdings nicht, wo der Conte es versteckt hielt. Als er zufällig Aram Singer kennenlernte, witterte er seine Chance, an das wertvolle Gemälde heranzukommen.

Cecilia hatte ihm auch erzählt, dass Nardo der Vertraute des Conte war und womöglich ebenfalls von der Existenz des Gemäldes wusste. Daraufhin hatte er zunächst versucht, den alten Mann über einen Mittelsmann zu bestechen. Als dieser Versuch scheiterte, übte er über seinen Komplizen Marcello, einen Hehler, Druck auf ihn aus. Der Besuch auf Burano war ein letzter Versuch gewesen, den Restaurator zum Sprechen zu bringen.

»Warum haben sie denn dann Nardo nicht entführt? Das wäre doch von deren Logik her viel sinnvoller gewesen?«

»Das war wohl auch geplant. Aber wir haben ihnen einen Strich durch die Rechnung gemacht, indem wir Nardo bei Don Orione versteckten.«

»Und warum die Aktion mit den Briefen?«

Florian übernahm das Wort. »Als Aram Singer an ihn herantrat, wusste Guido sofort, dass es sich um dasselbe Bild handeln musste, hinter dem er seit Jahren her war. Er hatte hohe Spielschulden, daher war das Bild für ihn zu einer fixen Idee geworden. Er war nur noch davon besessen, an das Gemälde zu kommen. Deshalb fing er zunächst mit den Briefen an. Er kannte ja die Geschichte um den Vater des Conte, dem man Kollaboration mit den

Faschisten nachgesagt hatte, und um ihn mürbe zu machen und zu verunsichern, schickte er dem Conte die ersten Briefe. Guido hoffte, dass der Conte unruhig werden würde und das Bild, das ihm ja nicht gehörte, aus dem Haus schaffen würde. Im Januar kam dann Singer erneut nach Europa. Guido hatte ihn mehrfach angerufen und behauptet, er wisse genau, dass sich das Bild im Palazzo befinde. Der Conte leugnete jedoch erneut den Besitz des Bildes. Guido wollte den Conte mit den Briefen weichkochen, wie Flavia es nannte. Er konnte nicht wissen, dass Octavia sie vor ihrem Vater versteckte.«

»Und wie kam Flavia in den Palazzo?«

»Das war Marcellos Idee. Er schlug Guido vor, seine Kusine in den Palazzo einzuschleusen, um dort zu spionieren. Flavia sollte herausfinden, wo sich das Gemälde befand. Sie hat dann beobachtet, wie sich der Conte an der Venus-Kopie zu schaffen machte, und richtig vermutet, dass sich hier das Versteck befinden könnte. Guido hatte ab jetzt zwei Optionen: Zunächst wollte er versuchen, das Anliegen Singers für seine Zwecke zu nutzen. Eine Idee war, entweder Singer oder seinen Spediteur zu überfallen und ihm das Bild zu rauben, falls der Conte es herausgeben würde. Der andere Plan war, das Bild zu entwenden und es über das Dach wegzuschaffen.«

»Daher die Dacharbeiten?«

»Genau. In Wirklichkeit wollte man ein Loch in die Decke schlagen und von oben in den darunterliegenden Saal gelangen. Dem stand aber entgegen, dass die gesamte Sammlung durch eine Alarmanlage gesichert war und Flavia nicht wusste, wie man sie abschaltete. Auch die Tatsache, dass wir in das Gästeapartment einzogen, hat sie zögern lassen, so vorzugehen. Dann, kurz vor seinem Tod, hat der Conte sich den echten Tizian hinter der Kopie noch einmal angesehen. Flavia hat ihn dabei überrascht, wie er gerade den Rahmen wieder zuklappte und verschloss. Sie rief sofort Marcello an. Guido war zu dieser Zeit in Rom, um das gestohlene Diadem der Principessa zu einem Hehler zu bringen.«

»Also doch! Ich hab mir schon gedacht, dass Guido da seine Finger im Spiel hatte …«

Rita nickte dem Köbes, der gerade unaufgefordert eine weitere Runde Kölsch gebracht hatte, dankend zu.

»Das Diadem ist inzwischen in einem Auktionshaus in München aufgetaucht und musste zurückgegeben werden«, warf Antonia ein.

»Als Marcello wusste, um was für ein Bild es sich handelte«, fuhr Florian fort, »beschloss er kurzerhand, den Jungen zu entführen und das Bild zu erpressen. Und zwar ohne Guido zu informieren, weil er annahm, dass Guido die Entführung ablehnen würde. Er wartete also ab, bis Guido nach Rom fuhr.«

»Und wer hat die Leiche des Conte aus dem Krankenhaus geklaut?«

Antonia räusperte sich. »Das waren Flavia und Marcello. Sie haben den toten Conte in einem Müllsack aus dem Hospital geschleppt und ihn nachts per Boot an die Giardini gefahren. Ich hatte recht mit meiner Annahme. Sie wollten den Verdacht auf Aram Singer lenken. Es sollte so aussehen, als ob er sich für den Tod seiner Tochter rächen wollte.«

»Ganz schön perfide«, sagte Rita. »Wer hat sich das denn ausgedacht?«

»Diese Regieanweisung stammte noch von Guido. Aber nun wollte Marcello ja auch Guido ausschalten. Deshalb kam er auf die Idee, dass Flavia sich im Krankenhaus als Maria Massato ausgeben sollte. Damit würde er nicht nur Singer, sondern auch Guido belasten. Flavia hat sich zunächst gesträubt, aber Marcello hat ihr weisgemacht, das sei Guidos Wunsch, er räche damit seine Großmutter. Das Märchen mit der Großmutter, deren Bruder bei der Erschießung der Sette Martiri umgekommen sei, hatte Guido den beiden nämlich auch erzählt.«

»Ja«, ergänzte Antonia, »Marcello hat wohl auch Guidos Feuerzeug absichtlich in der Wohnung in Mestre liegen gelassen, in der man Ugo zuerst versteckt hielt.«

»Aber warum hat Flavia dann die Polizei angerufen und Marcello als den beschrieben, der mit Ugo in den Zug gestiegen ist?«

»Flavia fing an, Marcello zu misstrauen. Außerdem war sie im Grunde gegen die Entführung Ugos. Und was Marcello auch nicht wusste: Flavia hatte sich in Guido verliebt.«

»Und sie hat Guido aus Eifersucht umgebracht?«

»Richtig. Um sie gefügig zu machen, schlief Guido ein paarmal mit ihr. Sie hat es ernst genommen und war außer sich vor Eifersucht, als sie von seiner Zuneigung zu Jana erfuhr. Endgültig überworfen haben sich Guido und Flavia, als er aus Rom zurückkam und erfahren musste, dass Marcello und Flavias Bruder Andrea seinen Neffen entführt hatten. Er wollte aussteigen und sagte ihr, dass er zur Polizei gehen würde. Sie wiederum war noch einmal bei ihm, um ihn zu fragen, ob er tatsächlich Jana heiraten wollte. Guido hat alles abgestritten, er leugnete sogar, dass er Jana jemals alleine getroffen hatte. Aber Flavia fand bei diesem Besuch Janas Portemonnaie im kleinen Palazzo. Jana hatte es dort irgendwo in der Küche liegen lassen. Flavia musste erkennen, dass Guido sie tatsächlich betrogen hatte und der Brief, den ihr Octavia gezeigt hatte, echt war. Daraufhin ermordete sie Guido aus Rache. Sie mischte ein Schlafmittel in seinen Espresso, wartete, bis er eingeschlafen war, und schnitt ihm dann die Kehle durch.«

Rita griff sich entsetzt an den Hals. »Was für ein rabiates Luder! Ich hab gleich gedacht, mit der stimmt was nicht!«

Florian schüttelte den Kopf. »Du solltest nicht vergessen, dass sie Antonia das Leben gerettet hat.«

Antonia sah auf. Die Szene auf dem Schiff stand ihr wieder vor Augen. Sie sah die Hand, die Flavia ihr entgegengestreckt hatte. Etwas in ihr zog sich zusammen. Sie hatte es in den letzten Tagen immer wieder bedauert, dass sie nie mit Flavia gesprochen hatte. Flavia saß jetzt im Frauengefängnis auf der Giudecca ein. Sie würde sie bei ihrem nächsten Aufenthalt in der Stadt besuchen. Wie durch Watte hörte sie Florian, der Rita erläuterte, was Flavia bewogen hatte, ihr zu helfen.

»Flavia hat ausgesagt, dass sie, nachdem sie Guido umgebracht hatte, keinen Sinn mehr in der ganzen Sache mit dem Bild sah. Dann hat Don Orione sie zu sich gebeten und ihr ins Gewissen geredet, an dem Tag, an dem Andrea verschwand. Flavia hatte endgültig genug von der Sache, als sie vom Tod ihres Bruders hörte. Sie gab Marcello die Schuld an Andreas Tod und erschoss ihn mit seiner eigenen Waffe.«

»Ganz große Oper«, sagte Rita andächtig. Dann fragte sie: »Und was macht die Familie jetzt? Wie geht es Ugo?«

Antonia sah auf. Ihr rechtes Handgelenk steckte in einem Gipsverband, ihr Hals in einer orthopädischen Halskrause. Sie war mit einer Verstauchung des Nackens, einer Gehirnerschütterung und einem gebrochenen Handgelenk aus der Sache herausgekommen.

Die Bayer-Falieris würden eine Weile in der Schweiz bei Tante Alba bleiben. Jana schrieb ihr ab und zu eine E-Mail. Ugo ging es gut. Er hatte eines Tages zufällig ein Gespräch seiner Mutter mit Tante Alba belauscht und danach auf eigene Faust versucht, alles über die Briefe und die Sette Martiri herauszubekommen. »Und jetzt«, hieß es in Janas E-Mail, »schreibt er seine Jahresarbeit im Geschichtskurs über die Partisanen des Veneto. Geschäftstüchtig ist er aber auch: Seine Entführungsgeschichte hat er schon an eine Zeitung verkauft!«

Zwei Wochen später sorgte Aram Singer, der nach Venedig gekommen war, zusammen mit Professor Marconi in der Kunstwelt für eine Sensation. Das Bild, das Nardo aus dem Doppelrahmen geborgen hatte, war tatsächlich eine bisher unbekannte »Madonna mit Kind« des frühen Tizian.

Jana rief Antonia an und war überglücklich. »Ich werde zusammen mit Angelo einen Artikel darüber verfassen, bevor das Bild bei Sotheby's in New York in die Auktion geht. Die Singers wollen übrigens die Hälfte der Versteigerungssumme einer Stiftung für herzkranke Kinder spenden.«

»Wer ist Angelo?«, fragte Antonia erstaunt.

»Na, Marconi, mein Kunstgeschichtsprofessor. Wir waren doch einmal bei ihm im Institut. Er hat übrigens bei meiner Mutter um meine Hand angehalten. Ihr müsst unbedingt zu unserer Hochzeit kommen. Ich möchte, dass du meine Trauzeugin wirst. Don Orione soll uns trauen und Florian dazu Orgel spielen …«

Antonias Handgelenk und ihr Nacken schmerzten. Sie musste den Hörer in die andere Hand nehmen. Dann räusperte sie sich. »Wann soll die Hochzeit denn stattfinden?«

Aus dem Hörer tönte Janas fröhliches Geschnatter. »Wir dachten an Oktober. Angelo ist noch sehr mit seiner Scheidung beschäftigt, aber ich denke, das bekommen wir hin. Würdest du Florian fragen, ob er für uns spielt?«

Antonia, die noch gar nicht in ihre Rolle als Trauzeugin eingewilligt hatte, beschlich nach dem Telefonat ein ungutes Gefühl. Einerseits wollte sie Jana den Gefallen nicht abschlagen, andererseits waren ihre Eindrücke noch so frisch, dass sie keinerlei Lust verspürte, die Familie Falieri und den Palazzo so rasch wiederzusehen.

Als sie Florian am Abend von den Neuigkeiten berichtete und nach seiner Meinung fragte, war sie bedrückter Stimmung. Florian öffnete lediglich seinen Taschenkalender und lächelte maliziös.

»Ich fürchte, daraus wird nichts. Leider bin ich fast den ganzen Oktober auf Tournee in Schottland. Und ich hoffe doch, dass meine Liebste mich begleitet!«

Heidi Schumacher
OPFERSTEIN
Broschur, 176 Seiten
ISBN 978-3-89705-807-1

»Der Krimierstling von Heidi Schumacher zieht den Leser von der ersten Seite an in seinen Bann. Ein Werk, das nicht mit seitenlangen Beschreibungen quält, sondern angenehm rasch zur Sache kommt und so die Spannung durchweg erhält. Verdächtige Beziehungen der Dorfbewohner werden von einer sympathischen Detektivin aufgedeckt, die man gerne auf ihren Streifzügen begleitet.« ekz

»Die Detektivin ist ein amüsanter Charakter, unvoreingenommen, neugierig und unerschütterlich. Dieser Küsten-Krimi liest sich sehr schnell und ist durchweg unterhaltsam. Genau das Richtige also für einen Nachmittag im Strandkorb oder einen Abend vorm Kamin.« WeiberDiwan